愛妻請賜罪 2

風 文創 629

沐顏 著

目錄

第二十九章

顧清婉不知道她還沒有及笄就被人惦記上了，回到家裡忙得不可開交，就連去看店鋪的時間都沒有。顧父、顧母這幾天一直在牛二嬸家幫忙，她現在每天除了做家務，還得撿蠶吐絲、打掃東屋燒毀的東西，再來就是去山上砍竹子、揹麥稈。

牛二嬸下葬當天，也是曹心娥出嫁之日，顧清婉和顧清言自然不會去觀看。

顧清言是不喜歡熱鬧，顧清婉是因為前世的事，不願意和村人多交往。

把蠶撿完，顧清婉便去做飯，剛出房門，便見李翔跑進來。「小婉姊姊，我發現那個放火的賊了！」

顧清言正好也出了房門，聽到這話，急忙問道：「誰？」

「李大轡子！」李翔一邊用袖子擦汗，一邊回道。

「他？」姊弟倆相視一眼。「說來聽聽。」

「今兒他去迎親的時候，右腿走路不是很利索，一跛一跛的，他抱著曹心娥從我旁邊經過的時候，我還聞到狗皮膏藥的味道。小婉姊姊不是說被傷到的人最少半來月才能正常走路？這才過去七、八天，可見他傷還沒大好。」李翔說著，往樹蔭下躲避太陽。太陽照在他身上，讓他熱得難受。

顧清婉笑了笑，李翔在，有的話不方便說，但她心裡已有了主意。「是不是他，很快就知道了。」

顧清言明白姊姊想做什麼，李翔不知道，但他不好意思問，只能等真相揭開的時候了。

一日將盡，夜幕降臨，牛二嬸今兒下葬，村人入夜後都不敢四處亂跑，除了村子裡的狗吠聲，到處顯得安靜。

才戌時正兩刻，李大鸞子家就傳出令人臉紅心跳的聲音。

過了一炷香，這聲音才在一聲大吼後漸漸停歇。

床上的曹心娥未著寸縷，張著雙腿接過李大鸞子遞來的布巾擦拭，擦了幾下便把布巾放在一旁，背過身躺下。

李大鸞子上了床，從身後抱住曹心娥。「媳婦兒，怎麼了？」

「不想和你說話。」曹心娥心情不好地把眼睛閉上。

「怎麼？是不滿意我的活兒？」李大鸞子把曹心娥抱得緊緊的，能得到這麼一個年輕的小媳婦，是他的福氣，千萬不能把她惹急了。

「讓你弄殘顧家的人，結果你只是燒了他家房子，這有什麼用？你不守諾言，還得讓我嫁給你。」曹心娥朝牆角移動身子，不讓李大鸞子抱她。

她一肚子的委屈不滿，自從顧家和他們家鬧翻，她的事情傳得沸沸揚揚，她便被羅雪容整日打罵。她在家每天以淚洗面，苦不堪言，好幾次都想要了結自己的性命，但她不甘心，這都是顧家害的！

因為有這執念，她才苟延殘喘活下來，最後逼得沒路，只得找李大蠻子幫忙，條件就是嫁給他。沒承想這李大蠻子是個沒用的，只燒了顧家房子，一點損失都沒造成，讓她怎能忍下這口氣？

「妳別生氣，我找個機會再好好整整他家。」李大蠻子哄道，其實他很怕顧家人，他清楚顧家有個他惹不得的人物，那晚他清清楚楚看到一個身影跳出院牆追他，如果不是那晚的火拖著那人，他如今已經死了。

現在他也就是說說而已，哄哄曹心娥，真讓他再去惹顧家人，他是萬萬不敢的。

「哼，這還差不多。」曹心娥再生氣不滿，也不過是十來歲的少女，哪裡玩得過李大蠻子這種流連花叢的老手，經過他幾句話一哄，才一會兒功夫，又傳出嬌吟聲。

在房頂上的顧清婉聽到這裡，嫌惡地翻了個白眼，快速離開。

回到家中，顧清婉沒有從正門進門，直接翻牆進院子，隨後快步進入房間。

「姊姊。」一進門，還沒看清情況，顧清言的聲音響起。

「你怎麼在這裡？」顧清婉沒想到弟弟會等在屋子裡，走過去摸到火摺子點了蠟燭，屋裡瞬間亮起來。

「等妳。」顧清言看著姊姊。「是他嗎？」

「嗯，曹心娥指使的。」顧清婉放下火摺子，語氣不急不緩，好似在說一件很普通的事。

「既然確定是他們，妳有沒有整整他們才回來？」

「沒有。」

「為什麼？」

「對付這種人，不需要我們出力。」總不能在兩人顛鸞倒鳳的時候，衝進去毒打他們一頓吧？想想那畫面也是醉了。

「那怎麼做？」顧清言挑眉。

「你說，一旦李全那家人知道是誰燒了我們家，會不會恨極他們？」顧清婉嘴角勾起一抹陰陰的笑容，透著涼意。

「對喔，就是因為我們家東屋被燒毀，沒有藥材和銀針及時救治牛奶奶，牛奶奶才死的。要是讓他們知道，肯定要和曹家和李大蠻子翻臉，我突然很期待這兩家關係鬧僵的畫面了。」顧清言說著、說著，腦子裡又生出一計，不過不能告訴姊姊。

「等他們鬧夠了，再來整李大蠻子和曹心娥。」顧清婉怎麼可能會放過那兩人。

「姊姊，妳先別管，這件事交給我。」顧清言冷冷地笑起來。

「你又要做什麼？你手無縛雞之力，要我幫忙嗎？」顧清婉蹙眉道。

「有時候對付人不一定需要力量，妳交給我就行，而且就算出事，也怪不到我們身上。」顧清言安慰地拍拍顧清婉的肩膀。「早點睡覺，一切交給我。」說完，笑著走出去，看起來心情特別好。

顧清婉每次看到弟弟露出這一面的時候，總有人會很倒楣，她現在也開始期待弟弟要怎麼對付李大蠻子和曹心娥了。

那夜之後，不知是誰傳出燒顧家東屋的就是李大蠻子，而且是受曹心娥指使。果然如顧清婉姊弟所料，李全一家恨極了李大蠻子夫婦，連帶著和曹家的關係也不好了，兩家最近總是吵架，還打了幾次。

顧清婉聽說的時候只是笑了笑，也沒多關注。

最近家裡請人幫忙蓋房，每日三十個銅板加管吃三餐，這些都是娘在操心，她則是在一旁幫襯著。

顧父這幾天，每天跑去鎮上看店鋪，已經確定了位置，在東街末尾，租金便宜，一年四十八兩銀子。

如弟弟所說，酒香不怕巷子深，最後才決定要了那間鋪子。

而顧清言最近和顧父跑來跑去地找人裝修，熬了兩夜總算畫出飯館設計圖。

飯館的裝潢完全是按照顧清言的圖畫設計，忙完這些，他又開始擬寫菜單，把飯館的事情都攬在身上。

顧母和顧父看到兒子這麼能幹，臉上的笑容更甚。

家裡和店鋪各自都忙著，家裡這邊一直有顧清婉在，不管需要什麼她都能弄來，且隔兩、三天去一趟山裡，回來總能拿上野味，留些給家裡吃，多的就讓顧父捎到夏家去給海伯。

夏家米鋪在東街，他們的飯館也在東街，以後難免會麻煩到人家。顧清婉想到海伯說的話，便記在心裡，打了野味也不忘給他們送去。

這一忙，足足忙了一個月，家裡的幾間房頂煥然一新，東屋裡的擺設比以前更像藥鋪——這都是按照顧清言的設計圖改建，有隔簾的小床，一面牆壁高的藥櫃、櫃檯，只要藥鋪裡能用到的器具，這裡都有。

不過，藥櫃裡都是空的，家人都忙，還沒來得及去採藥，就算村民們送來的藥材，顧父也忙得處理不了。

好在家裡的蠶繭都已經摘去賣掉，且賣了好價錢，給煥然一新的家添置了不少東西。

顧父毀掉的銀針已經打造好了，不但如此，還給顧清婉也打了一套。顧父知道她的針灸技術不差自己多少，便認了她的技術，送她一套銀針，還送了一本針灸的醫書。

這醫書顧清婉前世的時候看過，顧父前世只要擺在櫃子裡的醫書，她都沒有遺漏一本，全部記在心裡。不過她不能說，只能收下。

忙完家裡，便是飯館的事，如今飯館一切都添置完成，已經能開業了。

只不過顧父不讓，還有十二天就是顧清婉的十五歲生辰，也是她的成人禮，舉行過成人禮，她便是能嫁作人婦的女人了。

顧清婉這段時間，被顧母逼著學禮儀，她到現在才知道，娘懂的禮儀何其多，完全像個大家閨秀講得那樣清楚明白，真不明白娘是什麼時候學的？

她的成人禮到來，親戚們也會前來祝福，不過有的親戚她情願不要，就好比祖父母顧長春和顧王氏，以及顧愷先等人。

偏偏在顧清婉十五歲生辰的前一天，一大家子便來了。

顧長春是個七十歲的老頭，頭髮、鬍子花白，不愛言語，穿了一件深藍色長袍，看到顧父的時候並沒有多少喜悅之情。

顧王氏疏白的眉毛、三角眼、塌鼻梁、薄嘴唇，一看就是尖酸刻薄之人，一頭花白的頭髮梳在腦後綁了一個髻，插著一根銀簪，有著皺紋的耳垂上吊著兩只銀耳墜，矮小乾瘦的身板背脊微駝。上身著一件藍色斜排短衣，下著直筒褲子，外面繫上同色百褶裙，一雙繡花鞋上沾滿塵埃。

「公爹喝茶，婆母喝茶。」等兩位老人坐定，顧母端著茶杯跪在地上奉茶，這是她嫁給顧父以來第一次給顧家二老敬茶。

顧長春淡淡地嗯一聲，端起茶輕抿一口，便沒有什麼表示。

顧王氏端起茶喝了半杯，突然間噴到顧母身上，又把茶杯大力地放在桌上。「妳是什麼意思！想要燙死我？」

「婆母息怒，媳婦再去換一杯。」連臉上的茶水都未來得及擦，顧母便站起身要去端茶，卻被顧王氏的話說得身子一僵。

「我說六子，你娶的是個什麼媳婦？連杯茶都不捨得給我這老太婆喝，若是不想我來你家就直說，我可以馬上走。」

「娘您說什麼呢？月娘不是那樣的人，您消消氣，讓她給您再換一杯。」有這樣的娘，顧父也很無奈。

顧母聽到這話，心裡可不是滋味，但對方是婆母，她也只得忍著。

顧家兄弟姊妹幾個見老娘發威，都眼觀鼻、鼻觀心，假裝看不見，也不勸。

顧清婉在灶房裡做飯，聽到這話，當場撂下菜刀準備出來，卻被蘭嬸拉著。「小婉，這個時候妳一定要忍耐啊，明兒便是妳的及笄成人禮，若是妳為了這些人把名聲損了，多不值當。」

蘭嬸這一刻是多麼慶幸自己沒有公婆。

「若是他們說什麼難聽話，我就算把名聲毀掉也不會讓他們待在我家。」顧清婉氣得胃痛，看到娘挑簾進來，她走去接過娘手中的托盤，扶顧母坐下。

「妳別生氣了，也就這兩天，等小婉及笄禮一過，他們還不知道什麼時候才會來。」蘭嬸坐在顧母旁邊安慰道。

「我沒事。」顧母嘆了口氣道。

「月娘，妳怎麼跑來這裡坐著？還不給娘端茶去。」顧愷梅挑簾進來，看到顧母和蘭嬸兩人悄悄說著話，以為兩人是在說他們，頓時心裡火氣噌噌直冒。

想到上一次她來這個家，回去受了那麼大的罪，就滿心憤怒，再來到這裡，看到這家裡、房頂煥然一新，收拾得竟比以前還好，心裡更不是滋味。

他們不是已經拿光這家裡的銀子了嗎？竟然還有錢翻新房子，看來上次並沒把他家財物都拿完，這次一定要多拿一些才好！

顧清婉在切著菜，抬眼看向顧愷梅，見她一雙死魚眼骨碌碌轉著，便知曉一定沒好事，頓時心生警戒。

「廚房裡煙大，妳去外面坐吧。」

看到顧愷梅礙眼得不行，顧清婉開口道。

「好。」顧愷梅此刻滿心都是怎麼竊取這個家裡的銀子，也不管顧清婉語氣好不好，應了一聲，便挑簾離開。

顧母端茶出去，顧清婉站在灶房門口看著，若是再刁難她娘，她情願毀掉名聲，也要趕走他們。

顧王氏端起顧母敬的茶喝一口，正要發作，突然莫名感覺到恐懼，朝灶房方向看去，明明什麼也沒有，身上的冷意卻仍在。

第三十章

她才記起，現在是在人家家裡，做事不能太過。

顧清婉見顧王氏沒再為難她娘，才折身做菜。

蘭嬸幫著剝蒜，屋裡充斥著蒜香味，她抬手揉了一下鼻子，道：「小婉，到時飯館開業，讓翔哥兒過去幫你們姊弟倆，他在縣城的酒樓幹過活，多多少少知道一些。」

「翔哥兒把這事告訴妳了？」顧清婉覺得好笑，李翔怕丟人，沒給家人說過他在酒樓裡做過跑堂小二的事。

「要不是他說要去飯館幫你們的忙，我怕他笨手笨腳去幫倒忙，他才不肯說真話呢。」蘭嬸臉上也是無奈的笑容。

顧清婉也笑起來，點點頭。「那到時我就不用再請人了，翔哥兒的工錢我們照付。」

「自家人說這個太見外了。」蘭嬸笑道。

「那是翔哥兒應得的。」顧清婉說著，已經把所有食材都準備好了。

蘭嬸沒有再說拒絕的話，那樣顯得矯情。

顧清言這時挑簾進來，看了蘭嬸一眼，什麼也沒說。

「你怎麼進來了？」顧清婉看了弟弟一眼，不明白他進來做什麼，不是應該在外面盯著那幾個「賊」？

「進來喝口水。」顧清言是有事要對顧清婉說，但蘭嬸在不方便，只得喝了一口水就走出去。

顧清婉哪裡看不出來弟弟欲言又止的樣子，想著是不是外面幾人又開始作怪，挑簾看向院子裡的眾人，見他們臉上都帶著笑容，說著話，看起來不像發生什麼事，才安心地折身炒菜。

顧母挑簾進來。「菜快好了嗎？我擺桌椅。」

「娘，您休息一會兒，待會兒再擺桌椅。」顧清婉已經炒好兩道菜，放在桌上，香噴噴冒著熱氣。

「是啊，來坐會兒。」蘭嬸拉過顧母坐下，兩人一邊剝蒜一邊聊著。「待會兒晚飯一過，想必村子裡的婆娘會過來幫忙擇菜，妳還要準備床鋪讓他們住，若是床褥不夠，就去我家拿兩床過來。」

「好，那到時又要麻煩妳了。」顧母也沒推辭，點點頭。

蘭嬸嗔怪道：「自家姊妹說這話見外了。」

「東屋那幾張小床能用，讓那父子三人住進去不就成了。」顧清婉滿不在乎地道。

「妳這丫頭，誰願意好好的睡病床？那不是找人罵嗎？」顧母嗔道。

顧清婉做了五菜一湯，顧家人畢竟不是常來，遂要好好招待，擺了兩桌，男女各一桌，菜式一樣，沒有分別。男的那一桌在院子裡，女的這一桌就在灶房裡。

蘭嬸也一起吃。有外人在，就算有什麼也要收斂起來，但顧王氏根本不在乎。

剛一上桌，就給了顧母一個下馬威。「婆婆家人吃飯，媳婦什麼時候能一同上桌，不是應該站一旁伺候著？」

此話一落，顧愷梅姊妹一臉幸災樂禍，蘭嬸坐也不是站也不是，顧母拍拍蘭嬸的手，什麼也沒說就站起來，卻被顧清婉拉著。

「什麼時候我們家輪到外人插嘴了？」

顧母正要開口說顧清婉，顧王氏便一拍桌子，三角眼睨向顧母。「妳看看妳，把孩子教養成什麼樣子了？一個姑娘能和長輩說這種話？」

「妳要是有點自覺，就把嘴給我閉上，我們家輪不到妳來說話。妳要撒潑回妳家去，這兒不是妳撒潑的地方。」顧清婉淡淡說了一句，把顧母扶坐在蘭嬸旁邊。

「我是妳祖母，怎麼就輪不到我說話？妳這孩子，怎麼學的家規家法，這樣和長輩說話就不怕被雷劈？」顧王氏看出顧清婉沒把她放在眼裡，更加嫉恨顧母，以為這一切都是顧母教的。

「好吧，先說家規家法，祖母這麼有教養，為何教出幾個賊來呢？拿了我娘的首飾和銀子，就連我的零花錢都拿走，還有我家的肉也不問自取，這就是祖母所謂的好教養？」顧清婉冷笑道：「還有一點，若祖母有點自知之明，不是就該做好身教，妳當初已經把我爹賣給別人，按道理，我爹已經不是妳的兒子，妳現在又找來是何故？」

顧家姊妹老臉變得通紅，若是這裡只有顧家人，她們還不會這麼難堪，問題是還有一個外人，叫她們的臉往哪兒擱，頓時顧愷梅出聲反駁。「小婉，無憑無據不要冤枉人。」

「我有沒有冤枉，妳們自己清楚。」顧清婉嘲諷地看了顧愷梅姊妹一眼，三人被她看得一句話也說不出來。

「妳、妳、妳……」見三個女兒都說不過顧清婉，顧王氏氣得妳了半天，也不知道該說什麼。

既然知道這家人不安好心，顧清婉自然不會太尊重她們，一點面子也不肯留。「所以，妳們作客就要有客人的樣子，若是膽敢再對這個家裡的任何人指手畫腳，就通通給我滾。」

「妳這個樣子，以後能不能嫁出去是個問題，別丟了我們顧家的臉。」顧王氏冷哼一聲，說了一句後，拿起筷子便開吃，看樣子沒打算再說下去。

「我能不能嫁得出去不煩勞妳們操心。」顧清婉也拿起筷子，當先給蘭嬸和她娘挾了幾筷子菜，實在是顧家母女四人吃相太恐怖，動作慢點就沒了。

顧清婉真不明白，都鬧得這麼不愉快，這些人竟然還能忍下來，可見對她家企圖很大啊，這令她的警戒更加重了幾分。

一頓不愉快的飯就這樣結束，吃完飯顧清婉幫著收拾，蘭嬸見氣氛不好，告辭離去，說晚些過來，顧家一大家子坐在院子裡閒聊。

「六弟，上次來，你們的房子都還沒有翻新，這次來煥然一新，花了多少錢呢？」顧愷梅左顧右盼，試探地問道。

「一個多月前家裡走水，實在沒法，才去借銀子把房蓋了。」顧父想到顧愷梅幾人的行為，防備地道。

「喲，怎麼還借銀子呢？我記得上次來看你們餵了不少蠶，這蠶可是能賣不少銀子，你不會是怕我們要你的銀子，故意這麼說的吧？」顧愷梅朝顧王氏等人擠眉弄眼地道。

「我們畢竟是外人，六子不說實話也是理所當然。」顧王氏睨了顧清婉一眼。

顧清婉聽到這話，暗中翻了個白眼。她爹都說家裡走水才借銀子蓋房，卻沒人關心一句，全在這裡說風涼話。

「娘，您說的什麼話，您怎麼是外人呢？」顧父皺眉道。

「你家小婉剛才不就說我們是外人嗎？讓我們把身分擺正，不要對你們家指手畫腳，你媳婦也沒怪責你女兒，不就承認我們是外人？」顧王氏冷冷道。

這是在告狀？顧清婉心裡對這家人鄙夷得不得了，正要開口，卻被顧清言碰了幾下，他附耳低語問道：「她們是不是又做什麼過分的事了？」

「顧王氏不讓娘吃飯，讓娘站在一旁侍候。」顧清婉低語回道。

顧清言的臉色突然間沈下來，看顧王氏的眼神裡充滿厭惡。

「娘，這其中是不是有什麼誤會？」顧父知曉自家人的脾性，妻子性情溫婉，什麼都不愛計較，女兒則是你不惹她就不會有事的人，她說出這番話，想必是顧王氏和三個姊姊惹了她。

「誤會？能有什麼誤會？只不過我們這些外人來這裡，討人厭而已。」顧王氏冷哼道，擺出高高在上的姿態，意思是讓顧父給她一個說法。

「爹，您確定這些人是我們的親人？」顧清言忍無可忍，噌一下站起來指著顧家的人。

顧父皺起眉頭，給顧清言打眼色，讓他少說兩句。

顧王氏對孫子還是寬容一些，看向顧清言，道：「言哥兒，你怎能懷疑我們身分？我們當然是你的祖母、祖父、伯伯、姑姑們。」

「是嗎？那我很想問問祖母，你們是怎麼找到我們家的？又是怎麼確認我爹就是你們賣掉的兒子？我爹被賣掉的時候才五歲，隨後又被人趕出家門，這麼多年了，你們還能找來，真是奇蹟。」顧清言身軀挺得筆直，目光清冷地注視顧王氏。

顧父、顧母相視一眼，顧父想要開口說說顧清言，卻被顧母暗中扯了一把衣裳，不讓他說話。

顧清言話裡的意思不言而喻，顧家人都聽得明白，但卻個個裝傻充愣，顧王氏乾笑兩聲，用的還是那套說詞，有人說見過顧父，和顧家人長得相像。

這話也就只能騙鬼，顧清言冷笑道：「其實我姊姊也沒說錯，你們確實該擺正你們的位置。我們還願意招待，你們就該偷笑了，不該再對我們家指手畫腳。自從你們來到我們家，就一直擺臉色，我們家誰也不欠你們，若想在明兒我姊的及笄禮上鬧，麻煩有多遠走多遠，我們家不歡迎你們。」

「言哥兒！」顧父沒想到兒子會說出這麼重的話，這些人再怎麼不是，始終是他的父母兄姊，言哥兒是晚輩，怎能說出這番話？

「爹，我有說錯嗎？難道要讓他們把姊姊的及笄禮破壞掉？您看他們來到我們家之後都說了什麼、做了什麼。」顧清言第一次和顧父頂嘴。

「你這個——」顧父說著就要打顧清言，被顧母拉著。

顧清言不懼顧父，反而走到他面前，把臉迎上去。「爹您是要為他們打兒子嗎？那您打，您打啊，我就是不高興他們在我們家，您明明知道他們居心叵測，為什麼還要認他們？」

「啪！」清脆的巴掌聲響起，顧清言白皙的小臉上赫然出現一個紅紅的巴掌印，才一瞬間，便腫得老高。

「當家的！」顧母沒想到顧父會真的打兒子，心疼地去查看兒子臉上的紅印。

顧清言避開顧母，雙目含淚地看向顧父，轉身朝外跑去。

「言哥兒！」顧母看兒子朝外走去，想要去追，顧清婉朝她搖頭。「娘，您別擔心，我去。」

顧清婉同樣沒想到爹會為了這家人打弟弟，她心裡亦不好受，乘機也出去透透氣。

申時的陽光已經不那麼灼熱，照在身上暖烘烘的，卻暖不了顧清言的心，他在村子裡除了李翔就沒有和別人說過話，但他現在也不想去找李翔，逕自朝後山墳地裡跑。

顧清婉慢慢跟在後面，她知道弟弟此刻心裡一定不好受，讓他一個人先靜一靜。

後山的墳地裡，到處是墳墓、雜草，還有一簇簇竹林，把整個墳地襯托得更陰森，有的墳地甚至已經裂開，從墳裡長出小樹，還有老鼠和蛇爬過的痕跡。

顧清言心裡的氣大過於怯，就算這麼陰森恐怖的墳地，他也沒有生出懼意，隨便找了個好一點的墳包坐在上面，拔著野草用力撕扯撒氣。

顧清婉站在遠處，靜靜地看著他，風把竹林颳得沙沙響，帶起一股陰涼的風，吹動衣襬，吹亂鬢角的髮絲，她抬手將髮絲別在耳後。

「姊姊。」顧清言一直都知道姊姊默默地跟在身後，他怒氣散得差不多了，就朝姊姊喊道。

顧清婉走過去，到那座墳包上，坐在弟弟旁邊。「怎麼樣？好些了嗎？」

「好多了。」

「別怪爹，爹也有自己的無奈。」顧清婉嘆了口氣。

「我懂。」顧清言沈悶地低垂下頭，手裡撕扯著不知名的野草。

「對了，今兒你進去灶房，可是有話要與我說？」顧清婉撥了一下臉頰上令她發癢的髮絲，輕輕開口。

「也沒什麼，就是李大蠻子和曹心娥的事。」顧清言現在沒心情談論那兩人。

「他們怎麼了？難道是你對付不了他們？」弟弟那時讓她不要管，家裡也忙，她也沒有閒心去管那兩人的事，沒想到隔了一個多月弟弟又說起他們。

「妳就這麼小看妳弟？」顧清言撇撇嘴。

「那是怎麼了？」顧清婉不想弟弟腦子裡都是家裡那些糟心的人，故意沒話找話。

「唔，也沒什麼，就是聽說李大蠻子最近總往醫館跑。」

「你知道原因？」

「嗯，他們身體出了狀況。」顧清言興致不高，其實是他不想多說。他只要姊姊知道李大蠻子和曹心娥現在情況不好就成了，並不想她知道其間發生了什麼事。

村子裡最近到處在傳，李大蠻子家裡每晚都會傳出怪聲，住在他家附近的人聽過幾次，都不明白怎麼回事。但只有顧清言知道，這些都是他的傑作，他把前世看過的閨房變態動作全畫出來，丟在李大蠻子家門口，讓他撿去。

果然如顧清言所料，李大蠻子把畫中所有動作都用在曹心娥身上。

有的東西玩太多，心理也會產生變化，每日逐朝的身體更會吃不消，這都一個多月了，不去醫館才怪。

前些日子，顧清言見過曹心娥，她的樣子看起來慘不忍睹，現在想起都一陣反胃，他當然不可能把這個告訴姊姊。

「嗯。」顧清婉知曉一定是弟弟從中搞鬼，他既然不想讓她知道過程，她便不追問，知道結果就好。

風兒拂過衣衫，衣襬搖曳，兩人都沈默下來。看著河對岸的山坡上，雖然隔得很遠，還是能看到對面山上下地幹活的人。

「什麼時候回去？」一盞茶工夫之後，顧清婉看向弟弟。

「我已經沒事了，我們回去吧。」顧清言說著站起身，拍了拍屁股上的塵土。

「嗯。」顧清婉也跟著站起身，拍了拍身上。

姊弟倆這才慢慢往家裡走，顧清婉走在後面，看著弟弟的背影，道：「回去就當什麼事都沒發生，別讓爹夾在中間難做。」
「我知道。」顧清言回頭笑了笑。
回到家裡，院子裡多了好多人，都是和顧母關係好的三姑六婆，明兒顧清婉及笄請客，要用的食材比較多，她們來幫忙擇菜、剝蒜。
姊弟倆一一向眾人打招呼，顧清言被顧父叫進屋子說話，顧清婉和三姑六婆們一起擇菜，聽著她們說話。
說的竟然是李大蠻子家的情況，顧清婉默默地聽著，沒想到李大蠻子和曹心娥的情況已經這麼嚴重了嗎？
「妳還別說，我第一次聽到那些聲音的時候，把我嚇得……後來我當家的說了那是什麼，我才又羞又氣，怎麼會有這種無恥的人？」
「林子大了什麼鳥兒都有。」
「我前幾天看到曹心娥和李大蠻子，兩人現在人不像人，鬼不像鬼，我還以為是從哪裡跑出來的怪物。」
「我看啊，一定是……」蓮嬸想要接下去說，卻被旁邊的人碰兩下，她會意過來，看向顧清婉。「小婉，妳去看看她們剝蒜的剝完沒有？這兒的菜有我們呢。」
這意思不言而喻，顧清婉知趣地站起身走開，她清楚，婆娘們待在一起，說的話都很露骨。

第三十一章

剛走開不久，便聽到那群婆娘嘻嘻哈哈大笑起來，笑聲裡含著濃濃的嘲笑和幸災樂禍，顧清婉也笑了笑，逕自走進東北屋。

娘在裡間和七奶奶她們說話，她默默走到娘的旁邊站著，聽著七奶奶交代娘明兒要注意的情況。

「妳弟弟呢？」顧母趁七奶奶和別人說話，悄聲問道。

「和爹在西北屋裡說話呢。」

聽到這兒，顧母才放下心來，又和七奶奶她們說著明日的事，請七奶奶明兒一早過來幫忙招呼。

人多熱鬧，時間過得也快，還沒做什麼就已經夜幕低垂。

前來幫忙的人都已離開，顧母燒了洗腳水，親自端到顧王氏面前給她洗腳，卻被弄得一身水，她沒有對顧清婉姊弟說，說了兩人又得鬧。

顧王氏心裡有氣，全都撒在顧母身上，她也看出顧母就是個軟柿子，想怎麼捏就怎麼捏，今兒要不是有顧清婉姊弟在，顧母一個字也不敢頂嘴，所以才在洗腳的時候，故意把水濺灑在顧母身上，諒她也不敢對人說。

晚上顧家母女說要和顧母培養感情，幾人擠一張床，顧清婉本來不願意，想讓娘和她睡，但顧母拒絕了。

也是因為如此，顧家母女四人故意整顧母，腳亂踢在她身上，顧母都忍下來。

翌日早晨，還不到卯時顧母就起床，被整了一晚上，身上踹得到處瘀青，卻不敢和人說。

顧清婉起床的時候，看到娘眼下烏青，開口問道：「娘，您沒有休息好？」

「休息好了，一會兒我把水燒好，妳沐浴好後什麼都別管。」顧母回了一句，不再多說。

「好。」顧清婉看出娘不想多談，只得按照娘說的去做。

顧清婉沐浴完，換上彩衣、彩履，安坐在西屋裡。

午時一到，奏樂響起，顧父、顧母在外迎接賓客，等所有賓客坐定，他們才坐回主位。隨後是顧父致辭。「今兒是小女及笄，感謝各位賓朋嘉客的光臨。」

顧清婉聽到爹的聲音，顯得異常緊張，在聽聞爹喊她出去的時候，她才從西屋走出房門。

按照昨兒七奶奶和娘交代的，一步一步開始，先是盥洗雙手，隨後走到堂屋門口擺放停當的薦子上跪坐好。

隨後是七奶奶盥洗，初加羅帕和髮笄，一拜父母，感念父母養育之恩；二加髮釵二拜，三加釵冠三拜……

直到及笄禮完成，顧家人今兒都顯得特別安靜，顧清婉以為他們會一直安分下去，哪知走的時候向顧母要了十兩銀子，又把家裡的肉食全部拿走。顧清婉知道的時候顧家人已經離開，顧母怕她去追，還把她反鎖在家裡。

「小婉，現在已經天黑，妳就乖乖睡一覺，明兒起來什麼事都沒有了。」顧母在門外，語重心長地說。

「娘，我不去追他們，您把門打開，我幫您收拾。」顧清婉拍打著門。

顧母就沒有想過要給她開門，說完人已經去後院收拾，任由顧清婉怎麼喊都沒用。

顧父動了兩下嘴皮子，最終化為一聲長嘆。

「言哥兒，言哥兒！」顧清婉喊半天，最後只能喊弟弟。

她哪裡知道，弟弟一樣被關在屋子裡。

姊弟倆都被關著，誰也幫不到誰，顧清婉沒想到她的成人禮竟然是這樣過完的。

她最終放棄，上床睡覺，一覺到第二天早晨。

梳洗穿戴好，吃了早飯，姊弟倆便準備去飯館，還有五天就是飯館開業的日子，家裡如今沒有要做的，待在家裡也是閒著，便去把飯館裡的一切都準備好。

「你們倆把蓑衣、蓑帽揹上，今兒天氣不太好，回來的時候怕下雨。」顧母一邊摺疊蓑衣往背簍裡放，一邊道。

「若是下大了，你們就不要回來，在飯館湊合，明兒我和你娘把被褥給你們送去。」顧父把冪羅遞給顧清婉。

船山鎮地形如一條船，兩邊是山峰，中間是河流，每逢下雨，河水就會暴漲。就是因為如此，前半個月還從馬河鎮沖來一個女人，就死在前面村子河畔。當時顧清婉他們也去看了，那女人光溜溜的什麼也沒穿，臉上被岩石刮爛全是血，看起來極恐怖。

一逢河水暴漲，水流湍急，就算是壯漢也能被硬生生沖走，顧父擔心姊弟倆回來的時候河水暴漲。

「我記下了。」顧清婉揹起背簍，戴上冪籬，姊弟倆出了門。

顧清婉姊弟倆剛出門不久，家門口來了幾位貴客。

顧母看到眼前的人，震驚不已，不知道要說什麼。

「這位嬸子，請問這裡可是顧神醫顧愷之的府上？」夏祁軒溫和謙遜地問道。

「是，快，快請進。」顧母反應過來，連忙錯開身子，請夏祁軒一行人進來。

顧父正準備上山採藥，已經把藥鋤和鐮刀都準備好了，正在綁褲腿，聽到說話聲，轉頭看去，看到兩名大漢把一位坐輪椅的年輕男子抬進大門，朝院子裡走來，他頓時心生戒備。

「不知幾位前來有何事？」

「久聞顧神醫有起死回生之術，今日冒昧前來打擾，還望顧神醫海涵。」夏祁軒抱拳作揖道。

「你是來看腿傷？」顧父不著痕跡地看了夏祁軒的雙腿一眼。

「是。」夏祁軒頷首道。

「對不起，家中前段時間走水，所有一切都已經燒毀，鄙人沒有藥材能醫治你的傷。」

顧父一看夏祁軒就是鎮上的人，鎮上那麼多大夫，為何要大老遠地跑來找他？

防。

「當家的，他是夏家米鋪的東家，你態度好點。」顧母悄悄在顧父耳邊低語。

顧父微微皺了皺眉，就算是夏家米鋪的人，也有可能是「那個人」派來的，他不得不

「顧神醫不必為難，沒有藥材也無所謂，久聞顧神醫針灸術有逆天奇效，今日前來，是想請顧神醫扎上幾針。」夏祁軒是何等人物，自然能看出顧父對他有深深敵意。

他也清楚顧父的敵意從何而來，前些日子，有個叫田二的前來找過顧愷之看病。他本想從田二身上尋得一些線索，孰料此人卻死得不明不白。但他也有猜測，這一切或許是「那個人」的意思……

本來他可以提早一個月過來的，但京城突然有急事發生，只得回去……

「當家的，你就給夏東家扎上兩針。」夏祁軒在顧母心裡，形象一直很好，這時也不由幫忙勸說。

「那好吧。」顧父沈吟半晌，才勉強答應。

見顧父答應，夏祁軒和阿大、阿二臉上都有了笑容。「那就有勞了。」

「跟我來吧。」顧父只得放下藥鋤，將人引到東屋。

當夏家主僕三人看到東屋的裝潢後，眼睛都是一亮。只見周圍光線充足，整潔衛生，沒有一點壓迫感。

顧父將人引到東屋，便去淨手，顧母跟在身後要他態度好一些，他只能無奈地點頭，隨後才走入東屋。

「夏東家請上床躺著，我好給你檢查。」顧父說著，去櫃檯裡拿銀針，當阿大、阿二抱著夏祁軒上床的時候，他只是淡淡睨了一眼，面色不改。

把銀針放在床頭櫃上方，顧父便開始檢查，他的手一寸一寸在夏祁軒的腿上摸過，當檢查出他的腿疾時，眼裡有著一閃即逝的驚訝。

「你的腿傷，還是另請高明吧。」顧父惋惜地嘆口氣，年紀輕輕，卻終生不能走路，真是天意弄人。

「顧神醫試都不願意試嗎？」夏祁軒並沒有放棄，被阿大扶坐起身，目光淡然地看向顧父。

「已斷掉的腳筋，恕鄙人無能為力。」顧父說著，抱著銀針盒子就要往櫃檯走，卻被阿二拉著。

「顧神醫，請您一定要救救我家公子，我們四處遊走，看過無數個大夫，從來沒有一個人能看出公子真正的情況。可是顧神醫您只是摸了摸，便知道公子的症狀，請顧神醫大發慈悲，救救我家公子！」

「檢查得出，未必就會醫治，你們太高看我了。」顧父是有辦法，但是這辦法耗時不說，還會暴露出他的祕密。若是這些人居心叵測，他一家人都會遭到滅門之災。

如今的他，如同驚弓之鳥，每每想到師父摯友所批的命，他無時無刻不擔憂一家人的命運。

「阿二，既然顧神醫無能為力，也不必為難他了。」夏祁軒臉色仍舊淡然，沒有任何情緒波動，這雙腿他早就不抱希望，更何況今日前來，還有更重要的目的……

「公子。」阿二一個七尺男兒，此刻哭得淚流滿面，聽者都會跟著傷心，何況是顧父，他本就不是鐵石心腸，遂開口道：「雖然不能醫治，但可以疏理、疏理筋脈，讓夏東家的筋脈不致萎縮，只要遇到真正的高人，或許能有機會治療好。」

實際上，顧父是想先幫夏祁軒疏理筋脈，若以後看出他不是那種居心叵測之人，或許能幫他治療。

「祁軒在此多謝顧神醫。」夏祁軒沒想到顧父會這樣做，就算在京城時，除了那位已故御醫，已沒有任何大夫能有這疏理筋脈之法。

這麼一說，顧愷之到底是不是那位御醫的徒弟呢？

看來，此事還得一步步探索。

顧愷之讓夏祁軒脫掉褻褲、衣衫，幫他針灸……

這邊，顧清婉和顧清言到了飯館，飯館是獨立的小院，前面是飯館大廳，後面有四間房，連著大廳的那間作為廚房專用，後面一間擺放糧食、蔬菜，最後兩間則是住人的房間，西北角落小門後面是茅房。

從後院進門，便著手打掃，前幾天買來的木柴都沒劈，這活兒自然是顧清婉的，還有十口大水缸的水也是她的任務，鎮上挑水比村子裡要近一些，對顧清婉而言，沒有問題。

顧清言負責把桌椅、櫃檯擦一遍，牆壁上掛著的山水畫全都是他親手所畫，椅子全是藤條編製，八張沈木桌，擺設簡單大氣，令人身心愉悅。

隨後是廚房，打掃廚房的時候，顧清婉再次檢查有沒有遺漏的東西。

大米、麵粉、調味料和鍋碗瓢盆都已經置辦好，就差蔬菜和肉沒有買。這些日子，顧清婉還打了不少野味熏成臘肉，只等趕集去補辦一些新鮮食材就成。

「轟！」申時，天空烏雲密布，突然間響起震破蒼穹的雷鳴聲，隨後閃電降臨。

顧清婉正埋頭清洗碗筷，突如其來的雷聲，嚇得她手中瓷碗掉在地上，「砰」一聲摔成好幾瓣，她拍拍胸脯，蹲下身去撿碎掉的碗碴，卻一不小心把手割破，手指瞬間便被染紅。

「轟！」比剛才還要大的雷聲響起，閃電劃過蒼穹，把屋子裡映射得忽明忽暗，這一幕，讓顧清婉腦中突然間想起前世被陸仁用剪刀劃破肚皮的情景。

「不！」她抱著頭，努力讓自己不要去回憶，卻克制不住那些畫面鑽進她的腦子裡。

外面雷鳴閃電，隨後是傾盆大雨，同樣惡劣的天氣，手上被劃破的傷口溢出血水，前世的痛苦襲擊著她的頭和心臟。

「不！我不要，我不要看到那些畫面！」她大吼一聲，朝後院的屋子裡跑去。

顧清言正好打掃完前廳，聽到打雷，想要找姊姊說話，卻見她像瘋魔一般跑進屋子裡。他這才想起姊姊說過被陸仁殘害的情景，也是這樣的天氣，於是擔心地追去，但門卻上鎖了。

「姊姊，開門，弟弟在這兒，不要害怕，開門！讓我陪妳。」雷聲和著他的聲音在門外響起。

顧清婉縮在角落，痛苦地抱著頭。這一刻，她感覺肚子好像也跟著疼痛起來，那種撕裂的感覺也一起出現。

「啊——」

她慘叫一聲，用頭撞上牆壁，她不要再忍受那種撕心裂肺的痛，不要！

「姊姊，妳開門！我求求妳，不要嚇我，開門！」顧清言急得使勁撞門，但是他根本撞不開。

外面閃電雷鳴，雷雨交加。

顧清婉的頭此刻已經撞破，血水順著額頭流到臉上，看起來異常恐怖，經過這麼一撞，額頭上的疼痛激醒了她，腦子裡的畫面終止了，小腹的疼痛也沒再出現。

她摸向額頭，看著手上黏稠的血水。

「啊——啊——」突然間，外面傳來顧清言的慘叫聲。「姊……姊……救……我……啊……」

「言哥兒！」顧清婉噌一下站起身，急忙把門打開，嚇得六神無主地站在門口。

只見弟弟被閃電劈中，倒在地上翻滾，聽到慘叫她才回過神來，衝上去抱著顧清言。

也就在這時，再次落下一道閃電，被她給擋去。

「啊——」閃電劈在身上，疼得她叫出聲。

「姊！」顧清言已經被劈了一道閃電，現在很虛弱，暈暈沈沈的他聽見顧清婉的叫聲，勉強撐開眼皮，看向姊姊。

顧清婉沒想到有一天會遭到雷劈，真是滑天下之大稽，都說要做了缺德事才會遇到這種情況，為什麼她和弟弟會遭遇這種事？

稍微清醒的她也知道不能一直待在外面，忍著疼痛，抱著弟弟準備進入房間。當她步入房門那一刻，一道閃電追擊而來，襲到她身上……

當顧清婉醒來的時候已是第二天，雷鳴閃電已經停止，只剩下風平浪靜，她睜開曚矓的雙眼，看清楚所在的地方，她趴在門口的地上，弟弟躺在她前面。

她急忙跑過去搖晃顧清言。「言哥兒，你醒醒！」

好在顧清言一搖就醒，他揉了揉眼睛坐起身。「姊姊，我們怎麼會在這裡？」

「你不記得昨日的事了嗎？」顧清婉已經記起昨日發生的事。

「我被雷劈了，妳是不是也被劈了？」

「嗯。」顧清婉點點頭。「雷為什麼要劈我們？我想不明白，雷不是只劈壞人嗎？」

顧清言並不像姊姊那般天真，他沈吟一會兒，才緩緩道：「因為我們兩個都不是該存在這個世上的人。」一個穿越，一個重生，都是逆天的存在，老天自然不允許。

「我不懂，我被雷劈可以理解，那你是為什麼？」顧清婉左思右想，想不明白。

「因為我擁有異世界的記憶。」顧清言苦笑道。

「既然老天不允許我們存在，我們怎麼還活著呢？」顧清婉感受一下身上根本沒有什麼問題，滿心疑問。

「或許是老天高興，放我們一馬，別想了，總之我們活著就好。」顧清言拍拍姊姊的肩膀，安慰地笑道，只是手上的動作突然僵硬。

驀地，姊弟倆同時看向對方，因為他們各自感覺多了一些東西。

第三十二章

晨風輕拂間，花草搖曳，花香滿園。

寂靜的屋子裡，姊弟倆都是一臉震驚，難以置信，氣氛怪異。

半晌後，顧清婉突然抓住弟弟的手，驚恐地道：「言哥兒，我、我、我看到一口井在我旁邊，是不是我會死在裡面？」

「什麼樣的井？」顧清言被姊姊的樣子嚇到了，濃黑的眉皺起，他根本看不到有什麼水井。

「周圍好黑，只能看到一口井，井畔有一塊石碑。」顧清婉不敢睜眼，因為在她旁邊，有一口滿水的井，出現這麼靈異的事，誰都會感到恐懼。

「姊姊，別怕，我在呢。」顧清言安慰道，旋即腦中靈光閃現，拍拍她。「姊姊，別害怕，妳好好看看那井畔的石碑上寫什麼？」

顧清婉點點頭，緊緊攥著弟弟的手，睜開眼看向她旁邊的石碑，當看清上面的字時，整個身軀都顫動不已，那不是恐懼，是一種說不出的激動。

「姊姊，妳說話，別嚇我。」顧清言不明白她看到了什麼，為什麼會有這樣的表現？

「石碑上寫著：天上人間唯有此井，取之不盡用之不竭，無所不能有求必應，萬能井。」顧清婉喃喃地唸出石碑上的字。

「萬能井？」顧清言不敢置信地瞪著眼睛。

「旁邊還有使用說明。」顧清婉輕輕頷首，開始往下看解說。

顧清言驚訝過後，想到了什麼，站起身往外走。「姊姊，妳等我一下。」聲音還在，人卻已經消失在門口。

須臾，他拿著木瓢和木盆走進來。「姊姊，妳試著往裡面放點水，看能不能取出來用？」

顧清婉點點頭，拿著木瓢往井裡取水，隨後倒進盆中。

看著盆中的水，顧清言蹲下身將手放進去，就和普通的水沒有分別，但他知道，一定沒有這麼簡單。

顧清婉試著用石碑上教的方法，心頭默唸舀出一瓢熱水，頓時瓢裡的水熱氣騰騰，她一臉驚喜。「言哥兒，你看！」

「天哪！」顧清言看著熱氣氤氳的一瓢水，旋即一臉喜色。「姊姊，妳快把水倒進盆裡，再試試冰水！」

顧清婉隨後依言試了幾次，不管什麼味道的水都能舀出來，若是萬能井知道顧家姊弟倆這樣浪費水，一定會把井水收回去。

如今至少知道這口井真的是有求必應，只能以後再慢慢去驗證其他方法。

「姊姊，我也有特別的能力。」顧清言看著姊姊在那裡玩水，也想分享這個祕密。

聽到顧清言的話，顧清婉停下手上的動作，驚訝地看向他。「什麼能力？」

顧清言笑著牽起姊姊的手，用手指著那一截手腕處。「我能看到筋脈流動、每一根脈絡的延伸處，這應該是透視眼。」

他和姊姊不一樣，見識過的東西比較多，沒有姊姊那麼誇張和興奮，但他清楚地知道，突然多出的透視眼能力，對他來說是好事。

他本來就是一名醫生，整天幫人開刀，有了這透視眼，正好彌補古代沒有的儀器，就算沒有那些高科技，他也能精準地在病人身上找到患處。

看來，就連老天都不想讓他把前世的技術放下，這真是太好了。

既然如此，他可不能暴殄天物，將來等整個家都好起來，他再做他要做的事情，男人就該有男人的事業。

顧清婉不知道透視眼是什麼，但聽弟弟的語氣，那是非常厲害的能力，看顧清言這麼高興，這能力對他一定很有用處。這樣很好，以後他們姊弟二人都有保護這個家的力量。

姊弟倆很快就接受了各自的新能力。萬能井在沒有特別要求情況下取出的水，做飯味道比用一般的水要香，長期飲用能延年益壽，強身健體。

顧清婉為了驗證這一點，做了一些糕點，這些糕點是為了給飯館宣傳用的，但是，當糕點剛出爐時，他們的飯館門口就圍了好多人。

顧清言在大廳裡寫傳單，聽到外面吵雜一片，從門縫裡看到門口圍滿了人，嚇得趕忙跑到後廚。「姊，外面圍了好多人，對我們的店指指點點，不會是來找碴的吧？」

「我們去看看。」顧清婉也想不明白，姊弟倆從後廚走到大廳，站在門後看了一會兒，才壯著膽子把門打開。

門一打開，圍著的人便圍攏上來。「請問是你們家在做糕點嗎？」

「是的。」顧清婉不明所以，出於禮貌，還是點頭回道。

「我說怎麼這麼香呢，姑娘，妳是不知道，這香味我們附近的人都聞到了，所以才來看看。」一名膀大腰圓的婦人朝飯館裡探頭探腦，吞著口水道。

「原來如此，叔叔、嬸嬸們稍等。」顧清婉頓時明白過來，她的糕點本來就是為了給飯館宣傳用的，這一下，都不用他們出去，名號就能打響。

這一堆人裡面，有不少男子，顧清言怕影響到姊姊名聲，遂跟著去後廚，接過姊姊手中的糕點。「前面交給我。」

說完，端著糕點出去。

顧清婉當然明白顧清言的意思，遂沒再出去，而是開始做飯。姊弟倆醒來後一直驗證能力，之後便忙到現在。

昨兒烏雲密布，閃電雷鳴，今日晴空萬里，午時的陽光異常灼眼。

顧父、顧母揹著被褥走到自家飯館門口，看到那麼多人排隊，不明白發生了什麼事。只覺空氣中瀰漫著糕點香味，聞到這香味，肚子裡的饞蟲便蠕動、翻滾起來，夫妻二人由飯館旁的巷子裡進去，從後門進院。

「小婉，還沒開張，怎麼那麼多人？」一進門，顧母放下背簍，便朝後廚裡忙活的顧清婉喊道。

「今日本來是想去派發糕點、傳單的，但糕點剛剛做出，外面就圍了不少人。」顧清婉笑著回道，自廚房裡走出來。

顧清婉話音未落，顧清言便端著空空如也的小簸箕進來。「發完了。」

「反應如何？」顧清婉回頭看向弟弟。

「有的人領了一次，吃完還想渾水摸魚再領第二次，妳說呢？」顧清言笑著把小簸箕放進廚房，走到門口。「姊姊，快做飯，餓了。」他剛還想著那麼多糕點派不完，留下的他吃，結果一點渣都沒有剩下。

「好。」顧清婉笑著應一聲，抬眼看向顧母，正想問娘吃了沒，卻見她臉色不好。爹也是緊皺眉頭，不由擔心地問道：「爹，娘，您們這是怎麼了？」

「沒事，妳快去做飯，我和妳爹去給你們鋪床。」顧母說著，已經進入房間。

姊弟倆相視一眼，總感覺有什麼事發生，可是他們的爹娘明顯不願意多談，他們也沒有辦法。

顧清婉做飯快，只用了小半個時辰，便炒了胡蘿蔔臘肉、兔肉燉蘿蔔，飯館裡只有這些能存放的食材，新鮮的還沒去購買。

剛擺好飯菜，店門就被敲響。

「叩叩叩——」

顧父、顧母已經鋪好床，正在大廳裡陪姊弟倆說話，聽見敲門聲，顧父去開門，表情和姊弟倆方才一樣呆愣——外面黑壓壓一群人。

「……請問你們是？」

「你們飯館開業了嗎？炒菜味道真香！」一名漢子想朝飯館裡看，被顧父堵在門口，只得作罷。

「飯館尚未開業呢，還有四天。」顧父笑著回道。

聞言，眾人一臉失落。

「謝謝各位叔叔、伯伯、嬸嬸們這麼支持小店，等開業當日，一律飯菜免費。」顧清言從顧父身後探出頭，開口道。

此話一出，眾人頓時眉開眼笑，都說到時一定來捧場，隨後都漸漸散去。

送走眾人，顧清婉走回飯桌吃飯，顧父把門關上，走到一旁桌邊坐下，笑道：「說真的，小婉今兒做的菜特別香，是不是加了什麼佐料？」

顧母亦是看向女兒。

姊弟倆相視一眼，顧清婉笑道：「這裡的佐料齊全。」說完這話，她都感覺一陣心虛——做飯用的水，是她從萬能井裡取出的。

顧父、顧母不疑有他，點點頭。

一家子又商量一下飯館開業的事，顧父、顧母便要回去，離開時，顧母一臉欲言又止，最終沒有開口。

這讓姊弟倆更加疑惑，卻沒有多想。

飯館即將開業，姊弟倆都留在飯館裡照看著，再添置些東西。

幾天時間一晃就過，終於到了期待已久的開業日。

顧父、顧母都請了村子裡關係好的人前來吃飯，顧清婉也給夏祁軒和夏海下了請帖。請的人都來捧場，包括夏祁軒、夏海幾人。夏祁軒還是特約嘉賓，幫忙剪綵。

顧清婉如今已及笄，更是得注意形象，不管做什麼都由顧父他們負責，她只在後廚埋頭做菜。

今兒人多，顧母更是把她看得緊緊的，不准和外面的人見面。她實在想不明白娘這麼緊張做什麼？不過，這事情等她回去就知道了……

剪完綵，就是賓客入席，顧清婉早就把涼菜都備好，蘭嬸、李翔、她娘三人幫著端菜。每端一盤，桌上的菜便空一盤，還有更誇張的人，竟然舔盤子！

涼菜都吃完了，但熱菜還沒出鍋，不少人攥著筷子，眼睛不時瞟向後廚窗口——那裡是傳菜的地方。

看得櫃檯後的顧清言一陣無語，他也知道，姊姊手藝本來就好，再加上萬能井的輔助，那菜的味道是人間絕味，但也用不著這樣誇張吧？

就連夏祁軒那一桌亦是如此，雖然沒有到舔盤的程度，但每個盤子裡沒剩下一點渣。

「公子，這菜是小婉做的。」海伯低聲對夏祁軒道。

「嗯。」夏祁軒淡淡點頭。

「小婉前些天及笄了。」海伯又道。

「嗯。」夏祁軒仍然淡淡點頭。

「小婉長相好，廚藝好，人品好，聽說醫術也好。」海伯不死心地又說了一句，他雖然是下人，但從小看著夏祁軒長大，當然希望公子能遇到好的女子相配，而顧清婉就是這個人選。

「嗯。」還是淡如水的聲音和淺淺的笑容，好似根本不關他的事。

海伯無奈地嘆了口氣，閉嘴不再說話，他能感覺到夏祁軒不是無動於衷，只是心有顧慮。

阿大、阿二幾人今兒也一起來吃飯，他們見狀也是面面相覷，不明白這麼好的女子，公子怎麼不把握機會？

幾人沒有看見，他們家的公子此刻雙手緊緊抓住兩條腿，因用力過度，手上青筋突顯，可見內心並不如表面那般平靜淡然。

不多時，聽到後廚一聲如黃鶯出谷般清脆的聲音響起。「傳菜——」

雖然只有短短兩字，但是不管聽在誰耳裡，那都是天籟之音，這話意味著他們又有吃的了！

上來的熱菜是馬鈴薯片炒臘肉，儘管熱氣蒸騰，這些人好像不怕燙一般，挾著就往嘴裡塞。

菜的味道說飄香十里也不誇張，飯館附近蹲守著很多人，每個人眼睛都盯著雲來飯館，只等那一撥人出來後衝進去。

顧父探頭看到外面景象，剛開始還擔心飯館沒生意，如今看來生意實在太好，這樣會不會累到他女兒呢？

顧父能想到的，顧清言也能想到，他此刻正在書寫，不多時，放下毛筆，把紙拿起來放在嘴前吹氣，將墨汁吹乾，隨後從櫃檯裡拿出漿糊。「爹，來幫個忙。」

如今櫃檯裡沒有財物，他也不怕有手腳不乾淨的。外面守著的人看到店家有人出來，都好奇地看過去。

顧父跟上去，看出兒子要做的事，接過他手中的漿糊塗抹在牆壁上，隨後把紙貼上。

父子倆剛一進店，門口的人便圍攏上來。

「本店營業時間，晌午午時到未時，下午酉時到戌時，其餘時間不營業。」一名男子嘴裡唸著，抬頭看向天空，再小半個時辰便到未時，這麼說，他是吃不上了？

明白過來的人們面面相覷，心裡更加迫切，真希望裡面的人快點出來！

不過裡面的人可聽不到他們心裡的呼喚，所有的菜上齊，也吃完了，卻沒有想要走的意思，一個兩個還在乾瞪眼。

最終沒有辦法，又將糕點拿出來，每一桌八塊，一人一塊。

有的人吃完糕點，還想去拿的時候，盤子已空，只能訕訕地縮回手。

夏祁軒主僕幾人本打算離開，見送上糕點，便又坐下把糕點吃完，吃完糕點的幾人還意猶未盡，不過他們都不是普通人，知道沒有後續，便要離開。

離開時，自然要與主家打招呼。

顧清婉一直在後廚窗邊看著外面情況，見夏家主僕準備離開，和顧清言說著話，她現在很想知道他們對菜色的評價，但又不方便去問。

夏祁軒和顧清言說著話，卻能感受到顧清婉的目光。

想到顧清婉那般美好，他的心裡滿是黯然。對他而言，顧清婉是個特別的女子，是他遇到的女子中，最讓他刮目相看的人，可惜他已經不是原來的他，沒有資格去擁有美好的人。

顧清言雖然只有十二歲，但靈魂可是要大過夏祁軒的，見他和自己說話時，就算笑著，眼裡卻有著一閃即逝的苦澀，再感覺到姊姊的視線，他側目望去，嘴角微勾。

若是要眼前的人做他姊夫，他是萬萬不答應的，這樣一個人，配不上姊姊。

「夏東家慢走。」說著，他已經開始趕人了。

「告辭。」夏祁軒淡笑頷首，禮貌地向顧父抱拳作揖後，轉動輪椅，被阿大、阿二抬出飯館。

「小言，告訴你姊姊，飯菜味道極好，以後海伯天天來。」夏海說完，又對顧父道：「告辭，莫送。」說著，撩動衣襬，走出飯館。

夏家主僕相繼離開，飯館裡其他桌的人雖然沒吃夠，但也不得不走。

守在門口的人見此，正要往飯館衝，被顧清言攔下。「對不起了，各位，今兒中午已到休息時辰，要吃飯的趕下午來，還是那句話，今兒的菜一律免費。」

雖然很多人露出失望之色，但聽到顧清言後面一句話，還是高高興興地離開了，只等著下午早些來。

等眾人離開，顧清言直接把門一關，開始收拾碗筷。

「我還沒見過像你這樣做生意的，哪有開門做生意，半路關門不讓人來的？」顧清婉笑著從後廚進來。

「妳要是不怕累也行。」顧清言看了姊姊一眼，一副不識好人心的眼神。

「隨你安排好了。」顧清婉笑著把桌上盤碟全部疊在一起，抱著便朝後院走去。

開飯館本來就不是她的喜好，她最想做的事還是開醫館。

第三十三章

醫館不管生意好不好，至少她是在做濟世救人的事，飯館則只是為了生計而開。

今兒在後廚忙活的時候，她就想到，如今有了萬能井，開醫館一定有如神助，能救更多人。

主要還是她想為全家人積福積德，希望一家子都能平平安安到老，不再遇到任何波折。佛經中說過，救人一命，勝造七級浮屠，開醫館能救無數人，那樣積福越多，家人就少受折磨苦楚。

顧清婉的想法和弟弟如出一轍，不過姊弟倆都沒有說，目前還是先解決一家人的生計要緊。

顧清婉還想著掙了錢買田、買地，讓爹娘真正有根的感覺。

「姊姊，別洗了，去做飯，我們都餓了。」顧清言抱著一疊碗來到院子，看著顧清婉在刷碗，開口道。

「好。」顧清婉笑著站起身，在圍裙上抹了一把手，進入後廚。

蘭嬸手裡拿著撮箕和掃把，笑咪咪地從前廳進入後院。「還以為今兒能落下不少殘湯剩飯呢，哪知一點渣都沒有。」

「娘，您說的什麼話，這不是好事嘛。」李翔穿著灰色褂子，肩膀上搭著一塊布巾，還真像小二。

「是，是，我口誤。」蘭嬸說著，蹲下身開始幫顧清言洗碗，又對李翔道：「以後好好在店裡幫忙，家裡有我和你爹。」

「我知道。」李翔應道。

「言哥兒，以後蘭嬸就把翔哥兒交給你了。」蘭嬸對認真洗碗的顧清言道。

「好。」顧清言應完站起身，走進廚房。「姊姊，一會兒妳給做一個紅燒肘子，讓蘭嬸帶回去給李明叔。」

「以前見你可不這麼好說話，今兒是怎麼了？」顧清婉沏著菜，挑眉笑著看向弟弟。

「是我認可了他們。」顧清言笑道。

顧清婉只是好笑地點點頭，確實，弟弟性子清冷，不認可的人他不會給什麼好臉色，更不會對對方好。

幾人收拾完，顧清婉的飯菜也隨之做好，一起吃完飯，顧父、顧母、蘭嬸便要回村子裡去。

今兒不是趕集日，人沒有那麼多，只有飯館附近的人，有的人家今兒還不知道他們雲來飯館開業呢。

豈料姊弟倆完全低估了消息傳遞的速度，雖然開業當天只有附近的人知道，但由第二天開始，就連鎮上附近的幾個村子也傳開了。

自從吃過雲來飯館的菜，老人晚上能睡好，孩子夜裡不哭鬧，一覺到天光；幹活的人累如狗，吃了雲來飯館的飯菜，立馬精神抖擻。

不知何時，鎮上流傳這麼一首民謠，姊弟倆聽到這民謠時都笑起來，有這麼神奇嗎？姊弟倆都不知道，這民謠唱的是事實，因為連他們自己都不知道那口萬能井的功效。

一晃半個月過去，飯館裡生意每天爆滿，半月下來，三人身體雖然沒有疲憊，但心裡有些累，顧清言建議放假一天。

遂在第二天天剛亮，姊弟倆與李翔一道回了村子。

今兒也不知是不是走什麼霉運，剛回到村口，便遇到曹心娥出村，幾人冤家路窄。

曹心娥現在的樣子，不知道的恐怕會以為是三十來歲婦人，也不知道她怎麼回事，瘦骨嶙峋，看起來像個骷髏怪。

「好狗不擋道。」曹心娥看到顧清婉冪籬中那張清麗的容顏，內心的嫉妒之火噌噌往上冒。

「嘴巴給我放乾淨點。」顧清言沒想到曹心娥會這樣罵姊姊，頓時把顧清婉拉在身後護住，怒瞪著曹心娥。

「一個忤逆子，一個忤逆女加悍女，和你們說話，我還覺得倒胃口。」曹心娥說著，眼睛望天，一臉目中無人。

「曹心娥，妳再胡說八道，別怪我不客氣。」顧清言冷聲道。

聽到這話，曹心娥兩手扠腰，隨後食指指著顧清言的鼻子。「你要怎麼不客氣？我還怕你不成？滿村誰人不知你們姊弟倆不是好東西，連自己祖母都罵。別人家閨女及笄後，那門檻可是被人踩爛，但你們家呢，連條狗都不願意進你們家門。」

顧清婉終於弄明白為什麼前段時間娘一直怪怪的，原來如此，一定是那老太婆傳出去的。

顧清婉還真猜對了，那日顧王氏離開他們家門，便掐了自己幾把，直把自己掐得淚流滿面，才慢悠悠離開。

村子裡本就有好事之人，見狀自然要圍攏上前去勸，結果顧王氏便把顧清婉姊弟倆說的話都說給村人聽，也是從那天開始，顧清婉的名聲便被顧王氏給毀掉了。

作為男兒，最討厭的就是別人指著他鼻子，顧清言抓住曹心娥的手指就一擰，頓時把她擰得弓著腰慘叫。「啊——救命！啊——殺人了！」

「言哥兒！」顧清婉沒想到弟弟竟然會這麼衝動，趕忙拉開他。

顧清言生氣的不是曹心娥罵他，而是聽到顧清婉名聲受損，沒人願意上門求親，他雖然是穿越的人，但也知道女子的名聲是何等重要。

李翔憨厚卻不笨，他就說嘛，前段時間他娘神神祕祕的，總是和他爹說小婉姊姊命苦，原來是這個意思。

這半月以來，他是最瞭解顧清婉的人。

飯館附近的乞丐們這些日子都沒餓過肚子，顧清婉每天晚上都會做好吃的給他們送去，看到病重的人還會幫他們針灸，這樣一個心地善良的人竟然被傳為悍女、忤逆女……

哪個沒心肝的人說的？若是讓他知道，一定不會放過那人。

曹心娥捂住自己的手指，蹲在地上痛哭，顧清言懶得再看她一眼，拉著顧清婉，叫上李翔，越過曹心娥身邊離去。

回到村子裡，好多人看到三人，都笑著打招呼。

顧清婉知道，這都是表面說笑，心裡怕是和曹心娥一樣看待她。

李翔走到村中就和姊弟倆分開，約好明兒一早一起回飯館。

回到家，姊弟倆一進門便看到顧母坐在院子裡清洗藥草，陽光灑在她身上，鍍上一層金光。

「娘。」姊弟倆異口同聲喊道。

顧母沒想到兒子、女兒會回來，驚訝地問道：「怎麼回來了？」

「想爹娘就回來了。」顧清婉笑著走過去，從後面抱住顧母，頭靠在她背上。

「都是大人了，被人看了笑話。」顧母雖然說著責備的話，卻沒阻止女兒的行為。「前日不是才見過？」

「娘都說了，那是前日。」顧清婉說著去拿小板凳，邊問道：「爹呢？」

「挑水呢。」顧母回道。

顧清婉拿過小板凳坐在顧母旁邊，幫著一起洗藥草。

「姊姊，這就是金銀花？」顧清言走到藥架前，摸著小簸箕裡曬著的東西。

「你看了那麼多醫書，還分不清楚嗎？」顧母看了兒子一眼道。

「他不是不認識，是沒自信。」顧清婉笑著接過話。

「怎麼回來了？還沒進到院子就聽見你們的聲音。」顧父挑水進門，問道。

「想爹就回來了。」顧清婉起身去接過她爹的擔子，把水倒進水缸裡，一邊道：「爹您歇著，讓女兒去挑。」

「好，誰叫我女兒有力氣呢。」顧父笑著拿小板凳坐下。

顧清言沒再看藥材，而是從懷裡拿出十兩銀子遞給娘。「娘，您把銀子收好。」

這些銀子都是飯館這半月掙的，飯菜比大酒樓裡的便宜，而且生意極好，一到飯點座無虛席，半月掙下十兩，是很不錯的收入。

「你把銀子給娘做什麼？拿給你姊姊，讓她攢個嫁妝。」顧母知道孩子孝順，有好東西都交給她，就是因此她才難過。

眼看女兒都及笄了，被顧王氏那麼一攪和，連個上門求親的人都沒有，這些日子可愁苦了她，讓她女兒以後怎麼嫁人？

一想到傷心處，顧母看顧父就不順眼了，立馬甩給他一個眼刀子。

「我怎麼了？怎麼這樣看我？」顧父不明所以。

「都怪你娘，害苦我的小婉。」顧母說著，連藥材也不洗了，把藥材甩進盆子裡，眼淚如斷線珍珠一般往下掉。說完這話，她才想起兒子在一旁，頓時強扯出一抹笑容。「我在跟你爹鬧著玩呢。」

顧清言假裝不知道，露出一抹沒心沒肺的笑容。

夫妻倆這些日子來每天為了這件事都要吵一吵，顧父也很無奈，對顧王氏確實有些心冷。名聲於一個未出閣的女子是何等重要，他娘不可能不知道。

兩人心裡都有氣，但都不會當著孩子的面吵。顧清婉回來的時候，一家三口說說笑笑，把水倒入缸裡，她又挑著水桶出門去了。

顧清婉前腳剛走，後腳就來人，來的不是別人，是顧愷先和顧愷梅。

顧父、顧母雖然對顧家那邊的人心寒，但都不表現在面上，連忙招待兩人進屋坐。

六月的天氣，屋子裡顯得悶熱，顧愷梅直說坐院子裡就成，涼快。

待幾人坐定，顧愷先兩人暗中打了個眼色，最終由顧愷梅開口。「六弟妹，小婉可許了人家？」

此話一出，顧清言挑眉，顧父、顧母相視一眼，隨即搖頭。

顧父、顧母的表現令顧愷梅暗笑，經她娘那麼一鬧，誰還敢上門求親？臉上露出一個大大的笑容。「那正好，我今兒過來，就是給小婉說一門親。」

「哦，不知道對方是何許人？家中如何？」顧母一聽，即使不抱什麼希望，但有人說親總好過沒有。

顧父雖然沒開口，但意思還是很明顯，也想知道對方家世好不好，配不配得上他的女兒？

顧清言站在一旁，默默聽著，也不說話。

只聽顧愷梅笑道：「三姊給小婉介紹的人，那絕對是一等一的好，此子是我們村的秀才，長得濃眉大眼，生得俊俏白皙，身上無一丁點殘疾，年僅十九歲。」

顧父、顧母顯然不信，顧母問道：「條件這麼好，怎麼還未娶妻？」
「就是有一點，此子沒爹沒娘，家裡也沒田地，條件不是太好，所以才一直未曾娶妻。」說這句話時，顧愷梅的聲音都弱下來，隨後又道：「不過你們放心，此子才學高，雖然現在窮，但依照他的本事，很快就能高中。」
「那他叫什麼？」顧父一聽是秀才，心裡已經有幾分接受。
顧愷梅一看顧父的臉色，就知道有戲，笑道：「陸仁。」
陸仁？是上輩子殺死姊姊的人嗎?!
顧清言聽到此，內心不能再平靜，當即朝院外走，準備去找姊姊。才走到門口，差點撞到剛好進門的顧清婉。
「怎麼走路的？冒冒失失。」顧清婉嗔怪一句，便看到院裡坐著的幾人，臉上笑容頓時收斂，禮貌地喊道：「大伯，三姑。」
「哎呀，咱們家的小婉是個勤快的孩子，嫁過去不受罪。」顧愷梅笑著說一句。
正在倒水的顧清婉差點把水桶滑到地上，看向顧清言，用眼神詢問：出了什麼事？
顧清言湊到她耳邊低語。「他們來給妳介紹婆家，這個人沒爹沒娘，是個秀才，長得濃眉大眼，俊俏白皙，年僅十九歲，叫陸仁，是不是妳說的那個人？」
聞言，顧清婉的臉色大變，身子微微搖晃兩下，顧清言趕忙扶住她。「沒事，別怕，弟弟不會讓妳再嫁給那個中山狼。」
穩了穩心神，顧清婉放下水桶，還在聽著顧愷梅吹噓陸仁如何如何的好，她忍不住開口道：「既然這麼好，怎麼姑姑不讓表妹嫁過去，以後好當官太太享福呢？」

「不是我不願意，是妳表妹已經定了人家，這不是肥水不落外人田嘛，姑姑有好的當然得想著妳。」顧愷梅也不害臊。

「我好像不止一個表姊吧，既然三姑這麼想，四姑和五姑的女兒們離你們又近，何不介紹給她們？」顧清言既然知道陸仁就是姊姊前世的厄運，他自然要阻止這一切。

「你們兩個孩子懂什麼？三姑怎麼會害你們？不要不識好歹。」顧愷梅有些火大，姊弟倆三番兩次老和她作對，要不是為了那一千兩銀子，她又何必來受這窩囊氣？

顧清婉氣急，正要開口，被弟弟搖頭阻止，顧清言搶先道：「不識好歹就不識好歹，我說你們是黃鼠狼給雞拜年——不安好心，既然妳心腸這麼好，那就介紹給別人，不要再來我們家，要再來我就把你們打出去。」

「言哥兒，你怎能不敬長輩，這就是你說話的態度？」顧父沒想到兒子態度會這麼激烈，就算不願意，也不能這樣做，讓兩家人難堪。

顧清言被他爹這麼一說，沒再說話，只是將頭別過一邊，不想看到顧家兄妹。

顧愷梅本想發火的，見顧父責罵顧清言，臉色才好看一些，只是還沒維持一瞬，便聽顧父道：「大哥，三姊，你們每次來都把我家弄得烏煙瘴氣，若是如此，就請你們以後少來。」

「顧愷之，這是你能和我說的話嗎？」顧愷梅噌一下站起來，便指著顧父的鼻子罵。

顧愷先見要吵起來，連忙拉著顧愷梅，低聲勸道：「三妹，先別說了，我們先回去從長計議。」

顧愷梅被顧愷先拉著走到大門口時，回頭道：「顧愷之，你記住，這事沒完，我好心好意來給你家小婉說媒，你竟然這樣對我，我回去一定給咱們娘說！」

說罷，兄妹倆甩袖離去。

一直沒開口的顧母看了一雙兒女一眼，嘆口氣道：「當家的，你這又是何必？」

顧父看向姊弟倆，重新落坐，問道：「你們兩個怎麼回事？」

「爹，我不願意嫁讀書人，讀書人一肚子壞水。言哥兒只是幫我說話，你別責罰他，要罰就罰我。」顧清婉低垂著頭說道，她不可能把實話說出來。

顧父皺眉道：「誰說讀書人一肚子壞水？讀書人人品高潔，尊重妻子，並且前途遠大，妳若是嫁了讀書人，以後就可以過得安樂點，不用整日奔波生計，這有什麼不好？」

人品高潔？尊重妻子？若真是如此，她又何故落得慘死的下場？顧清婉一臉決然。

「爹，總之，我不會嫁給讀書人。」

顧父沒想到女兒這一次會這麼倔強，態度如此堅定，他眉宇緊鎖，正要說話，兒子開口了。

「爹，陪姊姊一輩子的是未來姊夫，所以她有權選擇自己的人生，我們不要把自己的想法強加於她，好嗎？」

顧母嘆了口氣。「當家的，這事先擱一擱，將來的事誰說得準呢？我們一家人難得聚在一起，不要為了這種事爭執，行嗎？」她其實也不太喜歡顧家兄妹咄咄逼人的樣子，感覺不像與人說親，倒像是強塞。
被顧母這麼一說，顧父嘆了口氣，便沒再提這個話題。
顧清婉姊弟出去繼續打水。
「妳在擔心難逃厄運？」顧清言走到顧清婉旁邊。
「沒有，現在的陸仁對我來說，隨隨便便就能弄死他。我眼下想的是另外一個很重要的問題。」顧清婉一手掌握前面的桶繩，一手掌著後面，整個人看起來像側著身子行走一般。
「什麼？」
「顧家人突然間找上門來，現在又給我說親，這一切到底有沒有關聯？我總感覺這背後有一雙大手在操控一切。」顧清婉說話的時候注意過，周圍沒有人。
此時將近午時，好多人都歸了家，在家歇著，路上只有姊弟倆。
經顧清婉這麼一提，顧清言的神情也變得慎重，希望這一切只是巧合。

第三十四章

自從顧家兄妹來說親已經過了好幾天，沒有聽到什麼風吹草動，本以為這事就這麼過了。

沒想到第五天中午，顧母來到飯館，顧清婉忙著炒菜，當她看到娘親雙眼紅紅地站在廚房門口時，忍不住皺眉。「娘，您怎麼來了？爹惹您生氣了？」

「沒有，妳先忙。」顧母說著擦了一把眼淚，去後院幫忙洗碗——飯館裡就姊弟倆加上李翊，並沒有別人，碗筷通常是留著到午歇時三人一起洗。

顧清婉一看娘就知道有事，但現在外面客人太多，手上停不下來，只能等到午歇的時候再說。

好不容易熬到關門休息，顧清婉做了幾人的飯菜，四人圍桌而食，顧母沒有當著兒子和李翊的面說什麼。吃完飯，都收拾妥當後，母女二人進了最後面那間臥房裡。

一進門，顧清婉把門關上，拉著顧母行至床畔坐下。「娘，現在能說了嗎？」

被女兒這麼一問，顧母忍了許久的眼淚，忍不住掉下來，顧清婉心疼地用袖子幫她抹淚。「娘，到底發生了什麼事？」

「妳祖母來了。」顧母說完又嚶嚶哭泣起來。

腦子裡赫然出現一道身材嬌小，穿著藍色斜排上衣、百褶裙，一雙三角眼的身影，顧清婉一挑眉，不以為然道：「她來做什麼？」

「她說以後就住我們家裡，第一，為了增進和你爹的母子感情；第二，她要接掌家裡，以後家裡的事情都她作主。」顧母說著，腦子裡就想起顧王氏蠻橫無理地說以後孩子的親事由她作主的樣子。

「那麼爹呢？」顧清婉心裡已經可以肯定，顧家那邊一定是受人指使，不然都鬧成這般了，他們還不死心，現在又來這一招。

「妳爹做兒子的，能做什麼？最多只能沈默……」顧母說著又哭了，她真的有種走投無路的無力感。

「娘，您別傷心，我會處理好這件事。」顧清婉抱著娘安慰，一雙清澈的眼底蓄滿冷意。

等到顧母的情緒好一些，顧清婉走出去，敲響隔壁房門，弟弟和李翔就住在裡面。

「姊。」敲門聲剛響，顧清言就開門。

「下午你和李翔休息，我回去一趟。」顧清婉淡淡說完，準備回房收拾一下。

「如果不行就……」顧清言做了個抹脖子的手勢。

「你聽到了？」顧清婉眉梢一挑，她們說話的時候，都已經把聲音壓得很低了，沒想到他還能聽見。

「自從那天之後，我就能聽到很遠的聲音。」顧清言很認真地道：「妳先回去吧，照顧好娘。」

顧清婉微微驚訝弟弟有了這樣的能力，但很快又釋然。她走回屋子，收拾一下便和娘出了後院。

剛出後院，便遇見她過去的好友——梅花，梅花家是村子裡最富有的人家，早些年就搬到鎮上來，村子裡也就偶爾回去住上十天半個月。

梅花勢利眼、虛榮心強，自從她和村子裡的兩個姑娘一起排擠顧清婉，還強行餵她吃泥巴後，兩人關係就漸漸疏遠。

顧清婉記得，前世梅花本已許人，最後卻退了婚事，甘心嫁給一個老進士做妾，後來還因為勾引老進士的學生，被活活打死……

這些日子，梅花也經常來飯館光顧，但顧清婉始終保持距離，不與之深交。不過梅花好似看不懂顧清婉的態度，總會做出兩人很熟的樣子，來找她閒聊攀談。

見梅花站在巷子口猶豫不前，一看就是專程來找她的。

「月嬸，您也在。」見到母女二人出來，梅花主動上前打招呼。

顧母點點頭，笑道：「好長時間不見，妳越發好看了。」

梅花假裝不好意思地笑了笑，上前自來熟地挽著顧清婉的手臂，湊近她道：「妳們是準備回去嗎？」

顧清婉雖然對梅花不喜，但沒有做得太過，任由她挽著手臂走。「嗯，家裡有點事。」

「正好，我也要回去，前幾天我娘買了一頭豬，要吃豬草，我準備去村子裡收點，我們一道回去。」梅花笑嘻嘻地說著，臉頰上顯出兩個迷人的酒窩，大大的杏眼睫毛撲閃撲閃地眨動著。

「好。」顧清婉眼底閃過嘲諷，若是光看梅花的外表，一定會被她清純乖巧的樣子所騙，但想到梅花對她做的種種，她心底一片冰涼。

一路上，都是梅花在炫耀她家的好事，顧家母女二人聽著，聽見好笑之處就笑笑，聽見不好的就左耳進右耳出，不放心底。

三人回到村子裡，梅花說先回去她祖母家，待會兒再找顧清婉，遂分道揚鑣。

母女倆還沒進門，就聽見顧王氏的聲音傳出。「六子，你看你娶的什麼媳婦，看不得我這老太婆，竟然躲到外面去，飯都不回來做。」

沒有聽到顧父的聲音，母女倆相視一眼，抬腳走進大門。

顧清婉一進門，便見顧王氏抬條板凳坐在院裡，一雙三角眼瞪著她們，家裡灶房煙囪直冒煙，還有切菜的聲音傳出，不用想也知道是她爹在做飯。

「這是賣騷回來了？」顧王氏白眼抽向顧母。

顧母一臉委屈，一句話不敢說，逕自走進灶房。

「祖母您怎麼來了？」經過這次，顧清婉如今才知道，一榮俱榮，一損俱損的道理，她名聲受損不重要，但是她得顧忌爹娘，還有言哥兒的名聲，何況言哥兒以後還得娶妻生子。

「哼，難得妳還會喊我一聲祖母，我還以為妳不認我這個老太婆呢。」顧王氏說著，把臉別過一邊。

「那天是小婉和言哥兒衝動亂說話，祖母莫要怪，小婉在這兒給祖母賠不是了。」顧清婉態度極真誠。

顧王氏輕哼一聲，並沒接話，一臉高高在上，鼻孔朝天。

「祖母生氣，小婉理解，但不要生氣太久，這樣對身體不好，小心氣出個好歹來，爹娘可是擔待不起。」

起初顧王氏聽這話還算中聽，後兩句卻讓她的臉色瞬間變得陰沈，這是在咒她嗎？

顧王氏頓時不依不饒，朝灶房喊。「六子，你看你教出什麼女兒，竟然說這話來咒我！」

「小婉……」顧父挑開門簾，看向院中一臉雲淡風輕的女兒，眉宇緊鎖，臉上寫著為難。

「你要是管不了小婉，以後我來管，直到她嫁人為止。」顧王氏輕哼一聲，接過話去。

顧清婉真是第一次見到這麼無恥不要臉的人，她怎麼會如對方所願？

「祖母年事已高，還讓您來操心我家的煩心事，若是傳出去，人家會以為是我爹娘不孝順，所以還是不用煩勞您老，若是願意待在我們家，好好養著就成，家裡的事無須您操心。」

顧王氏沒想到顧清婉一句就堵了她的話，她說什麼也要接管這個家，她可是聽說顧清婉姊弟倆在鎮上開了家飯館，日進數兩銀。就算不是因為那個人的要求，她現在說什麼也要把這個家控制在手中，把所有東西變成她的，為了這個目的，她可不會輕易放棄。

「妳看看你們家，能沒有一個老人管著嗎？就是因為沒有老人，你們姊弟倆被教養成什麼樣子？要家教沒家教，要涵養沒涵養，長輩說什麼都頂嘴，這是妳一個晚輩該說、該做的事情？為了糾正妳這些惡習，我決定暫時接掌這個家，你們不樂意也不行！」

顧王氏的態度強硬，沒有一點轉圜餘地。

顧清婉再三深呼吸，壓下心裡的怒火，正要開口，顧父從灶房出來，朝顧清婉打了個眼色，讓她別說了，隨後把飯桌端到顧王氏面前。「娘，您消消氣，先吃飯。」

「吃，吃氣嗎？一個兩個都見不得我高興。」顧王氏氣哼哼地說著。

「娘，您別生氣，小婉是怕您累著才說那些話，您要是願意，這個家以後由您來操心，小婉也讓您教導。」顧父說著，一邊用抹布擦桌子。

「你說是這樣說，別人才不這麼認為，待會兒又指使小婉來跟我吵。」顧王氏不依不饒。

「這是我和月娘商議的決定，不會有人反對。」顧父說著看了一眼臉色不好的顧清婉，他知道女兒心裡肯定不好受，但是為了這個家的安寧，他不得不如此，只希望他娘以後不要再鬧就成。

顧王氏的臉色這才好看一些，「嗯」了一聲。「擺飯吧，我餓了。」

「好。」顧父說著，朝顧清婉道：「小婉，去端菜。」

顧清婉應一聲，轉身走進灶房，瞧見娘安靜地坐在那裡。她走過去，蹲在娘旁邊。

「娘。」

「我沒事，妳把菜端出去。」顧母反手拍了拍女兒的手。

顧清婉無奈地嘆口氣，娘應該是認命了吧，隨後將飯菜端出去。

顧王氏端起飯碗，吃了一筷子菜，不滿地道：「怎麼就吃這種菜？這是人吃的嗎？」顧父正在扒飯，聽到這話，抬眼看向顧王氏。「娘，家裡沒有土地，菜種得少，您就將就點吃些，下午我再去買些您愛吃的菜。」

桌上一盤韭菜肉末、一鍋豆角南瓜，加上辣椒蘸水，還有一道番茄雞蛋湯，這些菜，不管在哪兒都可以算是中等的，但顧王氏卻不滿意。

顧清婉陪著娘坐在灶房裡，聽到顧王氏不滿，微微蹙眉，她現在按兵不動是想看看顧王氏到底要做什麼。最重要的是，她想引出顧家背後指使的人。

如果不是為了這一點，她不會忍氣吞聲，雖然不至於像言哥兒說的把顧王氏弄死，但也會讓她半死不活。

「六子，小婉下午不是還要開店，待在家裡做甚？」顧王氏吃著飯，嘴邊還沾著飯粒，也不擦一下，說話的時候，嘴上的飯粒又掉進碗裡。

「店裡太累，小婉歇上半天也好。」顧父頭也不抬地道。

「歇上半天就少掙幾兩銀子，待在家裡跟著沒教養的人淨學些頂撞長輩的事，還不如去掙銀子。」若是別的老人得知自家孫女拋頭露面，肯定不樂意，但顧王氏只把顧清婉當成掙錢的工具。

顧父被說得不知道說什麼才好，只能一個勁兒吃飯。

「你是啞巴了？」顧王氏見顧愷之不搭理自己，氣得把碗丟在桌上，飯也不吃了。

顧清婉實在聽不下去，對她娘道：「娘，您去收拾、收拾，帶上幾件衣裳，我們去飯館裡。」

「好。」顧母長長地嘆了口氣，臉色掙扎，最終點點頭，出去避開也好。

母女倆從灶房出來，逕自走進東北屋收拾衣物，顧王氏的聲音又傳進屋裡。「在外面吃了龍肉回來，這家裡的飯都不吃了。」

顧母一聽這話，腳步一頓，顧清婉忙扶住她。「娘，先收拾，她要鬧就鬧，我們搬去鎮上。」

「嗯。」顧母這才打開房門進入裡間，拿出一個包袱收拾衣物。

顧清婉將娘拿出的衣物都摺好，整整齊齊地放進包袱裡，卻不見有銀子。「娘，把銀子也帶上，不能放在家裡。」

「家裡沒有銀子，不用擔心。」顧母摺著衣裳，臉上沒有絲毫神情。

顧清婉聞言，也沒再追問銀子都去了哪裡，因為她知道，娘不會亂花銀子……

母女倆忙著收拾，院子裡響起吵雜的說話聲，好像還有顧愷梅的聲音，聽到這裡，母女倆收拾的動作又加快幾分。

沒想到，不多時，東北屋門響起，隨後是腳步聲和喊聲。「月娘，小婉。」是顧父的聲音。

母女二人相視一眼，顧母看了眼外面，手上動作未停地應道：「什麼事？」

這時房門推開，顧父走進來，看到母女倆收拾衣物，而且那些衣物全是顧母的，旋即眉宇深鎖。「妳們這是……？」

「家裡鬧心事多，我讓娘去飯館住上些時日。」顧清婉現在對顧父有幾分不滿。顧王氏說那些難聽話，爹一句話都不幫娘。

「小婉，這事先擱一擱，外面來了外人。」顧父無奈地嘆口氣。

「不就是大伯他們，還能有誰？他們是來接祖母回去的？」顧清婉不悅地道。

「不，這次跟著他們來了一個年輕人，就是他們上次說的陸仁，妳祖母和三姑讓妳出去煮茶。」顧父說到陸仁的時候，臉色好看一些，那小子長相俊俏，文質彬彬，是個不錯的男子，說不定小婉見到就喜歡了。

當聽到陸仁的時候，顧清婉心裡的滔天恨意瀰漫在胸間，但怕爹娘擔心，只能強自忍下。

「好，我去煮茶。」顧清婉說著當先走出去。

大夏王朝自年輕的楚皇登基，便昭告天下，所有要結親的男女，可提前見面，但不能單獨說話，得有家長陪同，不滿意可不嫁。

想到這一點，顧清婉就更有信心不答應這門親事，就算其中有陰謀她也不懼。

顧清婉走出屋子，正好看到坐在對面的陸仁，一身灰色棉麻衣袍，同色棉布腰帶，頭髮用灰帶綁束，濃眉大眼，鼻直口方，皮膚白皙，一身書卷氣，看起來很穩重。對別人而言，他絕對是俊美的男子，但在顧清婉心裡，那就是一條蛆蟲。

清冽的目光從陸仁身上掃過，眼底劃過冷意，轉瞬即逝，她神情淡然地走進灶房，聽見顧愷梅對陸仁解釋。「小婉是害羞呢，都忘記和我們打招呼了，瞧這孩子。」

顧清婉嘴角勾起一抹冷笑。

第三十五章

顧清婉在燒水，聽到爹娘從東屋出來，和顧愷梅他們說話。

越聽，顧清婉心裡越難受，想不到陸仁還是和前世那般，嘴巴會說，把她爹娘哄得笑聲不斷。

陸仁啊陸仁，不管今世你做什麼，我顧清婉都不會多看你一眼，若是你不知趣，我不介意讓你消失在這個世界上……

聽著外面的歡聲笑語，終於熬到水燒開，顧清婉端茶出去，每人一碗，只不過陸仁的那碗加了一些料進去。

進到灶房，顧清婉站在簾子後面偷偷觀察陸仁的神情，只見他端起茶水喝一口，微微愣一下後，又若無其事地把整碗茶喝光，真能忍。

顧清婉不由冷笑，陸仁一向能忍，就如前世直到殺死她時，才把所有怨氣和不滿發洩出來。

她如今才明白過來，前世的陸仁，想必也是別人安插在她身邊的棋子。

那麼，是為了什麼要在她身邊？今世是否還是一樣的目的？

顧清婉聽著爹娘在問陸仁家底，心中憋悶不已，看這樣子，她爹娘好像都挺滿意他的。

正當顧清婉想著用什麼方法讓娘不喜歡陸仁的時候，梅花來找她。

「小婉，那個男子真傻，是不是妳未來的夫君？」梅花一進灶房，就悄悄說道，語氣像是在試探。

「別瞎說。」顧清婉嗔道。

「那妳對人家有意思嗎？」梅花笑著問。

「妳就別一直試探我了，我明白告訴妳，我是不會嫁給讀書人的。他是秀才，妳說我願不願意？」顧清婉友善地拉著梅花在板凳上坐下。

「真的？」梅花一臉喜出望外，差點高興得跳起來，感覺到自己有些失態，才訕訕地笑了笑。

顧清婉哪裡看不懂梅花眼底的情意，她本來就是個貪慕虛榮的女人，看上陸仁也沒什麼奇怪。

梅花生怕顧清婉反悔，試探地問道：「妳為什麼不願意嫁給讀書人？」

「讀書人心眼多，一肚子壞水，我還是找個本本分分的老實人過日子比較好。」顧清婉說完，故意作出一臉震驚。「梅花，妳三番兩次試探我，不會是對人家有意思吧？」

「有又怎麼樣？反正妳又不願意，難道不允許我有意思？」梅花以為顧清婉自己不喜歡，也不讓她喜歡，遂生氣地嘟起嘴。

「妳和李甲已經訂婚，再過不久就要拜堂成親，妳要是喜歡外面那個，李甲怎麼辦？」顧清婉倒不是幫李甲說好話，李甲是村長的小兒子，經常欺負顧家姊弟，她對李甲可以說很不喜歡。

「又沒有拜堂，隨時都能退親。」梅花不以為然道。人家都這樣說了，顧清婉還能說什麼？梅花在家裡是最小的女兒，極受寵愛，想要什麼她爹娘都會給，若是梅花鐵了心要和陸仁在一起，想必她爹娘也會答應的。

顧清婉沒有話說，梅花卻有，她低聲問道：「小婉，他叫什麼？家世如何？」

顧清婉也沒對她隱瞞，把顧家告訴她的消息都告訴梅花。

「這樣更好，沒爹沒娘，以後嫁給他，就我們兩個，做什麼都沒人管。」一想到有些畫面，梅花的臉頰出現淡淡緋紅。

簾子搖曳，顧母挑簾進來，看到兩人說著悄悄話，梅花一臉緋紅，便明白她們說的是小女兒家的悄悄話，只是笑了笑，便去舀水倒進鍋裡。

「娘，您要做什麼？」顧清婉問道。

「給他們做飯，吃了好趕路回去。」顧母臉上帶著淡淡笑容。

「我幫您。」心裡雖然很不願意，但這是待客之道。

「月嬸，我也要幫忙。」梅花說著，已經主動走到爐火前幫忙燒柴，她要留在這裡求表現，陸仁到時看上的是她也說不定。

梅花心裡打定主意，便積極地幫忙做飯，後來端菜時也不避嫌，在陸仁面前晃來晃去。

今日的梅花一身梅花藕粉色衣裙，梳著雲髻，一張圓臉，柳月眉、杏眼，鼻子微塌卻不明顯，小嘴紅潤，確實耀眼，奪不奪目顧清婉就不知道了。

顧母挑簾看到梅花那麼愛表現，作為過來人，哪裡會不清楚，微微蹙起眉頭，看向女兒。「小婉，我覺得這陸仁還不錯，妳可以考慮一下。」

「娘，您別說了，我說什麼也不會嫁給讀書人。」

顧母雖然不知道女兒為何這麼討厭讀書人，但她還是希望女兒能幸福，女人這一輩子，最重要的就是嫁一個合心意的，若是勉強在一起，彼此不愉快，過一輩子也痛苦。她嘆了口氣，握住女兒的手。「但妳爹好像對這陸仁很滿意，妳打算怎麼辦？」

「娘，若是您疼我，就不要同意這門親事。」顧清婉認真地看著娘，勸說道：「娘，您不可能看不出顧家有問題，他們故意把女兒的名聲弄壞，讓人不敢上門求親，再給我說親，這樣一來我們家就沒有選擇，只能同意，可見他們預謀已久。雖然女兒現在說不出來為什麼，但相信不久後真相會浮出水面，難道您要女兒嫁給滿心陰謀詭計的人？」

顧母聞言，陷入沈思，半晌後她點點頭。「我會跟妳爹說說，妳不願意就不願意吧，我的女兒這麼優秀，我不相信所有人的眼睛都被蒙蔽了。」

「娘，您真好。」顧清婉將頭靠在娘的肩膀上撒嬌。

「都大人了，還撒嬌。」顧母反手輕輕拍著顧清婉的小臉。

顧清婉呵呵笑起來，覺得有娘疼好幸福。

「小婉——」梅花挑開簾子跑進來，一臉喜色，當看到顧母時，訕訕地笑了笑。「月嬸。」

顧母既然已經知道女兒的心思，便聰明地選擇離開。「妳們聊，我去看看需不需要添飯添菜。」

等顧母一走，梅花拉著顧清婉的手臂，笑得毫無形象。「他剛才對我笑了一下，他笑起來好好看！這是不是說明他喜歡我？」

「恭喜妳，說不定你們郎有情，妹有意喔。」顧清婉笑道。

「小婉，妳真的不會生氣吧？」梅花還不放心地問一句。

「囉嗦，我要說多少遍？妳要是喜歡，就儘管去喜歡好了。」顧清婉真不明白，梅花為什麼要問這麼多遍，難道自己有表現出一丁點難過生氣的樣子嗎？

「不愧是我的好姊妹！」梅花笑得很開心，說完忍不住在她臉頰上親一下，令顧清婉一陣反胃。

「小婉——」顧愷梅的聲音傳進屋裡，顧清婉微微蹙眉，但還是走到門口，挑簾看向外面應一聲。「三姑，妳叫我？」

「小婉，我的鞋面開了個口，妳反正沒事，幫我縫幾針。」顧愷梅說著，朝顧清婉招手。

顧清婉無奈地應一聲，走到顧愷梅面前，拎起鞋子朝西屋走去。

自從顧清婉走出灶房後，陸仁的眼神就一直在她身上，直到她進了西屋，才隔絕那道目光。

她穿好針線，拿起鞋子一看，這明明是故意扯開的，不管他們耍什麼花樣，她奉陪到底。

她針黹活兒好，不多時便把鞋面撕開的口子縫好，若無其事地拎著鞋出去，將鞋放在顧愷梅腳下。「可以了。」

顧愷梅笑了笑，把鞋子拿起來一看，頓時道：「喲，咱們家小婉的針腳真細，你們看——」說著還把鞋面故意在陸仁眼前晃了晃，兩人本來就坐得近，一切一覽無遺。

「顧姑娘是個手巧的，十指連心，可見顧姑娘有顆七竅玲瓏心。」陸仁的目光落在顧清婉的側臉上。

「如果沒事我就進去了。」顧清婉態度淡然，她感覺所有人的目光都停在她身上，估計是想看她對陸仁的態度，可惜，要讓他們失望了。

真想吐他們一臉，不知道是不是都瞎了，哪裡看到她害羞了？

「小婉，妳不會是對他有意思了吧？」梅花也聽到外面的說話聲，開始質問顧清婉。

「妳別跟著添亂行嗎？妳哪隻眼睛看到我看上他？」顧清婉不滿地蹙起眉頭，她本就一肚子氣，出不了心裡那抹滔天恨意，都快氣吐血了！

「好了，別生氣，我知道妳不喜歡他，就算妳喜歡他都已經晚了，因為他是我的。」梅花說著，走到門口把簾子挑開一道縫，看向陸仁。

顧清婉懶得再說話，若是言哥兒在就好了，至少能幫她想想辦法。

眼看太陽西移，天色不早，顧家兄妹、陸仁才告辭，顧父、顧母出門送客。

等一行人剛出大門，顧清婉才從屋裡出來，收拾碗筷。當看到她加了料的茶碗時，都有些慘不忍睹。只見碗裡已經見底，裡面有沙子，還有一條老鼠尾巴，陸仁不知為何竟然幫她掩飾，用菜渣遮住那些東西，不讓其他人看見。

他一直表現得那麼平靜，如此心機深沈才可怕，讓顧清婉心裡生起濃濃的防備。

「小婉，妳覺得陸秀才怎麼樣？」顧王氏見顧清婉收拾碗筷，試探她的口風。

「不怎麼樣。」顧清婉沒有留絲毫餘地。

顧王氏皺起疏白的眉毛，三角眼裡盡顯不滿。「陸秀才在我們全縣，那也是很出名的，儀表堂堂，文質彬彬，怎麼就不能入妳眼？妳的要求得有多高？」

顧王氏話還沒說完，顧清婉早已收拾好碗筷進屋去洗，懶得聽顧王氏嘰嘰喳喳。

「小婉，妳真好！月嬸要是問妳，態度也要這樣堅決喔！」梅花到現在還沒走，就是想留下來看顧清婉的態度。剛才顧清婉和顧王氏的對話，她也聽見了，心裡樂開了花。

顧清婉做事雖然不喜歡別人指手畫腳，此刻卻沒有說什麼。

「六子，那孩子不錯吧？」顧王氏等顧父剛回來坐下，就笑嘻嘻地道。

「我們大人看著好，孩子未必合心意。」顧父看向顧清婉。

「父母之命，媒妁之言，自古以來不都這個道理，孩子哪裡懂得好壞？我看那孩子就是個好的，等人家下次來，就把這事給答應下來。」顧王氏哪裡不知道顧清婉的心意，要是等她答應，那得等到地老天荒，反正這個家現在由她作主，她決定就行。

顧家三口沒想到顧王氏的態度會如此堅決，顧母瞪了顧父一眼，意思是交給你解決，剛才她在路上已經把女兒說的情況分析給當家的聽，相信他知道是為什麼。

收到妻子的眼神，顧父輕咳一聲，緩緩開口道：「娘，這事情急不得，畢竟關係著孩子的一生，我找個人去打探、打探陸秀才的人品，過些天再說，可好？」

顧王氏老人精，哪裡會不知道顧愷之的想法，在心裡冷笑，能打聽到才怪。打探也不過是走走過場，就算再怎麼拖，只要是她當家，這事一定能成。反正他們要好幾天才再來，到時她再一口答應就成。

想到此，顧王氏也不再浪費口水。「也好。」

顧清婉挑眉，一看顧王氏那三角眼轉得那麼賊，一定沒安什麼好心。她不想再待在這家裡，看到顧王氏就堵心，遂看向她爹。「爹，飯館這兩天忙，我想讓娘去幫忙。」

「反正家裡沒什麼事，一日三餐妳爹一個人也能做，妳娘去幫忙也好。」顧王氏一聽這話，滿口爽快地應下，有人幫她掙錢，她樂意得很。

「那好，我去收拾、收拾。」顧母看了顧父一眼，什麼也不想再說。

顧父哪捨得和妻子分開，但他也清楚原因何在，只好無奈地答應。

顧清婉帶著娘離開這鬧心的家，她爹送她們出門時欲言又止，最終只說了一句。「我會想辦法解決，接妳們回來。」

聽到這話，顧母眼含淚水地點頭道別。

以前沒覺得，現在顧清婉才發現，爹娘的感情其實很好，一直比村子裡好多夫妻都要好。

她這輩子要麼不找，要找也要找個愛她、寵她一生的男人，再也不會找陸仁那種人面獸心的禽獸。

今兒下午她不在，飯館便無法營業，顧清婉認為這樣不行，得請個廚師才成，那麼以後就算她不在，飯館也能開門做生意。

母女倆從後門進了院子，便看到李翔從廚房裡端著一大碗麵出來，看到兩人，他驚愣一下，才反應過來。「月嬸、小婉姊姊，妳們這麼早就回來了。」

顧母面含淺笑地點頭，顧清婉看出李翔面色慌張，不明白他怎麼會有這樣的表現，挑眉問道：「言哥兒呢？」

「他在前面。」李翔騰出一手指著大廳。

「翔哥兒，你在磨蹭什麼？她好像快不行了，還不把麵端來！」

顧清言的聲音在前面響起，李翔朝母女倆乾笑兩聲，回頭應道：「來了。」

說著，端著麵碗朝大廳走去。

母女倆相視一眼，都不明白顧清言口中的「她」是誰？

放下行李，她們一起去大廳看個究竟。

剛進大廳，就聽見顧清言的聲音傳進耳裡。「妳慢點吃，沒人跟妳搶。」

隨後才看到一雙纖瘦烏黑的手端著大碗公喝湯，整張臉都被大碗公擋住，只能看到她衣裳很髒，袖子上有幾個補丁。

「娘、姊，妳們來了。」顧清言轉頭看向母女二人，笑著喊道。

母女二人走到桌前坐下，等吃麵的人放下大碗公，才看清楚她的長相。她看起來只有十來歲，瘦得皮包骨，一張小臉髒兮兮的，頭髮像雞窩一般亂糟糟，不過眼睛又黑又亮。

顧清婉在打量完這小丫頭後，才明白李翔為何會慌亂。她曾經說過，可以做好事，但不要輕易帶人到飯館，想必李翔還記得這話，但她並沒有表現出絲毫不滿，開口問道：「吃飽了嗎？」

小丫頭點點頭，隨即走到顧清婉的面前跪下。「姊姊，請妳不要趕我走，我什麼都能做，我能做飯、洗碗、打掃，還能給你們洗衣物，只要給我一口飯吃就行，我什麼都可以不要。」

她逃得好累，不想再逃了，她只想聽娘的話，要活下去……

顧清婉被這突如其來的一幕弄得愣怔，這屋裡有她娘、弟弟、李翔，為什麼這小丫頭偏偏要找她求情？她看向顧清言和李翔，兩人都不明所以地搖頭。

她只好將小丫頭扶起來。「妳先起來。」

小丫頭很聽話，顧清婉的話音才落，她就噌一下站起來。

「屋裡這麼多人，為什麼只向我求情？」顧清婉指了一圈。

小丫頭右手捏著左手手指，囁嚅道：「我感覺妳是這裡作主的人。」

此話一出，屋裡幾人都笑了，顧母心疼地拉過小丫頭，也不嫌棄她髒，把她抱進懷裡，對顧清婉道：「小婉，我看她挺可憐的，要不把她留下？也不知道為什麼，我一看到這孩子，就有種莫名的熟悉感。」

在這小丫頭的臉上，她看到了故人的影子。

「既然娘開口，我還能說什麼。」顧清婉道。

「聽到了嗎？小婉姊姊答應讓妳留下了，告訴嬸子，妳叫什麼名字？」顧母用手理了理小丫頭亂亂的頭髮，溫柔地問道。

「感謝夫人慈悲，感謝小姐收留，奴婢可香，以後一定做牛做馬報答你們！」可香說著，便要往地上跪，被顧母一把拉住。

第三十六章

顧清婉感覺到可香一定受了很多苦，飽嘗人間冷暖，要不不會這麼小心翼翼，頓時有些心疼，隨後開口道：「可香，在我們家裡，只有家人，沒有主僕之分。妳要是願意，以後就認我娘做乾娘，做我們的小妹妹吧。」

可香是個機靈的，聽到這話，立即跪在地上。「女兒可香叩拜乾娘！」說著，連續磕了好幾個頭。

「乖，快起來。」顧母連忙把她拉起，隨後看向顧清婉。「小婉，我帶她去洗洗。」

「好。」顧清婉點點頭，目送娘把可香帶到後院。

「姊姊，妳不覺得有些草率？」顧清言說的是認乾女兒一事。

「只要娘開心，我們只管支持就好。」顧清婉淡淡道。

「我去準備晚飯。」李翔說了一聲，收好大碗公就朝後廚去，他看出顧清婉臉色不太好，想必姊弟有話要說。

等李翔去了後廚，顧清婉便把家裡發生的事都仔仔細細說出來。

顧清言聽完後，開始分析起來。「這個陸仁還真不是個簡單人物，不過不管他有何目的，只要我們堅持不答應，他們也沒轍，且若是梅花真有那本事把陸仁弄走，也不失為一件好事。」

「其實我有想過，實在不行就直接把陸仁殺掉，就什麼事都解決了。」顧清婉嘆了口氣。「但若是他們背後真的有人，殺掉一個陸仁就會出現第二個、第三個，只要他們不達目的，便會接踵而來，就算我心裡有多恨陸仁，也不能這麼快就殺死他。」

「姊姊，我突然間有些不恨陸仁了，說了妳別生氣，這只是我個人觀點。」

「什麼？」

「如果沒有陸仁所做的事，姊姊不會再次看到我和爹娘，更不會擁有現在所有的一切，不管什麼事都有因果，這一世的因就讓我陪妳一起去找尋，然後解決掉。所以姊姊，如果沒有到逼不得已的地步，請不要讓妳的雙手沾上罪孽。妳不是一直在為我們全家積福積德嗎？」

聽完顧清言的話，顧清婉趴在飯桌上哭起來，她不知道為什麼要哭，總之就是心裡好難過。

「姊姊，我知道妳的心情，但請妳為爹娘和我想想。我不阻止妳整治他，但請妳在想要下殺手的時候想一想，如果沒有他的殘忍，我們一家人根本不可能重生在一起。得饒人處且饒人，重生一世，讓我看透了一些事，起初我也恨，但隨著這些日子以來，我享受了從沒有享受過的關愛，讓我已經不那麼恨他了。」

「我重生一世，就是想要殺死他、報復他，現在你竟然要我不殺他，那我活著的意義是什麼？」顧清婉開始質疑自己，當她說完這句話，感覺整個人飄起來，然後看到自己趴在桌上。

隨後見弟弟在喊她，嘴裡說著什麼，她根本聽不見。

接著看到她娘還有可香、李翔從後院跑進大廳，每個人都一臉緊張地看著她，嘴巴一張一合的。

娘哭得淚流滿面，弟弟在一邊搧他自己的耳光，突然，她看到娘哭暈過去。

言哥兒一時間慌了手腳，幾人將娘扶到後院去，只留下她一人趴在那裡。

她感覺自己像被遺棄一般，越來越冷，越來越冷，隨後陷入黑暗，直到沒有知覺……

不知道過了多久，她在黑暗裡蹲著，她本就是個為復仇而重生的人，一個沒有執念的靈魂，本來就該消失在世上，她誰也不怨。

能重生享受到爹娘的關愛，看到弟弟擁有非凡的力量，能保護這個家，她不是該安心地走了嗎？為什麼會那麼不捨？

「姊姊，我錯了，我真的錯了，我不該說那些狗屁的話。我現在懂了，我懂得妳為什麼會重生，我求妳回來好嗎？妳醒來，我什麼也不說了，只要妳醒來，就算妳想要立刻殺死他，我都不會再說什麼……」

顧清婉靜靜地蹲在黑暗的角落裡，突然耳邊傳來顧清言的聲音，隨後是耳光響起的「啪啪」聲，這是弟弟因為自責而搧打自己的耳光。

「妳知道嗎？娘傷心得暈過去，妳要是有什麼三長兩短，妳讓爹娘怎麼辦？妳讓我內疚一輩子嗎？

「姊姊，我知道妳能聽到我說話，醒來好不好？難道在妳的生命裡，除了報仇，爹娘和我在妳心裡就一點留戀都沒有嗎？妳還這麼年輕，重活一世，為什麼要背負那麼沈重的仇恨？妳放棄仇恨後，還有我，還有爹娘啊……」

是啊，除了報仇，她還有爹、娘、弟弟。為了他們，她也得活下去，現在家裡有一隻黑手逐步逼近，她怎能不管不顧地離開？她要找出黑手的目的，弄清楚陸仁為什麼前世要娶她，今世也要娶她？就算不為殺死陸仁，她也要為了家人活下去，她不要死，不要！

「姊姊，如果妳不醒來，我就看著這個家淪陷下去，讓妳夢中的厄運降臨。」

顧清婉正在黑暗中掙扎，突然聽見顧清言威脅她，頓時大怒，朝空氣大吼。「顧清言，你長膽了，竟然敢威脅我！」

話音一落，便感覺到雙手傳來溫暖，弟弟的聲音也隨之響起。「姊姊，妳醒了！妳聽到我說的話了對不對？姊姊，我就知道妳最疼我！」

說到最後，竟然失聲慟哭。

她伸手摸著顧清言的頭，動作溫柔，聲音卻故作冷洌。「下次再敢威脅我，我就一覺不起來，眼不見為淨，隨你便。」

「好，我不敢了。」顧清言抹了一把眼淚、鼻涕。

顧清婉這才看到弟弟臉頰上是紅紅的巴掌印，心疼地摸著他的臉。「以後不要再打自己了，娘會心疼，我也會心疼。」

「好，只要妳醒來，我答應妳，就算妳要殺他，我都支持妳。」顧清言吸了吸鼻子，帶著濃濃的鼻音道。

顧清婉搖搖頭。「不，我現在活下去的信念不是這個了。你和爹、娘才是我生命中最重要的人。」

「嗯，還有未來的姊夫和外甥。」顧清言笑著打趣道。

顧清婉故作生氣地輕輕拍打他一下，這才注意到，她現在還在飯館大廳，只是現在外面天色漸漸暗沈，她問道：「我昏迷了多久？」

「也沒多久，才一會兒。」

不會吧，顧清婉不可置信地瞪著眼，她感覺昏迷好久一般，難道真的有一夢千年？不過不管了，重新找到活下去的信念，才是她最開心的事。

有了生活的方向和信念，顧清婉不再迷惘，取出萬能井的井水給娘服下，顧母立即醒過來。

「乾娘您餓了嗎？我去給您煮些粥吃。」可香看著剛剛轉醒的顧母，關心地問道。

小丫頭洗過澡，樣子完全變了樣，頭髮不再像之前那般亂糟糟，梳著雙丫髻，穿著顧清婉的衣裳和大褲筒長褲，瘦小的身板在這大一號的衣裳包裹下，變得更加瘦小，惹人憐惜。

一張清秀的小臉上，仍舊帶著幾抹小心翼翼的討好。

「乾娘不餓，妳要是餓了，就跟妳小婉姊姊說，她做的飯菜可好吃了。」在顧母心裡，像可香這般大的孩子能做什麼吃的？雖然窮苦人家的孩子早當家，但也只能圖個吃飽罷了。

「好。」可香乖巧地應道，偷偷瞟了顧清婉一眼。

外面天色徹底暗下來，屋裡的燭火輕輕搖曳，一聲突兀的「咕嚕嚕」聲響起。

「我餓了。」顧清言抱著肚子，有些不好意思地道。

「我去做飯。」顧清婉說著，朝廚房走去。

發生了這事，眾人都還沒有吃飯。

廚房裡有燭光，那是李翔在裡面忙活，見到顧清婉進來，他胖胖的臉上露出一抹笑容，讓那雙本就只剩下縫的眼睛更看不見影兒。

「夠了，不用刮了，你去休息、休息，我來做飯。」李翔在短時間裡，已經把明兒要用的馬鈴薯皮都刮乾淨，泡在水裡。顧清婉說著，從裡面拿兩顆出來放在桌上。

「好。」

顧清婉看了一下屋裡的食材，臉上露出淺笑。李翔是個勤快的，做事又不顯擺，明兒要用的食材他都準備好了。

平時這些都是她準備的，今兒事情多，他一個人默默地做著一切。

廚房裡只聽見菜刀碰到菜板的「篤篤」聲傳出，不多時，飯菜香便瀰漫在周圍的空氣裡。

當可香聞到飯菜香味，吸了吸鼻子，黑亮的大眼睛裡微微露出驚訝，一閃即逝。

待會兒顧清婉還得出去訂購肉、蔬菜，遂只是簡單地做了三菜一湯，有燒肥腸、紅燒茄子、乾煸馬鈴薯條、魷魚湯。雖然很簡單，幾人依舊吃得一點也不剩。

吃完飯，顧清婉要去訂菜，顧清言肯定要跟著去；李翔則把顧清婉準備的饅頭、飯菜都挑著去西街的貧民窟，這是每天都要做的事。

顧母帶著可香先去睡。顧清婉戴上冪羅，領著弟弟一起出門。

飯館這些日子用的肉都是平順肉鋪的，今兒也不例外。

平順一看到顧家姊弟，臉上猙獰的疤痕都會往上提。「你們來了，今兒怎麼來得這麼晚？」

「家裡有事耽擱。」顧清婉笑道。

「還是照舊嗎？」誰家都有事情，平順也不是愛多嘴的，他點點頭問道。

「其他照舊，不過明兒多給我送五斤狗肉。」顧清婉就著燭光，翻看桌上的肉。

「妳運氣好，今兒我才收到兩隻，明兒保准送到。」平順一邊收拾今兒賣剩的肉，一邊頭也不回地道。

「順叔，明兒再給我加送一條羊後腿。」一直沒有說話的顧清言突然開口。他隔上幾天總會想出一道菜名，然後就會買上食材回去，讓顧清婉做出來，隨後這道菜便會成為雲來飯館那幾天的招牌菜。

顧清婉以為還是和往昔一般，並沒有多問。

姊弟倆訂完肉，便去菜鋪裡訂一些蔬菜。老闆娘是個膀大腰圓的大嬸，熱情好客，一看到顧清婉，就像看到親女兒一般。

不過想都想得到，雲來飯館在她家買的蔬菜可不比常滿樓那間大酒樓的少，有時候還要更多，她不熱情才怪，且她也是愛去雲來飯館吃飯的人。

夜晚，在西街有夜市，姊弟倆難得晚上出來，便去逛逛。街邊賣著船山鎮特有的小吃，炸馬鈴薯蘸辣椒，裡面有辣椒、花椒、炒香的花生米，還有一些佐料，吃下去味蕾都歡快地跳舞。

還有米粑粑、酸辣粉、包子等各種有名的小吃。

這邊的人都好辣，就連空氣裡都瀰漫香辣的味道。

姊弟倆都愛吃炸馬鈴薯蘸辣椒，遂坐在路邊吃，一文錢就能吃上三個如孩童拳頭般大小的馬鈴薯。又辣又麻的味道在舌尖上，姊弟倆嘴裡辣得「嘶嘶」響，仍然吃得不亦樂乎。

最後盤子裡只剩下一個，顧清婉當然是留給弟弟。

「老闆，再來一文錢的。」顧清言用竹籤把馬鈴薯叉起，放進辣椒醬裡蘸著吃了一口。

話音剛落，來了兩個人坐在他們旁邊一桌，其中一名青色衣衫的男子開口對老闆道：「老闆，你剩下的馬鈴薯我們都要了。」

「好嘞。」老闆一聽這麼大的買賣，頓時心花怒放，哪還管姊弟倆的一文錢，把鍋裡炸好的馬鈴薯全給那幾人端去。

顧清言頓時不滿，想要開口，被顧清婉拉著。

「算了，你要是想吃，回去我做給你吃。」

顧清婉不想為了一文錢的東西和人爭執，在這路邊吃，不過是圖個熱鬧，她自己做出來的可比這好吃多了。

「小兄弟，不好意思，是我們失禮了，這些給你們。」身後，一名黑色勁裝男子端著一個盤子，裡面盛著幾顆馬鈴薯，遞到顧清言面前。

姊弟倆相視一眼，顧清婉正要開口拒絕，弟弟卻接過盤子，開口道謝。「那便多謝這位大哥，我就不客氣了。」

顧清婉微微蹙眉，弟弟可不是稀罕這玩意兒的人，也不愛和陌生人打交道，今晚怎麼回事？

「姊姊，妳也吃。」顧清言重新抽出一根竹籤，遞給顧清婉，讓她再吃一些。

「我飽了，你吃吧。」顧清婉接過竹籤放進竹筒，她雖然喜歡這口，但不代表她要吃陌生人的東西。

顧清言也不多說什麼，安靜地吃著。

攤販們的吆喝聲，食客們的說話聲，匯聚在一起，顯得人聲鼎沸。

直到吃完，顧清言拍拍肚子，顧清婉便明白他吃飽了，起身去找老闆付銀子，姊弟倆才離開。

「鄉下人就是鄉下人，一點禮貌都沒有，吃飽也不向公子道謝。」一身青色衣衫的奴僕不滿地抱怨道。

「路才，他們自己付的錢，道什麼謝？你該改改你這毛躁的性子，若是改不了，就回去，不用再跟著我了。」那名黑衣男子聲音清冷，沒有絲毫溫度。

「公子，我錯了，您別趕我回去，我只想跟著您。」路才頓時一張臉變成苦瓜，哀求道。

「下不為例。」陳詡淡淡地說一聲，便不再多言。

姊弟倆並沒有將夜市的事放在心上，一路散步回到飯館。此時飯館裡到處靜悄悄的，李翔已經送完食物回來，顧母和可香的屋裡也很安靜，都歇下了。

「姊姊，妳早點歇息，我先去睡了。」顧清言一進大門，對身後關門的顧清婉道。

「嗯。」顧清婉淡淡地應一聲，把門關上。

她並沒有立即進屋睡覺，而是每日例行地檢查門舍，隨後是研究萬能井的作用，今夜她娘和可香都在，她只能在大廳裡坐著。

她現在只知道用萬能井的水做出來的飯菜香好幾倍，其他功效還沒研究。

不是她不好好研究，而是石碑上的字她就只看到這一點，其餘都有一層灰擋住視線，任她怎麼看都看不清楚。

依她這些天的瞭解，這萬能井不可能就這麼點作用，否則怎能成為萬能井？不過急不得，或許還需要一點機遇，才能看到後面的文字。

起初，她還以為只要默唸心裡的想法，就能把水變成想要的東西，結果太異想天開，根本不可能。

除了變味的水，她不管要求什麼，都沒有任何作用，這些天她一直努力想要看到石碑上接下去的字，但是不管怎麼做，仍舊徒勞無功。

看來，只能慢慢等了，等到哪一天這井一高興，就讓她學習後面的方法。

顧清婉清楚今晚不會有收穫，便回屋睡覺。

第三十七章

次日，顧清婉卯時就得起床，她還得收取每天訂購的肉和蔬菜。她已經習慣每天很有規律的日子。

她仍舊在廚房裡不停忙著，不過卻多了兩人幫忙——顧母和可香。如今可香很黏顧母，不管顧母做什麼，她都要跟著。

顧清婉看得出，可香是個缺乏安全感的孩子。

多了兩人幫忙，飯館感覺沒這麼忙了。午後歇息時，大家圍桌而食。

「姊姊，妳還記得昨晚那兩人嗎？今兒他們也來我們飯館吃飯。」顧清言笑道。

「我們開飯館，別人來吃飯也沒什麼奇怪的。」顧清婉對那兩人沒什麼興趣，沒有心思打探，只是淡淡點點頭。

顧母一雙眼睛在兒女身上掃過，靜靜聽著他們說話，邊替身旁的可香挾菜，溫聲囑咐慢點、別燙著的話語。

可香乖巧地應著，一雙烏溜溜的黑眼睛在姊弟倆臉上梭巡，更關注的是顧清婉，她現在很好奇，為什麼顧清婉能有這麼好的廚藝？昨晚乾娘可是把顧清婉從小到大的事都告訴她。

感覺到可香的目光，顧清婉停下進食。「看我做什麼？飯菜不好吃嗎？」

「不，不是。是覺得小婉姊姊好厲害，竟然這麼會做菜，我從來沒見過飯館有這麼好的生意。」可香說著朝顧母身後躲，生怕顧清婉生氣，趕她走。
顧母瞋了女兒一眼。「妳嚇到她了。」
「這丫頭膽子真小。」顧清言也笑著接話。
「你不能叫我丫頭，你得喊我姊姊。」可香怯生生地看著顧清言，卻用很認真的語氣說道。她已經知道顧清言只不過才十二歲，十月二十的生辰，她還是九月初四呢，比顧清言還要大一個多月。
這丫頭還是個較真的，顧清婉笑起來，可香看了她一眼，又縮了縮脖子。
「不會吧，妳這麼一個豆芽菜都十二歲了？」顧清言左看右看，怎麼看可香也就十歲。
「她這些日子苦楚受多了，不長個兒。」顧母瞋了兒子一眼。「你一個男孩子，盯著女孩子家這樣看，成何體統。」
顧清言撇撇嘴，開始扒飯，吃了兩口，看向顧清婉。「姊姊，妳有沒有發現，娘現在很偏心眼。」說完，接受到他娘的白眼。
「你還計較這個？」顧清婉眉眼含笑地道。
「我哪會和這丫頭爭風吃醋，我是娘的兒子，娘自然會疼我的。」顧清言笑道。
此話一落，顧母也笑了，挾了一筷子菜給顧清言。「算你個皮猴有點良心。」
幾人說說笑笑，一頓飯吃得舒暢。吃完飯，收拾一下，顧清婉補了下午的食材，送柴的王小三就來了。
他挑著兩擔柴進門，便見到顧母和可香，顧清婉把銀子給他時，他低聲對顧清婉道：

「大姑娘，妳飯館請人了？我不是說妳要是請人，就把我家那口子請了嘛。」

「她們是我娘和小妹，過來幫忙。我說過，要是請人，也會請熟識的。我可是知道王嫂子的人品，若請人，當先考慮的就是她。」顧清婉把兩擔柴都放在牆角，一邊說道。

「呵呵，那大姑娘我先走了。」王小三聽到這話，不好意思地笑起來，隨後一溜煙出了門。剛沒覺得什麼，現在他反應過來，頓時發覺好像在責問人家一般。

「這人怎麼風風火火的。」顧母見王小三火燒屁股地跑出去，門也不幫忙帶上，說著，走過去關門。

顧清婉笑了笑，沒有接話，只道：「娘，我回房歇會兒，你們要是累了，也去歇一歇。」

顧母在院裡給顧清言和李翔洗衣，可香在洗自己的。

顧母聞言，回頭道：「待會兒我帶可香去買兩身衣服，妳要不要買上一身？娘給妳捎上。」

「不用了，我整日窩在廚房，不用穿太好，您給自己也買一身吧。」顧清婉已經把門關上，聲音從屋裡傳出。

火紅的太陽灑下金色光芒，把大地熾烤得火熱，就連風中也夾雜熱氣。

飯館的生意每天都高朋滿座，日復一日，雖然單調，卻很充實。

這一日，飯館中午休息，到關門的時候，那對主僕也不走。

「兩位客官，本店中午休息時辰已到，若是您們還想吃，下午趕早就成。」顧清言開始趕人了。

這幾天，雖然主僕二人天天中午來，不過顧清言也沒和他們多說話，就是客人和店家的客套而已，此時開口，自然生疏有禮。

「老闆，我們中午不走成不成？下午來根本沒位子，你是不知道，吃過這兒的菜以後，再去吃別人家的，那感覺就像吃豬食，我們不要走。」路才雙手死死抓住桌邊，像是已經準備抱著桌子共存亡的打算。

「公子您呢？」有人喜歡姊姊做的飯菜，顧清言當然歡喜，但也要看時候。他看著沈穩的陳詡問道。

陳詡看了顧清言一眼，隨後點點頭，並沒說話，意思是他們主僕一心。

「客官，您們留在這裡會給我們帶來不便，中午我們店裡的人都要休息，沒人會陪您們。」顧清言堅持趕人。

「哇！公子，好香啊，我又餓了！」路才突然間吸了吸鼻子，美食當前，直接把顧清言無視。

話音未落，顧母挑開門簾，顧清婉端著火鍋進來，當看到那兩名男子時，不知道該進還是該退。

她們剛才一直在後院裡燉狗肉，沒有注意大廳裡的情況。

平時，顧清言已經把門關上，開始擺飯菜，只是沒想到今日多了兩個不速之客。

「擺上吧，來者是客，那就一起吃。」顧母也沒想到會這麼突如其來。

顧清婉依言把狗肉火鍋放在桌上，李翔和可香兩人將要涮的蔬菜放下，也是一臉奇怪地看著那兩名男子。

「我去拿碗筷。」顧清婉心裡嘆了口氣，這種情況是不能趕人的，說著往後廚走去，可香也連忙小跑跟上她。

這幾天下來，可香已經不再懼怕顧清婉。

「兩位客官，若是不嫌棄，就過來一起坐著吃吧。」顧母開口道。

「公子，我要吃！」一路才口水都快流出來了，看著熱氣騰騰的狗肉，聞到饞蟲都快跑出來了。

陳詡隨後站起身，抱拳道：「那就恭敬不如從命了。」說罷，不客氣地坐下，一路才趕忙坐在他家公子旁邊。

顧清言瞪著一雙眼睛，他從來沒見過這麼死乞白賴的人。

那日，顧清婉要的狗肉是為海伯做狗肉煲，但顧清言突發奇想，又想到這道狗肉火鍋，今日才第一天試吃，就遇到這兩個厚臉皮的主僕。

顧清婉從後廚拿來碗筷，每人分一只碗、一雙筷子。

桌上有外男在，顧清婉不便一起同桌而食，只能在隔壁桌上吃。

顧母和可香也跟著坐過去。

本來一家人好好的試吃大餐，就這樣被毀掉了，顧清言對陳詡很有意見。

顧清言心裡冷笑一聲，用勺子舀了一大碗，端給顧清婉三人，隨後又給李翔舀一些，正要往自己碗裡舀時，狗肉已經被主僕二人瓜分乾淨，只剩下一點湯。

幾次深呼吸，顧清言不能當著娘的面罵人，只能把那些青菜和馬鈴薯片放進去煮，一邊用眼神凌厲地掃過去。

但陳詡好像根本看不到一般，和僕人路才自顧自地吃著，氣得顧清言差點吐血。

顧清婉母女二人，喔，不對，是母女三人匆匆吃完便去了後院。

顧清言待她們去了後院，還沒等他發洩不滿，陳詡搶先開口。「這道菜叫什麼名頭？」

「不知道。」顧清言懶得搭理，氣哼哼地吃著青菜。

「這錠銀子可夠？」陳詡從路才那邊接過一錠銀子，隨後推到顧清言面前，一錠銀子可是十兩，就算去大酒樓吃一餐，那都是綽綽有餘。

「夠了。」顧清言也沒客氣，把銀子揣進懷裡。

李翔一看十兩銀子，心裡震驚不已，趕忙收起自己的空碗朝後院走去，準備向月嬸她們彙報。

顧清言現在就是個守財奴，有銀子臉色好看了一些。就在他還埋頭吃菜的時候，一錠明晃晃的金子出現在眼前，金子的主人隨之開口。「我要住你家飯館，你負責每天的吃食和住宿。」

十兩黃金！這折算成白銀可就是一百兩啊！

顧清言險些被嘴裡的青菜噎住。他這些日子一直努力攢錢，就是想給姊姊準備嫁妝，再給自己攢錢開間大醫院，錢對他來說太重要了。他穿越來這麼幾個月，第一次看到黃金，頓時有種熱淚盈眶的感覺……

但是最終顧清言還是把黃金推還給陳詡。「我拒絕。」

「為什麼？」陳詡主僕明明看到顧清言眼裡的熱切激動。

這不符合劇情啊，不是該把黃金放在嘴裡咬一咬，忙不迭地揣進懷裡嗎？

「我這裡不是客棧，不管住宿。」顧清言最大的顧慮還是姊姊，姊姊是未出閣的女子，有外男住在這裡，姊姊以後還嫁不嫁人？

「明白了。」陳詡冷漠的臉色在顧清言堅決的態度下柔和不少，見多了家裡後院那些勾心鬥角，他突然很羨慕這對姊弟的感情。

顧清言根本不知道自己的顧慮被對方看穿，說完話，繼續吃青菜。吃著青菜時就有怨氣，一鍋狗肉，他只吃兩塊就沒了，不過想到懷裡的十兩銀子，心裡舒坦了不少。

「十兩黃金你收著，以後飯點給我留桌。」陳詡將黃金丟下，起身帶著路才開門離去。直到主僕倆的腳步聲消失在門口，顧清言才回過神來，他怔怔看著十兩黃金半晌，最終還是默默地揣進懷裡。

顧清言雖然愛財，卻很守承諾，到了下午開門，便幫主僕二人留了位子。

隨後在第二天，雲來飯館隔壁的雜貨鋪突然間轉讓給別人，說停就停，不過這些都不關姊弟倆的事。

因為他們現在遇到麻煩了，顧父帶信來讓母女倆回去一趟，說顧王氏昨兒自作主張，已經答應把顧清婉許配給陸仁，只等著陸仁那邊今兒來人上門納采。

出了這事，飯館又要關門歇業，偏偏此刻午時，正是吃飯的時辰，飯館裡人多，來了的人不可能趕走。

顧清婉急急忙忙把客人已經點的菜做出來，準備自己一個人回去。等她從廚房出來，顧清言已經安排妥當——娘、可香、李翔留下看店，後來的客人可以不用接待。顧清婉也只能這樣做，姊弟倆遂一起趕回家阻止這一切。

顧家人還真迫不及待，姊弟倆回到家裡，顧父不在，顧家兄妹都已經到了，還有一個尖嘴猴腮，打扮得花枝招展的婦人，而且連陸仁也在。

姊弟倆進門時，正好聽到顧王氏說：「家裡一切我能作主，你們只管問名之後就來納吉，禮錢可是不能少一個子兒。」

「我姊姊的婚事由不得妳作主！」顧清言怒火中燒，衝進院子，掃視裡頭的幾人。

「言哥兒，大人說話，你一個孩子插什麼嘴？這是你姊姊的終身大事，你一個娃娃懂什麼？」顧王氏一張臉陰沈下來，不悅地道。

「妳給我閉嘴！上次我沒回來，妳強行接掌我家，有什麼資格對我家人指手畫腳？妳是個什麼東西，老不死的給我滾！」顧清言今兒回來就已經打著讓顧王氏滾蛋的主意。

姊姊顧忌爹娘和他的名聲，但他不需要，實在不行，他全家搬走，若有人因為姊姊的名聲不好而看不上，那樣的人沒有資格愛姊姊。

顧清言外表只有十二歲，但他的氣勢一點也不弱於這裡的任何一個人。

顧王氏非常難堪，顧愷先噌一下站起來，就要衝向顧清言。「你個沒教養的東西，今日我定要替你老子管管你！」

「我弟弟輪不到你來教訓。」顧清婉將顧清言擋在身後，再用一隻手阻擋顧愷先衝過來。

顧愷先一個五十來歲的人，身體力氣還是有的，但他卻被顧清婉一根手指阻止衝力，還來不及震驚，就看到從外面回來的顧父，隨後避開姊弟倆，朝顧父跑去。「愷之，你來得正好，來看看你的孩子都做了什麼，他們竟然要娘滾，你看看這就是你教出來的孩子！」

嘴裡噼哩啪啦說完，他才看到後面跟進來的幾人。

來的不是別人，是夏祁軒，還有他的四名隨從。

夏祁軒今兒一襲藏青色長袍，腰束棕色暗紋玉帶，頭戴玉冠，氣派雍容華貴，一看就是富家公子哥兒，讓人忽視了他坐著的輪椅。

院子裡所有人的目光都匯聚在他身上，但他仍舊神情淡淡，不慍不怒。

倒是他的四名隨從微微皺起眉，臉色不是很友好。

通常有外人在，不管有什麼事都不要發作在臉上，但顧王氏卻恰好相反，她突然間嚎啕大哭起來。「天哪，沒天理了！誰來評評理，我一個七老八十的老太婆還要被人指著鼻子罵！」

「娘，您別哭，仔細傷了身，人家不歡迎您，今兒您就跟我們一道回去吧。」顧愷梅也是個見縫插針的，趕忙跑到顧王氏跟前，母女二人抱著一起痛哭，怎麼看都是被人欺負慘的樣子。

「愷之，娘被你一雙兒女欺負成這樣，你就不管不顧嗎？」顧愷先怒氣沖沖來到顧愷之面前，掄起拳頭就給顧父一拳，顧父的半邊臉頓時腫起來。

「爹！」顧清婉沒想到顧愷先說動手就動手，沒有任何防備才讓他得逞。見顧愷先還想繼續，眨眼間便到了他旁邊，穩穩抓住他的手，清冽的聲音從她嘴裡冒出。「你竟敢打我爹！」

「嘶嘶，疼！放……放手！」顧愷先感覺自己的手快要斷了，疼得汗水直冒。他哪裡知道，顧清婉根本沒用力，要是用力，他的手早已廢了。

「爹，您沒事吧？」顧清婉本就沒有打算廢掉顧愷先，她還想要隱藏力量去對付他們背後的人呢，在顧愷先話音落下後，便放開他的手，去看顧父臉上的傷。

「沒事。」顧父摸了摸發燙的臉。

「你個不肖子，老娘一把年紀為你操持家裡，還要操心小婉的親事，你不感恩我也不怪你，誰叫我是你娘呢？你家小婉名聲這麼臭，早就沒人願意上門求親，現在好不容易來了人，你們老的躲、小的鬧，是嫌我活太久了嗎？真是好心沒好報！」顧王氏一把鼻涕一把淚地哭訴起來。

「既然妳都知道自己七老八十，操心對身體不好，幹麼還搶著要當我們的家，急著把我姊姊許給別人？好心？我看你們都不安好心，收起妳那所謂的好心，有多遠滾多遠！」顧清言冷哼道。

顧父本該呵斥顧清言，但他現在對顧王氏和兄長、姊姊已經心寒到了極致。如果他沒猜錯，顧王氏等人定是收了人家的銀子，為了那樣東西來的，想讓陸仁娶了小婉之後，得到他的信任，再從他手中把東西騙走。

自從那天被小婉的話點醒，他就知道他的行蹤暴露了……

這些天裡顧王氏的行為更是讓他心寒，她把家裡的銀子都握在手裡，天天催他去飯館拿當天的收入，如果不是他說飯館每半月才結一次帳，此刻孩子掙的辛苦錢都落在顧王氏手裡了。

「哎喲，沒天理嘍！你們都來看看啊，我造了什麼孽，竟然生了個不肖子，任由他兒子罵我這老太婆！」顧王氏哭著，突然從椅子坐到地上去，邊拍著地邊哭天兒抹淚。

「我看啊，這事還是改天再說吧，我們先回去。」花枝招展的張媒婆看出今日事情是說不清楚了，扯了扯一旁的陸仁，朝他擠眉弄眼一番。

「以後你們不要來了，不是我不願意，而是我已經有男人了。」顧清婉一句恍若天雷的話一出口，院子裡靜謐一片。

第三十八章

顧清婉看到顧王氏這樣鬧，頓時煩透了，再想想有家不能回的顧母，她最終咬牙說出這番話。

所有人瞬間一愣，顧王氏不再哭，顧愷梅不再假裝抹淚，張媒婆的笑僵在臉上，陸仁的眉頭能夾死一隻蒼蠅。

夏家主僕幾人倒是沒什麼表情，因為這不關他們的事。

顧清言是最瞭解姊姊的人，這是姊姊想用自己的名聲換來家裡的安寧，他很心疼，今日的事情一旦傳出去，姊姊就再也別想嫁給好男兒。

驀然，他看向坐在輪椅上的夏祁軒，心裡雖然不甘，但為今之計只能如此。旋即走到夏祁軒旁邊低語一句，才掃向所有人，笑道：「不錯，我姊姊的男人不是別人，就是他。」

此話一出，院子裡所有人都目瞪口呆，包括當事人顧清婉。

不過，只除了一人，那就是夏祁軒。

他輕咳一聲，臉上帶著暖人心脾的笑容，溫聲道：「不錯，我和小婉早就情投意合，互許終身，今兒我來此，正是為此事。」

突然間，顧清言只想跟姊姊道歉，他識人不清，他錯了。

如果這裡沒有別人，夏祁軒現在一定會成為廢人！

此時的顧清婉，雙拳緊緊攥著，竭力隱忍內心的怒火。

「就算如此，那又如何？別說你還沒有和顧姑娘訂親，只要沒有成親之前，我都有機會爭取。」陸仁在眾人還沒反應過來時，就和夏祁軒遙遙對視。

這一刻，彷彿能看到兩人之間有無形的兵器相交。

「天啊！小婉平時看起來這麼乖巧，竟然早已和人私相授受，真看不出來啊！」門口幾個婆娘抱著手看熱鬧，低聲議論著。

「噓，少說兩句，別讓人家聽見……」

顧清婉聽著門口的議論聲，恨不得上去把夏祁軒暴揍一頓。

這些日子，夏祁軒和海伯經常去飯館吃飯，但顧清婉一般都不會出來見夏祁軒，只能靠弟弟轉述。

聽弟弟說，夏祁軒是個溫文爾雅、謙和有禮、沒有架子的人。

此刻，夏祁軒在顧清婉心裡的美好形象徹底顛覆。

正當她內心怒氣沖天時，夏祁軒的聲音又鑽進她耳裡。

「小婉是我的女人，誰敢覬覦她，我就讓那人重新投胎一次。」聲音沒有冰寒徹骨，也沒有冷冽得令人背脊發寒，只有溫溫和和的語調，卻是無與倫比的霸道。

此刻，顧父也明白過來，剛剛兒子只是想讓夏東家做擋箭牌，只是這夏東家會不會演得太過了？看到門口幾個婦人對著院子裡指指點點，他開始擔憂女兒的未來。

別說顧清婉憤怒，就是顧清言這個導演也悔得腸子都青了，這夏祁軒也太不要臉了，竟來招打蛇隨棍上。

顧父三人臉色都很難看，但夏祁軒的四名隨從卻好像吃了笑丸一樣，臉上是滿滿的笑容。

他們兄弟四人和海伯，都希望公子娶到顧清婉這樣的媳婦兒，以後他們就有口福了！公子一直都表現得雲淡風輕，沒想到心中自有乾坤，來個一鳴驚人，經公子這麼一說，以後顧清婉不嫁他家公子都不行。

嗯，他們家公子真是太腹黑陰險了，不，不對，怎能這樣說他們公子呢，他們的公子這叫深沈內斂、不張揚。

陸仁臉色很難看，以他的眼力，怎會看不出來，顧家姊弟只是找這個瘸子做擋箭牌，沒想到這瘸子竟然居心叵測。

想到最終目的，他根本不在意這些，臉上帶著溫潤笑意。「你一個瘸子，顧姑娘根本看不上，就算你今兒能說出花來，別人也不會相信，顧姑娘我不會放棄。」

「找死！」阿大、阿二最聽不得的就是別人罵他家公子瘸子，當即就要發火，卻被顧清婉阻止。

顧清婉知道自己名聲已經徹底毀掉，也不怕再多這麼一點。

她只想一家人以後安安穩穩地不被這些人打擾。

她走到夏祁軒身邊，握住夏祁軒的手，溫柔地注視他。「莫要動怒，他說什麼都不要在意，我們彼此知道自己的心意就好。」

顧清言和顧父看到緊緊相握的兩隻手，都微微皺起眉頭。

外面的婆娘們在顧清婉表態後，已經對她露出鄙夷的眼神。

陸仁沒想到顧清婉為了拒絕，竟然不顧自己名聲。

看到緊握在一起的手，他的內心無比憤怒，好像什麼東西被搶走一般，心裡失了一塊。他第一次見到顧清婉，不知為何就感覺顧清婉是屬於他的，所以就算明知道她整自己，也想為她掩飾一切。

此時此刻，他有種心愛之物被人搶走的錯覺，強忍下怒火，他看向顧清婉，儘量放緩聲調，道：「顧姑娘，我知道妳是為了拒絕我，才找他做擋箭牌。我陸仁到底有什麼不好？妳為何不顧自己名聲也不願意和我在一起？」

顧清婉沒想到陸仁竟能看穿，突然有些心虛，準備鬆開握著夏祁軒的手，卻被反手握住，她蹙眉看向他，他卻若無其事地握住她的手，臉上帶著淺淺的笑容看向陸仁。

「我該說你聰明呢，還是厚顏無恥？小婉心有所屬，你何必苦苦糾纏？我把剛剛的話還給你，就算你今兒能說出花來，小婉也不可能是你的。」

陸仁有種想要殺了夏祁軒的衝動，但他手無縛雞之力，只是個文弱書生，光是夏祁軒四名隨從其中一人，他就不可能打得過，看來只能回去，找那人幫忙。

想到此，他看著顧清婉，道：「顧姑娘，我知道是我太迫切想要娶妳，才把妳逼急亂說話，今兒我們先回去，給彼此考慮的時間，過些時日我再來。我希望妳能慢慢試著瞭解我，我是真的喜歡妳，想要娶妳為妻。」

喜歡她？顧清婉聽到這句話，震驚得不可思議，前世和陸仁夫妻三年，也沒從他口中聽到這三個字。今世，兩人只見過兩次面，他卻輕易說出這三個字，這是多麼大的諷刺。

如果不是臨死前看到陸仁如同魔鬼的嘴臉，她或許會相信這番話，因為陸仁的語氣是那麼情真意切，任何一個待字閨中的少女，恐怕都會為這樣一個文質彬彬、大度睿智的男子傾倒。

可惜，她已經不是那個懵懂無知的顧清婉。

「我不需要考慮，我只希望你們以後都不要來我家，我說過我不會嫁給讀書人，你不必再來自討沒趣。」她答應弟弟，放陸仁一馬，但陸仁繼續糾纏，她怕自己真的會忍不住殺死他。

「六叔，今兒來弄得大家不愉快，陸仁在此向您賠禮了。」陸仁知道顧清婉的決心，現在說什麼都不行，只得轉向顧父說道。

顧父淡淡地「嗯」一聲，並沒有任何表情。

「三女，把老娘的行囊都收拾、收拾，我跟你們一道回去，這個家我看是待不下去了。」顧王氏狠狠地瞪顧父一眼。

顧愷梅見顧愷之也沒開口挽留的意思，才抹了一把並不存在的眼淚。「好。」說完，跟著顧王氏進屋收拾。

「六弟，你真是個畜生，你等著，這事沒完！」顧愷先狠狠啐了一口，又瞪向顧清婉，冷笑一聲。

等到顧王氏、顧愷梅從屋裡出來，陸仁才向顧父告辭，隨後看向被夏祁軒握著的那隻手，對顧清婉道：「顧姑娘，不要為了我，選擇一條不歸路，我真的沒那麼可怕。」

「要走快走！」顧清言本來就一肚子火，想不通這陸仁臉皮怎麼這麼厚，看他還沒死心，心裡更生氣。

陸仁並沒有因此而發怒，而是朝顧清言露出友好的淺笑，這才邁步離開。

顧王氏被顧愷梅扶住，臨出門前往地上啐了一口。

院子裡只剩下顧父三人和夏祁軒主僕五人，門口還有人在看熱鬧，顧清言跑過去把門直接關上，阻擋外面的視線。

「夏祁軒，你夠了，還不放開我姊姊的手！」顧清言關上門後，看見夏祁軒還握住姊姊的手，心裡惱火至極。

「對不起。」夏祁軒溫和有禮地向顧清婉道歉，在放開手的時候，他感覺心裡空落落的。

顧清婉現在心情很亂，不料事情會發展到這一步。她一個字都不想說，只是看了夏祁軒一眼，隨後對顧父道：「爹，你們忙，我去煮茶。」

她前幾天聽海伯說過，夏祁軒這些日子，過上幾天就會來找她爹疏理筋脈，今兒應該亦是如此。

「顧姑娘，請等等。」夏祁軒見顧清婉準備轉身進屋，出聲道。

顧父亦是不明所以地看向夏祁軒。

顧清婉停下腳步，沒有回頭。「夏東家請說。」

「顧姑娘，說出那番話，是我不對，不該有損顧姑娘名譽，但那番話都是出自真心，我對顧姑娘早已心儀已久，才會控制不住說出孟浪的話語，若是顧姑娘不嫌棄我身有殘疾，我願意負責。」

夏祁軒總覺得自己的心都快要跳出來了，也不知道自己有沒有說錯話？很擔心顧清婉會一氣之下不理自己。

這樣的忐忑，即便是當年殿試，也不曾有過。

此話一出，顧父微微驚訝後，便沒有表情，如今女兒的名聲已經受損，再想找個好人家已經不可能。這些日子以來，依他對夏祁軒的瞭解，覺得此人是個可以依靠的男人，他倒是不反對。但他也想知道女兒到底會怎麼做，不管女兒的答案是什麼，他都支持。

「夏祁軒，你還真是會順桿往上爬，你沒看到我姊姊現在很煩嗎？你還來添亂。」顧清言冷冷道。

阿大、阿二四兄弟緊張得大氣都不敢出，他們真的很希望顧清婉能嫁給公子。

所有人屏神靜氣，目光都聚集在顧清婉身上。

陽光鋪灑，蝴蝶蹁躚，仍然沒有等到顧清婉的回答，夏祁軒深邃的眸子如珍珠蒙上一層霧靄，黯淡無光，隨後嘴角勾起一抹自嘲的笑，開口道：「是我太自以……」為是，兩字未出口，便被顧清婉的話打斷。

「你去找媒人上門吧。」顧清婉說完，人已經進入灶房。

此話一落，院子裡安靜得落針可聞。

顧父聽到這答案，心裡難免有些惆悵，他多少還是希望女兒能嫁給一個讀書人，將來榮登金榜，可以將師父囑託的事交到當今皇上面前，否則自己一介布衣怎可能上金殿供呈呢？但事到如今，已經發展到這個地步，女兒的幸福才是最重要的。

「好。」夏祁軒心中歡喜，面上卻仍舊表現得很淡然，只是淺笑頷首。

在他心裡，顧清婉一直是個特別的存在。不管是她的醫術，還是她神祕莫測的力量，抑或是她的廚藝，每一樣都令人想要探究，越是探究，越覺得稀奇。最終，當他回過神來的時候，便發現自己的心已經淪陷其中，無法自拔。

他也知道自己身有殘疾，像顧清婉這樣美好的女子，他根本就配不上，所以就算海伯提出多次，他也做出漠不關心、雲淡風輕的樣子，但其實他的心早已飽受折磨。

今日，或許是上蒼憐憫，讓他趕上這麼巧的事。當顧清婉說已有男人的時候，他的心似碎成了一片片，但他還沒拾起那些碎掉的心，顧清言的話讓他看到了希望，他才抓住這個機會。

顧清婉說出那個答案，幾乎是抽空她所有力氣。進了灶房，她無力地倚靠在牆上，眼淚從臉頰上無聲滑落。

顧王氏的苦苦相逼，讓她無奈地說出那番話，但她沒料到弟弟會找夏祁軒來做擋箭牌。

本以為這樣會讓陸仁和顧家人知難而退，怎知不但沒讓陸仁死心，還讓自己陷入進退兩難的地步。若是不答應夏祁軒，她和家人都無法得到安寧，正所謂明槍易躲，暗箭難防，不知道陸仁他們身後的人到底是什麼目的？

再有，今日之事定會傳出去，她的名聲毀掉不要緊，但她的爹娘跟著被人指指點點，弟弟以後也別想娶到好女子，她怎能讓家人身陷議論？

而若是嫁給夏祁軒，能阻斷陸仁和顧家那邊的陰謀，還能避免很多麻煩——夏祁軒身有殘疾，就算成親也不能做什麼，正好兩人可以做一對有名無實的夫妻，這才是她想要的。

只是這樣一來，她最對不起的便是夏祁軒，利用了無辜的他。

門簾一動，顧清言從外面走進來，臉色極難看。「姊姊，我不同意妳嫁給夏祁軒，他根本就給不了妳幸福。」

「言哥兒，我知道你是為我好，但我覺得這樣做，對我們所有人都好。」顧清婉背轉身去，快速抹掉自己的眼淚，沈聲道。

「女人這輩子最重要的就是嫁給能給自己幸福的男人。我不同意，姊姊，我們搬家，我們搬到別的地方去，找個山清水秀的世外桃源，妳打獵，我行醫，爹在家喝喝茶，娘刺繡，如果遇到對妳好的那個人，妳再嫁他好嗎？」顧清言走到顧清婉面前。

「這幅畫很美，可是言哥兒，你有想過爹娘的感受嗎？他們在這裡住了十幾年，才有一點根的感覺，你再讓他們飄流在外，忍心嗎？一個人有多少個十幾年？爹娘老了，他們禁不起折騰，我們作為子女的，應該替爹娘分憂解勞。」顧清婉說著，深深嘆了口氣，她認真地看著弟弟。「人生十有八九不如意，若什麼事情都只會逃避，不去面對，你覺得可以嗎？」

顧清言靜靜地看著姊姊，這一刻，他才真正認識到姊姊是多麼偉大，多麼善解人意。

顧清婉看著顧清言飽含歉意的目光，朝他露出溫柔的淺笑。

「你是男兒，將來是我們家的頂梁柱，遇到困難不能一味想著逃避，那不是解決問題的根本之道。我知道你是心疼我，但是我很明確地告訴你，我知道我想要的是什麼，所以你不要擔心。」

第三十九章

「姊姊，妳應該知道，一旦嫁給他，你們就只能做一對有名無實的夫妻。」顧清言還想要勸，就算不嫁人，他也能掙錢養活姊姊的。

對於顧清言的思維和說話方式，顧清婉這些日子也習慣了，雖然有些不好意思，但還是回道：「你說的我已經想到了，我本來就沒有想要和他做一對真正的夫妻。」

她話音一落，門外有響動聲，姊弟倆相視一眼，急忙走出去一看。

正好看到夏祁軒面對著灶房方向，他神情淡淡，臉色平靜，見到他們挑簾出來，他帶著慣有的淺笑道：「今兒我們已經出來很久，該回去了，特來向你們告辭。」

顧清婉和顧清言很擔心，不知夏祁軒有沒有聽到他們的談話，但又不能問，只能若無其事地點頭。「好。」

「我送你。」本來，顧清言對夏祁軒很不滿意，但因為心虛，已經把那份不滿收起，走過去幫夏祁軒推動輪椅。

阿大、阿二四兄弟趕忙走過來接手，顧清言只能放開輪椅手把。夏祁軒臨出門前，回頭看向站在院子裡的顧清婉。「顧姑娘，具體情況我已和顧叔商談，妳要是有什麼要求，可以對顧叔說，過兩日媒婆上門，也可以對媒婆提。」

說罷，朝她點點頭，回過身去，才示意阿大、阿二四人把他抬出門口。

目送夏祁軒主僕幾人消失在門口，不知道是不是錯覺，顧清婉突然間感覺到夏祁軒對她的態度變得疏離淡漠，是他聽到那些話了嗎？如果聽到，為何還願意娶她？

顧父這時從東屋出來，他看到站在院中發呆的女兒，暗自嘆了口氣。把大門關上，準備折身回東屋時，卻被顧清婉喚住，他轉身看向女兒。

「爹，您一定知道顧家那邊的人是為了什麼，對不對？」顧清婉想到前後幾次她爹的表現，在在令她起疑。

「能為什麼，肯定是為了那些彩禮。」顧父不想讓女兒知道，自然不會說實話。

「您不願意說就罷了，我只希望嫁給夏祁軒以後，這些麻煩都不會再有。」顧清婉說著，看了看天色，已經快到做飯的時刻。

顧父看著顧清婉去做飯，深深長長地嘆了口氣，才步入東屋。

顧清婉不知道，才一會兒工夫，她的事情已經傳遍整個村子。

「以前覺得顧清婉乖巧聽話，也好相處，現在才知道，她竟然是第二個曹心娥，還沒出嫁就與人私相授受，真不要臉！」

「可不是？不過，她不找個正常男人，竟然找個殘疾，是不是腦子有病？」

「妳懂什麼，妳們不知道，那殘疾的男人就是鎮上夏家米鋪的東家，她肯定是看上人家的銀子唄！」

「就是，還真看不出來。我就說嘛，他們家過去買米都要借銀子，怎知這後來竟然連飯館都開起來了，想必這銀子就是這痼子給的。」
「其實啊，我倒覺得顧清婉挺可憐的。」
「為什麼？」
「妳們也不想想，哪家不都是父母作主？肯定是顧愷之和月娘搞的鬼，想把女兒換銀子花唄。」
「這麼說也對啊，這些日子，我經常看到痼子來找顧愷之。真沒想到他竟然是這種沒心肝的爹，為了銀子，連女兒一生的幸福都捨得毀掉。」
這些謠言傳得很快，就連鎮上一些人家都聽說了，包括梅花。
得知顧清婉竟然早已和夏祁軒私相授受，梅花心裡鄙夷的同時，更多的是高興。
顧清婉並不知道這些，在家裡做好晚飯，與顧父、顧清言各懷心事地吃了晚飯後，又因為不放心飯館，姊弟倆便回到鎮上。
當回到飯館時，見飯館還開著門，生意仍是很好，此刻才酉時，飯館裡高朋滿座。
姊弟倆趕忙去後廚幫忙，忙完這些後，顧清婉對顧母道：「娘，明兒一早您就回去，祖母走了。」
姊弟倆回來，都還沒來得及和顧母好好說上話。此刻聽到女兒的話，顧母心裡有很多問題，最終沒有開口，只是輕輕頷首。「好。」她回去問當家的。
顧清婉去了後廚，炒了一些菜，又拿上一袋饅頭，把東西都裝進大籃子裡，還從萬能井裡取出一瓶水，戴上冪籬，挑著擔子從後門出去，準備去西街。

她因為有心事，走路分神，沒注意到後面一直跟著的主僕二人——

「顧姑娘，請等等。」陳詡追上去，他後面跟著路才，路才手裡拎著一個包袱。

顧清婉停下腳步，回頭看向他們。「陳公子有事？」

「妳可是去西街？」陳詡問道。

其實他是明知故問，自從得知顧清婉每晚都會送吃的去給那些乞丐，他就大為動容，世間竟然有這樣善良的女子！在他的世界裡，見過的都是一些只會爭風吃醋、勾心鬥角的女子，就算有幾個心善的，那也只是表面。

見顧清婉點頭，陳詡又道：「我正好順路。」

顧清婉沒接話，挑著擔子朝前走。弟弟這幾天和陳詡關係不錯，但她通常不會和他多說，畢竟男女有別。

陳詡也沒想過顧清婉會說什麼，就和路才跟上去。

兩人一路沒再說一句話。從東街過去，會路過夏府，正好被回府的夏海看到這一幕。夏海已經聽說顧清婉答應嫁給夏祁軒的事，他今晚就是去找媒婆，這不，才剛走到門口，就見到這一幕。

那個男子背影有些熟悉，偏偏這麼晚也看不清楚，他是誰？為什麼要和小婉一起呢？

夏海瞭解顧清婉的為人，知道她不是那種水性楊花的女人，既然答應嫁給公子，就不會對不起公子。

知道這一點，夏海便安心一些，也沒在意，往府裡趕去。聽公子的語氣，應該要儘快把親事定下來，雖然不明白公子為何那般著急，但公子做事一向有自己的理由。

西街末尾，這裡說是貧民窟，實則就是個乞丐窩，這裡最邊上的房屋已經拆掉，有的地方堆積很多垃圾。最角落有一間破爛院子，裡面住著七個乞丐，有老有少，都是無家可歸的可憐人。

顧清婉還沒進門，就有個六、七歲的孩童跑出來，他歡快地跑到她前面，指著自己的肚子咿咿呀呀說個不停，又指著裡面。

「馬上就能吃了，走吧。」顧清婉知道他說他們都餓了。

幾人進了大門，院子裡已經擺好碗筷，七人都規規矩矩排著隊。

顧清婉把擔子放下，把所有飯菜都拿出來，放在石桌上擺好，又拿出勺子，饅頭就在旁邊兜裡。

準備好一切，便開始派飯，每天都有兩道菜，今兒一道是萵筍炒臘肉，另一道是香辣馬鈴薯片。

「孫爺爺，今兒感覺好些了嗎？」顧清婉一邊派飯，一邊問第一個上來領飯的老人。老人以前本是鎮上最有錢的富翁，但一生只有一個兒子，還是老來得子，寵得不行。孫爺爺的老伴一離世，孫爺爺也跟著一病不起，等病好以後，卻落下病根，腿腳不好使，兒子、媳婦不孝，把他趕出來後，都搬到縣城去了，如今的夏府宅院就是當初的孫府。

前些天，孫爺爺得了熱病，顧清婉每天晚上都要為他針灸。

「已經好了。」孫爺爺點點頭，等顧清婉舀好飯菜，他去旁邊拿兩個饅頭，端到一邊吃起來。

對於孫爺爺冷淡的態度，顧清婉也不在意，在孫爺爺心裡，自己的兒子都靠不住，別人還能靠得住？就算這些日子以來，顧清婉對他好，他也不會有多麼熱情。

這裡的人都飽嘗人間冷暖、吃過苦頭，不會輕易相信人。

只有最小的強子，就是剛才門口的孩子，能聽到人說話，卻不能說，所以三歲時就被趕出家門，因他不能說話，家裡孩子多，遭父母嫌棄。

顧清婉派發完飯菜，並沒急著離開，而是等他們吃完，又一一為他們把脈，檢查身體情況。

顧清婉心裡有個想法，希望強子和她去飯館，如此他可以在飯館幫忙。可是強子不樂意，倒是對顧清婉的針灸很感興趣，每次她給這裡的人針灸，他都會在旁邊專心地看著。

孫爺爺已經七十多歲，有時候起床或躺下都需要有人攙扶，強子留在這裡能照顧他，顧清婉暫時只能幫到這些，以後走一步算一步。

顧清婉所做的一切，陳詡都看在眼裡。他今兒來，也帶了一些衣裳、褲子，遂叫路才分發給這裡的人。

等忙完，已經亥時正三刻，顧清婉知道再不回去，娘又該擔心了。

「強子，明兒想吃什麼？」每天離開，顧清婉都會問這個問題。

得到新衣裳的強子正高興呢，聽到問話，偏著腦袋想了想，隨後做了一隻雞的樣子跑幾步。

顧清婉早就習慣強子的表達方式，她笑著點頭。「那明兒給你們燉雞湯，雞肉能吃，雞湯可以補身，再來一道青菜。」

聽到這話，孫爺爺他們都點點頭，強子更是高興地撲進顧清婉的懷裡。

「明兒見。」把剩下的饅頭交給強子，顧清婉挑起擔子，朝他們道別。

等人離開後，孫爺爺朝強子招手，強子乖巧地走到他面前站著，他才緩緩道：「強子，我知道你有孝心，想要照顧我，可是孫爺爺沒有多久能活了，你該跟著小婉，她是個心善的，能照顧你，還能教你醫術。」

強子倔強地搖搖頭，嘴裡啊啊啊說著，手比劃著。

「我是怕我死了那天，小婉已經對我們失去耐性，不會再來這裡，到時你怎麼辦？你真是個傻孩子。」孫爺爺嘆了口氣，慢悠悠地站起身，強子趕緊過去扶住他。

院子裡其他人都已經陸續進去睡覺，一老一少也慢慢走進屋子。

強子一邊扶著孫爺爺，一邊比劃——小婉姊姊不是那樣的人！

「人心隔肚皮，你哪裡知道這世間人心險惡？久病無孝子，自家兒子都靠不住，別人和我們無親無故的，沒有理由照顧我們一輩子。」孫爺爺嘆氣道。

強子默默跟在他身邊，黑亮的眼睛迷茫起來。

走回街道上，陳詡的目光一刻也沒離開過顧清婉。

「陳公子，我們就在此分開吧。」顧清婉被一個男子這樣看，難免有些不自在。

「我們同路，不需要分開。」陳詡沈聲道。

路才很知趣地跟在後面，維持他能看到他們，但聽不到兩人說話的距離。

「同路？」冪羅下的小臉微微錯愕，蹙眉道。

「飯館隔壁。」陳詡言簡意賅地說明他的住處。

「原來那間雜貨鋪是你們主僕租了？」

「不是租，是買。」

呃……難道這就是弟弟所說的，有錢任性？

似是知道顧清婉的想法，陳詡淡淡道：「為了吃你們飯館的飯菜。」

顧清婉已經不知道該說什麼了，她總不能說謝謝捧場之類的話，只能沈默以對，一路往家裡走。

路過東街夏府門口時，顧清婉目光只是掃一眼，整個人就呆在原地。

在夏府門口，夏祁軒坐在輪椅上，整張英俊的臉埋在夜幕中，顯得有些陰沈，他身後是阿大、阿二兄弟倆。

顧清婉看到他們，他們也看到了顧清婉。

陳詡並不知道夏祁軒認識顧清婉，他微微皺眉，問道：「妳認識他？」

夏祁軒是什麼人他知道。

顧清婉正要回話，便見夏祁軒一句話不說地轉動輪椅，朝夏府裡去。阿大、阿二回頭看了她一眼，兩人嘆口氣，抬起夏祁軒走進夏府。

大門緩緩閉上，顧清婉心裡有些不是滋味，夏祁軒這是什麼態度？她做錯什麼了嗎？想不明白，她便不去想，回了陳詡一句。「不認識。」

說罷，她挑著擔子，腳步加快了幾分，往飯館走。

陳詡看了看夏府的大門，又看了看顧清婉的背影，直覺告訴他這兩人應該不僅僅只是認識這麼簡單。不過，這些他都沒興趣，他有興趣的是他在船山鎮的這些日子，每天能吃到顧清婉的飯菜就好。

還沒走到飯館，顧清婉便見到弟弟倚靠在巷子口的牆壁上，等著她。

「你怎麼還不睡？」她走近後蹙眉問道。

「妳不回來，我不放心。」顧清言說完，看到顧清婉身後的陳詡，不滿地道：「你幹麼跟著我姊姊？」

「我住隔壁。」陳詡說完，不再說話，逕自領著路才回去。

顧清言想起三個字「跟蹤狂」，他看向姊姊。「他有沒有做什麼？」

「他買了一些衣裳給孫爺爺他們送去。」顧清婉說著，朝巷子裡走。

「準沒安好心，他那麼多時間，早不送晚不送，為什麼要等妳一起去送？」顧清言嘟囔一句，見姊姊已經進門，他連忙跟進去。

顧清婉現在滿腦子都是夏祁軒的身影，感覺好像專程在那裡等她一樣，只是為了給她擺臉嗎？

「姊姊，怎麼心事重重的？」顧清言湊到顧清婉面前，問道。

「剛才我遇到夏祁軒了，他好像專程在門口等我一樣，然後一句話都不說，就回去了，臉色也不太好。」顧清婉蹙眉道，她想不明白夏祁軒為什麼臉色那麼難看？

「他看到妳的時候，妳旁邊是不是還有陳詡？」顧清言問完，見姊姊點頭，便明白夏祁軒的想法。他前世是將近三十歲的男人，談過一場戀愛，自然懂得那種心理。當姊姊答應夏祁軒那一刻，雖然還沒訂親，恐怕夏祁軒早已把顧清婉當成自己的所有物，看到她和別的男人在一起，肯定會不高興。

「他不會是氣我和陳詡在一起吧？」顧清婉聽弟弟這麼一說，便明白幾分。

「恐怕是。」顧清言點點頭。

「誤會也好，這樣他或許就不會再想娶我了。」顧清婉說完，對顧清言說了一句早些休息，就進屋去睡了。

本以為夏祁軒不會再找媒人上門，不料第三天就找媒人去說媒，顧父、顧母也都同意，一切按章程來辦，只是日子趕得特別急。

這樣一來，村裡更多人說顧父、顧母是在賣女兒，儘管風言風語，但都沒有影響到他們的生活。

顧清婉一直待在飯館，由著爹娘和海伯操勞這件事，不過她也聽說，自從那一晚之後，夏祁軒再也沒來過飯館吃飯，也沒去過村子裡。

從納采、問名、納吉、納徵、請期，用不到半個月時間。

只剩下最後的親迎，日子定在八月初八——算命先生說兩人八字在這一天成親最好，所以最終選擇這一天。

迎親日子定下來，本以為一切都會這麼順利進行，但好事總是多磨，某一天，顧父竟然被縣衙的官差帶走了！聽說是顧王氏和顧長春一紙訴狀，把顧父告了，說他不孝！

第四十章

顧母來到飯館的時候，正是未時，到點休息的時間。

聽完顧母的話，顧清婉有種不好的預感。前世，她爹就是冤死獄中，難道那些人又改變陰謀法子了嗎？於是決定帶一些銀子去打點，又帶上弟弟。

從鎮上租了一輛馬車，姊弟倆便馬不停蹄地趕路。

到縣衙時，門口圍不少人，姊弟倆擠開人群朝裡面鑽，圍觀的只能站在門口觀看。

她爹跪在公堂上，顧王氏、顧長春、顧家兄弟姊妹都在，竟然連陸仁也在那裡。

「姊姊，怎麼辦？」顧清言擔心那些人會變著法地折磨他爹。

「先看看。」顧清婉也很害怕，害怕前世的厄運會降臨。

「顧愷之，你為何要忤逆生你、養你的爹娘？」唐青雲一拍驚堂木，朝跪在下方的顧愷之問道。

「回稟縣老爺，不是小人忤逆，實在是中間曲曲折折太多，不是三言兩語道得明白。」顧愷之不驚不慌地回道。

若是換成別人，早就嚇得快尿褲子，但顧父卻表現得很鎮靜。

「這裡是公堂，有什麼都可以講，你仔仔細細道出，本官自會明辨是非。」唐青雲面色平靜，語調不高不低，沒有以官威壓人。

「……小人所述全是事實，請縣老爺明鑑。」在顧清婉愣神間，爹已經把事情來龍去脈道出。

「顧長春、顧王氏，顧愷之所言是否屬實？」唐青雲隨後問二人。

顧長春、顧王氏對視一眼，兩人都知道，一旦他們承認當年賣掉顧愷之，就沒有權利要求六子盡孝，那麼他們不但不能讓顧愷之入獄，還可能自己倒楣！

想清楚這一點，顧王氏嚎啕大哭起來。「青天大老爺，您千萬不要信這逆子的話，正所謂皇帝愛長子，百姓愛么兒，貧苦人家哪個不是最疼小的？民婦又怎麼捨得賣掉他？只不過當年家中斷糧，民婦眼見幾個孩子要餓死，不忍心他跟著我們受苦，才把他送給人餵養，想讓他過上好日子，哪知道那家人會如此沒良心，把他趕出家門，讓他在外流浪！」

本來圍觀眾人已經相信顧愷之的話，認為他很可憐，但經顧王氏這麼一辯解，頓時開始討厭起顧愷之，認為他是個不孝之人，這種人活該被天打雷劈。

聽到周遭痛罵父親的閒言閒語，顧清婉姊弟倆強忍著怒氣。

顧王氏一直就是個喜歡顛倒是非黑白的，如今為了陷害他們的爹，居然如此無情無義，這樣的人竟還能活在世上，老天真瞎了眼。

顧王氏的哭聲未停歇，她抹了一把淚，又繼續道：「青天大老爺，不信您可以去找那家人問問當年真相；再有，民婦去他家裡，完全是為了彌補這些年來對他的虧欠，我都這把年歲了，還替他家裡操心，想把我那可憐的孫女許配給陸秀才為妻。哪知他們不知好歹，不但謾罵我這個七老八十的婆子，還打了我大兒子，把我們從家裡趕出來。青天大老爺，您可要明鑑啊！」

圍觀眾人聽到這話，連連罵著顧父不是東西，還對地上猛吐口水，姊弟倆都只能忍著。

「顧愷之，你娘所說可屬實？」公堂上，唐青雲又開口。

「不是。」顧父沈聲回道。

「你可有話要說？」

顧父此時清楚，若是他還要一忍再忍，恐怕會落入奸人之計，遂開口道：「縣老爺，其實小人一直有很多疑問在心底，正好縣老爺可以幫小人弄明白。」

「你且講來。」唐青雲對顧父這種不卑不亢、不驚不慌的態度刮目相看。

「小人自五歲起，便被賣到別人家，後來被趕出家門這許多年，他們是怎麼確定我身分的？曾經我閨女問我一個問題，他們是不是我的親人？我也很想知道答案。第一次他們上門，沒經過我家允許，便偷了我妻子的手鐲、銀子，就連我閨女的幾十枚銅錢也沒放過，甚至我家裡的臘肉也不問自取，這真是親人所為？」

顧父說到此，圍觀百姓對顧王氏幾人指指點點，幾人面紅耳赤，想要辯解，又聽顧愷之繼續道：「之後他們又強行要給我閨女說親，我們夫妻二人只想閨女嫁得近一些，好有個照應，所以拒絕這門親事。但事情沒完，他們又施計，強行接掌我家，擅自主張要把我閨女許配給陸秀才，我們家人肯定不樂意，才會鬧得不愉快。他們走了，卻帶走我家裡所有銀子，本以為事情就這麼過了，沒想到事隔半個多月，如今竟走到這一步。」

「天哪，原先還以為那男的不孝，這麼一說，這老婆娘一家就不安好心啊！」

「就是，連身分都還沒確認，第一次上門就偷人家東西，這一家子是什麼人哪？」

「我看，這裡面有不可告人的祕密。」

「說不定像戲文裡唱的一樣，背後有人指使，想要陷害人家！」

「不過，你們看那男的，他一看就不是什麼達官貴人，值得什麼樣的人如此陷害？」

「這可說不準，或許他知道人家什麼祕密，想從他身上把祕密套出來唄，戲文裡不都這樣？」

聽到這些議論，姊弟倆突然間明白過來，真的應了一句當局者迷，旁觀者清的名言，他們一直想清其中的彎彎繞繞，如今倒是一切都想明白，也透澈了。

眾人說話的聲音並沒有隱藏，公堂上的人都能聽得明白清楚，顧家人心虛極了，倒是陸仁很坦然地站著。

唐青雲突然間覺得這件案子有些棘手，顧家背後的人，把一切安排得如此周詳，不是有錢就是有權。但他也清楚，整件事顧愷之沒有錯，一切都是背後的陰謀使然。他為官多年，從不亂判案子，這一次，他該怎麼判就怎麼判。

不論他做什麼，都要對得起良心。

唐青雲一拍驚堂木，隨後看向跪著的幾人。「本官宣判，顧長春、顧王氏，既然當初你們已將顧愷之送人，他就不再是你們的兒子，你們也沒有理由再讓他盡孝。」

「這……這不能啊……」顧家人懵了。

唐青雲看到這種胡攪蠻纏、一肚子壞水的人很嫌棄，語氣也不好起來。「有什麼不能？

且不說顧愷之是不是你們的親生兒子，試想一下，若顧愷之仍被那家人收養，你們是否還要求他贍養你們？還要為你們盡孝？況且你們從他家拿去的銀子也不是小數目，就算給你們二人頤養天年也足夠了，你們還想要什麼？」

此話一出，顧家人囁嚅著說不出話來。

顧清婉和顧清言好想大呼一聲——唐青雲是青天大老爺！這判得實在太好了，這樣一來，顧父就能無罪釋放。

果然——

「所以，本官宣判，顧愷之無罪釋放。」

百姓們聽到結果，也沒有什麼意見，都覺得唐青雲這樣宣判好，不能便宜了那些不安好心的人。

「謝謝縣老爺還小人公道，謝謝。」顧父跪伏在地，真誠地磕了幾個頭。

如果今兒遇到一個不分青紅皂白的官員，他一定免不了牢獄之災，所以他真心感謝。

「退堂。」

「威武。」

等這令人肅然的威武聲落下，顧清婉姊弟倆才進入公堂，攙扶起顧父。「爹。」

「你們怎麼來了？」顧父看著一雙兒女，皺眉問道。

「顧姑娘。」旁邊，姊弟倆未曾說話，陸仁的聲音便響起。

「真是陰魂不散。」顧清言冷冷看了陸仁一眼。

陸仁恍若未聞，儘管顧清婉戴著冪籬，他的目光仍停留在她臉上。「顧姑娘，過去的讓它過去，我能否重新認識妳？」

此事到了這一步，那人的計劃恐怕會改變，他這步棋子已經不用再走了，可他卻對顧清婉動了心。這些日子，有很多個夜晚，他都夢見和顧清婉，甚至還夢見兩人住在一起的畫面，所以他已經認定顧清婉是他的女人了。

「我姊姊已經訂親，且很快就要成親了，所以看著我的嘴——」顧清言將顧清婉拉到身後，指著自己的嘴開口道：「不能。」

「是那個瘸子嗎？顧姑娘不覺得太草率？」陸仁心裡大怒，但忍耐力極強，臉上硬是看不出一分。

顧父聽見這話，皺起眉頭，一個秀才竟然這麼魯莽，三番兩次口無遮攔，就算小婉沒有訂親，他也不會考慮這樣的人。

「陸秀才，請你注意言詞。」顧清婉微怒，不管她喜不喜歡夏祁軒，他們都即將成為夫妻，聽到陸仁這樣說，她自然不高興。

「對不起，是我失禮了。」陸仁真想給自己一巴掌，著急說錯了話。

「陸秀才，我即將嫁為人婦，請你以後不要出現在我面前，我說過不會嫁給讀書人。」

顧清婉說完便不想再多說，姊弟倆扶著顧父往外走。

「顧姑娘，我很想知道，妳為什麼這麼討厭讀書人？」陸仁想不明白這個道理。

「這已經不重要了，不是嗎？」顧清婉頭也不回地道。

陸仁目光停留在他們三人背影上，臉色顯得很平靜，給人一種淡然處之的感覺，只是那雙眼裡一閃即逝的陰狠破壞了這份沈靜。

他想要的東西，一定要得到。

「愷之啊，娘錯了，娘以後都不會這樣做了，你原諒娘啊！」在他們即將走出縣衙大門時，顧王氏撕心裂肺地哭喊起來。

顧父駐足，並沒有轉身，嘴唇嚅動幾下，最終一個字也沒有說出來，深深長長地嘆了口氣，與姊弟倆走出縣衙大門。

「小婉、言哥兒，想必你們也清楚，顧家背後有人指使才會來鬧。」

姊弟倆都點點頭，顧清言問道：「爹，能告訴我們嗎？」

顧父搖搖頭。「知道越多，對你們越不安全，或許將來我會告訴你們，但不是現在。」

「爹，是不是你手中握有人家的把柄？」這是顧清言的猜測。

如果顧父知道別人的祕密，那人一定會殺人滅口。但顯而易見，不僅是這麼簡單，那麼就是他爹手上握有人家的東西，那人不敢殺死他爹，因為怕那東西落到別人手中！

顧父沒想到兒子會這麼聰明，他點點頭，之後便不再多說。

姊弟倆一知半解，但他們明白，顧父手裡的東西一定很重要。

同時，顧清婉也想到——前世她爹被抓進縣衙後折磨至死，一定是被嚴刑逼供，到死都沒有說出祕密；之後那人又派陸仁前來，想要套取祕密，不料她根本就不知情。

所以，陸仁才會說他一直都在忍受她。

此刻，顧清婉將所有事情聯想在一起，才想明白其中關鍵。這一世，隨著她重生，好多事情都已經改變。

她現在知曉背後的原因，以後要更加小心保護這個家。雖然不知道她爹手裡的東西是何物，但能讓爹保護得如此周密，肯定不簡單。

得知夫婿安然歸來的顧母喜極而泣。

到了晚上飯館關門的時辰，大家圍桌而食，顧清婉吃著飯，說要在鎮上買院子。那些風言風語她都聽到了，她不想讓爹娘在村子裡受人指指點點。

「身正不怕影子斜，我和妳爹不在乎那些。」顧母知道女兒孝順，但若在鎮上買一座院子，至少要一、二百兩。家裡沒有這麼多銀子不說，在飯館這些日子，孩子的辛苦她不是看不到，起早貪黑，她和當家的沒本事給孩子幸福，哪裡再忍心拖累他們？

「娘，我知道您擔心什麼。我既然能提出，就早有打算，您和爹不需要擔心。住在村子裡堵心，還不如搬出來。有關係好的，比如說蘭嬸，以後還能來往，又不是見不到面。」顧清婉說著，看向顧清言。「買院子在鎮上有好處，不管做什麼都方便，再過幾年，言哥兒娶媳婦也能選條件好的。」

「可是我們銀子沒那麼寬裕。」一提到兒子的未來，顧母便妥協了，但一想到銀子，凝眉說著，吃飯的動作也頓下來。前段時間她存了二十多兩，都是孩子起早貪黑掙的，其餘的都被顧王氏拿走了。

「爹、娘不必憂心，銀子的事，我和姊姊會想辦法。」顧清言已經想到掙銀子的辦法。

顧清婉笑了笑，輕輕頷首。

顧父一直沒說話，他也知道孩子們的想法。

這件事談妥，吃罷飯，顧清婉把要送給強子他們的飯菜都準備好，打算出門時，弟弟也要跟著去。出了後門巷口，姊弟倆沒機會說話，陳詡已經等在那裡。

這些天他天天都會跟著顧清婉去西街。自從被夏祁軒撞見二人走在一起後，顧清婉就算去送飯也沒有再一個人，有時顧清言會去，有時李翔也會去，同時也多了陳詡這個怪人。

他話少，和顧清婉都是該說的說，不該說的不說。當看到陳詡那一刻，顧清言本該是冷言冷臉的，但今兒晚上特別熱情，他走上去主動攀談。

顧清婉知道弟弟一定是有事要陳詡幫忙，才會這樣。

「你和吳老頭很熟是不是？」吳開友是鎮上數一數二的富豪。

顧清婉聽見問話，不明白弟弟怎麼問起吳開友這個人，雖然不明白，但沒插話。

「認識。」陳詡一如既往，惜字如金，連一點多餘的表情都不願意給。

「我可不可以請你幫個忙，帶我去見他。」顧清言一邊走一邊說。

陳詡眉毛一挑，停步不前，看向顧清言。

經過這段時間的相處，顧清言已經瞭解陳詡的性子，也看明白他的意思，並沒多解釋，只是笑道：「我找他有事。」

陳詡凝眉思忖半晌，才點點頭。

這算是答應了，顧清言頓時安心不少。

從頭到尾，顧清婉都沒有弄明白弟弟的意思，但陳詡在，不方便問，只得等回家時私下說。

一如往常地送完飯，強子今兒在顧清婉臨出門前拉住她比劃半天，她才弄明白情況。她蹲下身看著強子，溫聲道：「你是說孫爺爺每天趕你離開？」

強子重重地點點頭，這些天孫爺爺不讓他碰，也不讓他在屋裡睡覺。

「那你願意跟我走嗎？」顧清婉握住強子兩隻小手，他低垂著腦袋，半晌後才點點頭。

在強子心裡，孫爺爺不要他了，但顧清婉明白，孫爺爺是想強子跟著她離開，以後才會有好生活，也清楚孫爺爺是想把強子託付給她。

「去給孫爺爺和院子裡的其他人磕頭道別。」

顧清婉牽著強子走到屋子前。房門已經關閉，她讓強子跪在門口，朝裡面磕頭。她對著門裡道：「孫爺爺，我會照顧好強子，不會辜負您所託，以後每天都讓他陪我一起送飯。」

說完，顧清婉牽起還跪著的強子，一步三回頭地離開院子。

等顧清婉他們離開不久，屋子裡傳出嘆氣聲和哭聲。

強子可以說是這院子裡的人帶大的，就如他們親生的一般，如果不是萬般無奈，也不會選擇這條路。

第四十一章

「北街有一座兩進院子。」回去的路上，陳詡做了顧清婉的活兒，挑了她的擔子。走到街市上，他突如其來說了這麼一句。

「你是想要買給孫爺爺他們住？」顧清婉一聽這話，便明白陳詡的意思。

「嗯。」他點頭。

「若是這樣，那就再好不過了。再兩個多月天氣就轉涼了，孫爺爺他們能有個溫暖舒適的地方住最好。」顧清婉很高興，強子也樂呵呵地直笑。

「想不到你這大塊頭還很有愛心，不錯。」顧清言站在陳詡旁邊，也就只到人家肩膀。他抬手拍了拍陳詡的肩，嘴裡說出這話，聽起來有點怪，但顧清言自己並不覺得。他靈魂大陳詡將近十歲，陳詡今年也就十八、九歲。

陳詡也只是微微皺眉，並沒和顧清言計較，接著看向顧清婉。「過兩天把房契給妳。」

顧清婉才不會拒絕這種好事，若是孫爺爺他們知道，一定很高興。

夏府，三進院子，書房裡——

「今兒有言少爺陪著少夫人，走的時候把強子帶回去；陳詡說要給那些人買院子，少夫人點頭同意了。」阿三把今日的情況稟報完，定定地站在那裡，等著公子下一步指示。

少夫人是如今夏府對顧清婉的稱呼，再一個月，他們兩人就會成親，這是早晚的事。

夏祁軒的目光仍停留在書上，只是「嗯」一聲。

嗯？就這樣就完了？

阿三眨動著雙眼，公子，您不是該有點行動嗎？這些日子，陳詡那小子天天都跟少夫人出去，您怎麼就不著急呢？就算您不著急，也得有點表示啊！

「沒什麼事就下去，阿四回來後，讓他來見我。」翻動一頁書，夏祁軒淡淡說道。

柔和的燭光灑在白皙的臉上，讓夏祁軒整個人看起來如同鍍上一層華光，俊美無雙。

「是。」阿三很無語，自從那一夜公子知道少夫人和陳詡出去後，他現在每天晚上的任務就是跟蹤，真是無趣。

書房裡安靜下來，只有偶爾翻動書頁的聲音。半個時辰後，房門被敲響，隨之是阿四的聲音。

阿四歸來，夏祁軒沒再表現得淡然，他放下書，道：「進來吧。」

「公子。」阿四抱拳作揖。

「如何？」

「稟公子，那邊確實有人指使，目的是想要陸仁迎娶少夫人後，博取顧老爺的信任，得到顧老爺手裡的東西。」阿四恭敬地稟報道。

「想不到他竟然隱藏得這麼深，我試探多次，險些要放棄了。」夏祁軒淡淡道。

「既然確定顧老爺是我們要找的人，公子打算如何做？」阿四恭敬地看著夏祁軒。

「明兒我們去一趟村子。」夏祁軒說完，又問道：「顧王氏等人現在如何？」

「小的趕到時，顧家早已一片狼藉，人去樓空。」

「陸仁呢？」

「小的去了他家，並未找到人。」

「他是個不安分的，謹慎一些。」夏祁軒想到陸仁這個人，眉宇皺起。

陸仁給他的感覺，如一條潛伏在草叢中的毒蛇，只等人不注意，便會給予致命一擊。

「是。」阿四不明白，公子為何要這樣說。在他認知裡，陸仁只不過是個窮酸書生，能有什麼作為？不過公子一向不會出錯，自有他的道理。

而此時的雲來飯館裡，顧清婉領著強子回來後，便用井水給他洗澡，再換上乾淨衣裳——是顧清言的。強子只有六歲，穿著顧清言的外衫，衣襬都長到了腳踝處。

顧父、顧母現下都留宿在飯館，家裡來了新人，二老都起床陪著。

等強子收拾好，顧母把強子抱在懷裡，喜歡得不得了。

強子就這樣成為顧家老四，顧家也多了一名新成員。

隔日，顧父、顧母要回村子，顧清婉早早就做好早飯。

「爹、娘，強子還太小，他就跟著你們一起回村子裡吧，爹有空可以教強子識字、看醫書，他對醫術感興趣。」想了一晚，顧清婉覺得這樣對強子最好，孫爺爺那兒她會去說的。

「我也正有此意。」顧父昨晚就抱著強子睡覺。

強子乖巧地坐在顧母身邊吃飯，聽著父女倆談話。

「爹，我給強子檢查過，也不知道是不是我醫術不精，檢查不出他的啞疾是什麼原因。回到村子後，您好好給他看看。」強子很聰明，卻不能說話，這也成為顧清婉現在擔心的事。

「嗯。」顧父應著，隨後嘆了口氣，道：「買房子的事若有困難，就別著急，家裡的院子還能住上一、兩年。」他不想讓一雙兒女太累。

「爹，您放心，我們知道分寸。」顧清婉應道。

吃罷飯，便到了飯館開門的時辰。二老帶著強子回去，順便去成衣店給他買幾身衣裳。

顧家姊弟忙著開店，一切有條不紊地進行著。到了中午休息時辰，陳詡一直等著顧清言，說帶他去拜訪吳員外。

顧清婉這才想起，她都還沒問弟弟去找吳員外做什麼？她是女子，不方便跟著去，只能等顧清言回來再問結果。

後日是七月初七，鵲橋相會，可香和李翔都在製作自己的花燈。

顧清婉也跟著學做花燈，準備在七夕夜拿到河裡去放，往年的七夕都很熱鬧，今年想必亦是如此。

稍後，顧清言回來了。

「吳員外身體裡長了東西，我去找他，自然是想要給他取出來。」顧清言走進院子裡說道，嘆了口氣。

顧清婉知道弟弟能看透人體裡的情況，這樣說也沒什麼奇怪，但看他的表情，想必事情不順利，挑眉問道：「他不同意？還是不信？」

「他說我妖言惑眾，身體髮膚，受之父母，哪能容忍在他身上開刀。」顧清言冷笑一聲，不看就不看，他還不稀罕，不開刀就準備等死。

「那吳員外哪兒有問題？」顧清婉也很想知道，聽說吳員外健康得很呢。

「他身體裡長了一顆圓圓的東西，如果再不割掉，就會惡化。」

「當今的醫術，如果有這種情況，那可是不治之症。你真有把握能把那東西取出來？」顧清婉沒有見過，自然不會懂。

「妳該相信妳弟弟的本事。」顧清言自信地笑起來。

顧清婉明白弟弟的用心。「你是想替吳員外取出那東西，就會有銀子買院子？」

「可惜，天不從人願。」顧清言聳聳肩膀，無奈地嘆了口氣。「看來只能再想辦法。他最好別來求我，否則，我宰了他。」說完，他伸了個懶腰，進入屋子，準備躺一會兒。

顧清婉聽到最後一句話，忍不住笑著搖頭。

那頭，顧父、顧母回到村子裡，仍有人對他們指指點點，但夫妻倆都不在意。強子害怕地縮在顧父的背上，以為那些人說的是他。

回到家門口，便見到夏祁軒和隨從四人。

一番見禮後，顧父打開門，把主僕五人引進家門。

顧父見夏祁軒主僕幾人如此嚴謹，不由心生防備，難道夏祁軒也是那個人派來的，想要先博取他信任，再取走那東西嗎？

「岳丈大人，可認識此物？」夏祁軒從懷裡拿出一塊紅色玉珮，雖然還未正式和顧清婉拜堂成婚，卻只差一步迎親，禮節上已經可以這樣稱呼。

顧父接過玉珮仔細觀看，這是師父的隨身玉珮。但他聽說師父被那人害死了，隨身玉珮落入奸人之手也不是沒可能。

他心中警戒，半晌後，才笑道：「我從來沒見過這麼好的玉珮，這玉珮一定價值不菲吧。」

夏祁軒不以為忤，以顧父的謹慎，當然不會這麼輕易承認，看來，還得一步一步來。

「確實價值不菲。」

「賢婿擁有此物，想必身分也不凡。」顧父狀似無意地道，他原先以為夏祁軒只是個賣糧食的商人，現在卻不這麼認為。

夏祁軒笑道：「實不相瞞，此玉珮並不是小婿所有，乃是家父世交所贈。小婿本是楚京人士，但因家道中落，只好搬離楚京落戶在外，靠著原來的人脈和金銀經營起糧食店，在這船山鎮定居。」

顧父自然不會相信夏祁軒的片面之詞，聽完只是深深地嘆了口氣。「家家有本難念的經，都不容易。」

一番試探後，顧父的防備心太重，夏祁軒什麼收穫也沒有。

顧父如此謹慎，那東西想必還在他手中。既然知道東西還在，夏祁軒也不著急，一切慢慢來。

接下來還按照往昔那般，顧父給夏祁軒疏理一番筋脈。

每遇上颳風下雨，夏祁軒的腿傷都會很疼痛，幸虧自從顧父幫忙開始治療後，他的疼痛便減輕很多。

時光如梭，兩日的時間很快過了。七夕佳節，年輕男女都會去河邊放河燈。

飯館下午休息，顧清婉讓大夥兒都放假，吃罷晚飯，幾人便把房門鎖好，全部出去玩。

此時，夜幕低垂，燈火通明，街市上到處都是販賣燈籠和花燈的小販，還有各種吃食。然而今日年輕男女的心思都不在街市上，他們都拿著花燈和燈籠，成群結隊出了鎮，去河邊放花燈，顧清婉幾人也在其中。

「公子，少夫人和別的男子去放花燈，您不生氣？」阿大目送顧家姊弟一行人出了鎮，轉頭看向輪椅上的夏祁軒，旋即嘆了口氣。

依公子這般情況，就算想去，也去不了。河畔的路不好走，河邊更是連輪椅停頓的地方都沒有，到處是鵝卵石。若是他看到自己的女人和別人在一起，就算明知不會有什麼，但心裡肯定不好受。

「走吧，去渝和茶樓。」夏祁軒淡淡道。

一聽是去渝和茶樓，阿大臉上頓時露出一抹大大的笑容，公子明明就很在意。渝和茶樓不在鎮上，而是建在離河道不遠處。

顧清婉牽著可香，擠進人群，朝河邊走去。此時河流上漂著不少花燈，將河面映照得瑰麗至極。

顧清婉和可香都戴著冪罹，兩人到了河邊，便把花燈分別點亮，隨後放進水中。

顧清言和陳詡也跟著湊熱鬧。

幾人在河邊放花燈，在這樣的夜晚本該是稀鬆平常的，但仍然被有心人看見——

梅花看到顧清言，就能猜想到他身邊戴著冪罹的人是誰，再看到英氣逼人、威武不凡的陳詡，心裡對顧清婉的嫉恨更深了幾分。怎麼她身邊老是有男人打轉呢？看來自己也要加把勁，使計嫁給陸仁，才不要輸給顧清婉呢！

不過就算如此，她還是不能解氣，於是指著顧清婉，對旁邊幾名少女說著顧清婉的壞話。

直說顧清婉水性楊花，為了銀子要嫁給瘸子，現在又和別的男人勾勾搭搭。

這種事情，都會被女人們所不齒，其中一名少女問道：「她是誰家姑娘，怎麼會如此不守女誡？」

「她啊，雲來飯館的一名廚子。」梅花嘲諷地說一句。

「不是吧，我可是去過雲來飯館好多次，那兒的飯菜味道真是棒極了，怎麼可能是個女子做出來的？」另一名少女開口道。

「哪有妳說的這麼好，我感覺就一般，還沒我家做的好吃。像她那種人品，能做出什麼好菜？」梅花心裡愈加嫉恨。

「我跟妳們說一個祕密。」一名少女神祕兮兮地湊到中間。

「什麼？」幾人問。

「前幾天她弟弟去我家找我爹，說我爹身體裡長了東西，若是不取出來，以後一旦病變，想醫好都難了。她弟弟還說他能取出來，但價錢不低，我爹一聽就明白他是為了銀子的騙子，當場把他趕出家門。妳們是沒看到呀，她弟弟灰溜溜離開的樣子。」說話的就是吳員外的小女兒吳仙兒。

「我怎麼覺得她弟弟心眼不好，竟然詛咒吳伯伯。」其中一名少女嘀咕道。

頓時幾名少女把姊弟倆損得一文不值。

在她們說話的時候，旁邊一直靜靜地站著一名少女，目光總是望向顧家姊弟。

「我們回去。」陳詡感覺到他們幾人被人注視著，他很不喜歡這種感覺。

「好。」顧清婉點點頭，反正花燈已經放完。

顧清言臉色很正常，其實周圍人說的話，他都能聽見。他心裡很憤怒，但不想姊姊跟著不開心。所以他建議回去炸馬鈴薯吃，心情不好的時候，吃東西能令人心情好起來。

顧清婉疼弟弟，他有什麼要求都會答應，自然不會反對。

雲溪鎮一處住宅中，房子破爛，窗戶也破了幾個口，好在如今天氣熱，若是冬天，這裡的主人一定很難熬。
屋子裡響起腳步聲，腳步聲的主人顯然很著急，在屋裡來回走動。
爛木書桌上擺放著翻開的書，風從窗口破洞吹進來，將書頁颳翻了一頁，屋裡的主人並沒注意到。他一襲棉布長袍，濃眉大眼，頭髮用布帶綁束，一雙粗布鞋，他就是陸仁。
此時，大門被敲響，他走出房門，問道：「誰啊？」
大門外的人聽到聲音，整個人輕鬆下來。「請問這裡可是陸秀才府上？」
聽聞這話，陸仁微微凝眉。「是。」
「陸秀才，船山鎮那邊有位小姐叫小的把這封信送到你手中。」
陸仁第一想法，便是顧清婉，因為在船山鎮，他只認識顧清婉一人。想到此，他忍不住緊張起來，加快步伐打開破爛的大門。
送信的人將書信遞給陸仁，便告辭離開。
看著信封上娟秀的字跡，這明顯是女子所寫，他心裡更加期待和忐忑。
看完信的內容，陸仁將信紙捏得變形，滿心失落——
這不是顧清婉寫的信，而是一名叫梅花的女子，她說在顧家見過他，還說如果想要得到顧清婉，她可以幫他，讓他去船山鎮見面相商。
問題是可信嗎？
不過，他就是個一窮二白的窮秀才，對方想必沒有什麼可圖，恐怕真如信中所說，不忍他飽受相思之苦，願意相助。

雖然心裡抱著懷疑的態度，陸仁還是收拾一下，換上最好的一身行頭，鎖上房門，趕往船山鎮。

當天下午，陸仁趕到梅花所說的客棧，忐忑地等著。

他坐在房中等得著急，同時也很緊張，不停喝茶。只是，一盞茶過後，他身體出現異常。當他發現茶水有問題，想要立即離開時，卻雙腿無力，癱倒在地上。

他以為這事是顧清婉設計的局，想要收拾他，只是念頭還未落，便見房門被推開——

第四十二章

只見一雙藕色紅牡丹繡鞋走到眼前，繡花裙襬搖曳……

陸仁艱難地抬起頭，是一名陌生女子，只是有些眼熟，他開口問道：「妳是誰？」

「陸哥哥，我好想你啊！」梅花看到癱倒在地的陸仁，相思成災的她控制不住自己的情緒，撲進他懷裡。

「姑娘，妳我素不相識，請自重！」陸仁想要推開梅花，竟渾身軟弱無力，只能任由梅花在他懷中蹭著。

「陸哥哥，我第一次在顧清婉家裡見到你，就深深被你的風采迷住，這些日子我朝思暮想，吃不下，睡不好，都是為了你。」梅花說著，已經去解陸仁的扣襻兒。

「妳是哪家女子，真不要臉，給我走開！」陸仁目眥盡裂，奈何全身無力。

他的衣裳已被解開，露出精壯的身體。梅花見此，一陣心猿意馬，伸手就朝陸仁那裡摸去，當摸到那大東西，梅花頓時心裡一喜，便低頭去親陸仁。

陸仁早就被眼前女人的行為嚇得目瞪口呆，哪有良家女子會做出這種道德敗壞的事？看到梅花的嘴親過來，嫌惡地將頭轉到一邊。

梅花也不在意，嘴裡呵呵笑道：「陸哥哥，你服下的茶裡可含有『那種藥』，若是沒有我，你就等著變殘廢了。」說完，開始去搓揉陸仁那裡。

就算陸仁有多麼不想，但身體服用了藥物，沒幾下便被梅花挑逗得站起來，這一刻，他無比後悔和懊惱。

他知道，一旦今日的事傳出去，他和顧清婉之間再也沒有可能了，頓時心裡恨極了這個亂來的女人。

梅花早就不是黃花閨女，她的身子早給了李甲，甚至連李甲的親弟弟都有過，對於這種事，已經駕輕就熟。等到陸仁那東西站起，她心中一片歡喜——好大啊！

隨即她脫了自己的褻褲就坐上去，頓時嘴裡發出一聲滿足的嘆息。

這家客棧有些年頭了，樓下是飯館，樓上是住宿。此刻，吃飯的客人漸漸多起來，樓板發出「咯吱咯吱」的聲音，這聲音對那些已婚男女來說，實在太熟悉了。

一些婦人聽到這聲音，都是面紅耳赤。

不過，這種事情，誰也管不著。樓下的食客一頓飯吃得尷尬無比，樓上的聲音足足響了半個時辰。

當樓板的咯吱聲停下，坐在角落裡的兩名男子才起身上樓。

房間裡，陸仁的藥效還沒徹底過去，仍然渾身無力。看著梅花幫他把褻褲穿上，當下眉頭緊皺，憤怒地問道：「妳到底想要幹什麼？」

「我們已經到了這一步，你還問我？當然是要與你成親了。」梅花這才慢條斯理地穿起衣裳。

「不可能！」陸仁憤恨地看著梅花，心裡恨極，他怎可能要這種不知檢點的女人？

「那可由不得你。」梅花輕笑一聲，門頓時被人推開，進來兩名男子，對著陸仁就是一陣拳打腳踢。

梅花見打得差不多了，才裝模作樣去拉兩人。「大哥、二哥，不要再打了，我現在已經是他的人，他會對我負責的。」

梅江凶狠地瞪向陸仁，問道：「是嗎？」

陸仁渾身都疼，他又不是笨的，哪會看不清現在的情況？他知道，如果今日不答應娶梅花，自己有可能會死在這裡，同時，心裡有另外一個想法升起——如果他和梅花成親，是不是就能經常見到顧清婉？就算顧清婉和那瘸子成親，兩人應該也不會發生什麼，他再乘勝追擊，顧清婉到時閨中空虛，還不從了他？

想到這一點，陸仁做出被人強迫的樣子，不甘不願地點頭。「是。」

「陸哥哥，我愛死你了！」梅花當著梅江和梅老二的面撲進陸仁懷裡，一點羞恥之心都沒有。

在梅家，梅花是最小的妹妹，被所有人捧在手心，不管她有什麼要求，都會答應，包括這種荒唐的逼婚方式。

梅江對陸仁還是不放心，去樓下找掌櫃的要了紙筆，讓他簽下一份保證書，按了手印。

雲來飯館裡，和往常一樣座無虛席。顧清言坐在櫃檯後，單手撐著腮幫子，看著外面人來人往。

「掌櫃的，掌櫃的。」

顧清言在想這兩天顧清婉去採購食材還沒回來，有人喊自己，他也沒有聽見。

左月微微蹙眉，隨即舉起手在顧清言面前晃動，才把他的心神召回。見他看向自己，她臉上露出一抹微笑。「掌櫃的，三號桌算帳。」

「請稍等。」顧清言認識這女子，這女子這兩天早晚都來，每次都讓李翔來櫃檯算完帳再去跟她拿銀子，今兒怎麼自己過來了？心裡想著，手上快速地撥動算盤珠子。

「掌櫃的，這兩天的菜應該不是你們家大廚做的吧？」左月笑道，見顧清言微微皺眉，她趕忙擺手解釋。「我沒什麼意思，菜的味道也很好。」

「我姊姊不在，妳要吃她做的菜，過兩天再來。」顧清言道。

「一共二百四十三文，給二百四十就好。」他噼哩啪啦打完算盤，淡淡說道。

左月沒有猶豫，從懷裡拿出一兩碎銀遞給顧清言。「不用找了。」

顧清言微微愣了一下後，將銀子在身上擦了擦，收進懷裡。在這小鎮上，很少見到這麼大方的客人，她餘下的錢至少還能吃好幾次飯呢，竟然這麼大方不要，想必人家有的是銀子，不在乎這點小錢，他就只能愉快地收下了。

「其實我是有事找你。」左月被顧清言一副財迷的樣子逗笑了。

天下沒有白吃的午餐，顧清言神情立馬嚴肅起來。「什麼事？」

「我聽人說，你能幫人把身體裡長的東西取出來？」左月壓低聲音問道。

「是又如何，不是又如何？」想到吳員外的態度，顧清言就一肚子火，以為眼前女子是吳家派來羞辱他的。

「如果是，我想請你幫忙，當然，銀子不會少你一分。」左月臉上帶著微笑，眼神卻很誠懇，她十四、五歲的芳齡，臉上是端莊得體的笑容。

顧清言微微凝眉，不知道這女子說的是不是真話。

「我叫左月，縣裡左家人。前段時間，聽說這鎮上有家飯館的飯菜吃了以後能延年益壽，強身健體，甚至還能祛除小病，我和爺爺就來這邊。」左月把自己的身分說出來。縣城左家，那不是專門為皇家提供御酒的左家？顧清言微微驚訝，還是回道：「你們來鎮上關我什麼事？」

「言哥兒，八號桌多少銀子？」左月正想說話，李翔的聲音插進來，她只能閉口不言。這裡人來人往，也不是能說事情的時候，她想了想，對正在算帳的顧清言道：「你們中午休息的時候，我再來找你詳談。」

顧清言抬頭，看了左月一眼，淡淡點點頭，隨後有一搭沒一搭地打算盤算帳。

過了一會兒，顧清婉回來了，剛好陳詡主僕也過來吃飯。

她趕緊先去廚房忙活。忙碌的時間總是過得特別快，很快就到了中午休息的時辰。今兒關門，店裡卻多了四個人，有兩個是陳詡主僕，有兩人顧清婉卻不認識。

做好飯菜，幾人在前面吃飯，陳詡主僕又跟著吃了一些。左月主僕也想坐下，但不好意思，只能在一旁坐著等顧清言吃完飯。

陳詡和左月之間的氣氛有些詭異，好像有仇一樣。

「這個給妳。」顧清婉正低頭吃飯，對面的陳詡拿出一張紙和一串鑰匙。

「這是？」顧清婉放下碗筷，疑惑地接過紙一看，竟然是房契。「你買下了？」

「本來我們家公子可以早些買好的，不過被一些無恥的人胡攪蠻纏一通，耽擱了這些天。」路才狠狠地看了左月主僕二人一眼。

顧清婉頓時明白過來，這幾人之間不和諧的氛圍是怎麼來的。

顧清言和李翔也看向左月主僕，真看不出來她們是胡攪蠻纏的人。

左月頓時急忙站起來。「原來，那房子是你給他們買的啊？我不知道，我……真是對不起。」

「怎麼回事？」顧清言看向陳詡。

陳詡不喜歡說話，言詞都很短，路才自然幫他主子說。「本來我們已經交付訂金，說好一百五十兩白銀，結果第二天那賣房的人改變主意，說有人出的價錢比我們多。結果公子找到這位小姐，她卻死活不讓出來，最後公子用三十兩黃金高價買下那座院子。」

「三十兩黃金！」顧家姊弟和李翔差點被飯噎到。

「孫爺爺他們若知道你花三十兩黃金買一座院子給他們住，恐怕都不敢搬進去。」這話是顧清婉說的。

「那就不告訴他們。」陳詡不以為意地說道。

「孫爺爺是誰？」左月突然覺得自己好像做了什麼罪大惡極的事。

顧清婉並沒打算說，這樣會讓左月難堪，但路才可是大宅院裡的奴僕，哪裡不懂什麼時候踩人一腳最爽，當即開口道：「孫爺爺他們是鎮上的乞丐，公子買的院子就是給他們住的。」

「對不起啊，我不知道……」左月一臉自責，那房子環境好，適合她爺爺養病，她才死活想要買下來。

陳詡早已坐到另一張桌位，聽到左月的話，他仍然面無表情，路才見公子沒什麼表示，他也不好開口。

顧清婉不適合說什麼，因為房子是陳詡買的，遂只有低頭繼續吃飯。

「對了，妳來找我幹什麼？」因為這事，顧清言對左月的態度冷了幾分，認為她是個張揚跋扈的富家千金。

「我想找你看病。」左月已經有些無地自容，但想到爺爺的病，她不得不留下。

此話一出，屋子裡的人都看向左月。

「不是我，是我爺爺。」左月連忙擺手，臉色窘迫。

「我醫術還沒到能出診的地步。妳要看病，鎮上有好幾間醫館，妳可以去找他們。」顧清言淡淡說完，放下碗筷。

「不，他們根本沒那本事，我就是來找你的。那天我聽說你去吳員外家的情形，說你能看到皮膚裡面的情況，她們不相信，但我相信，所以我來請你為我爺爺看病。」左月眼神真摯，沒有一點嘲弄。

顧清言沒有馬上回話，他在考慮，但看在左月的眼裡，就是不願意，當下急忙開口道：

「你先別忙著拒絕，可以先去看我爺爺的情況後再決定。」

顧清言看向顧清婉，用眼神詢問她，想聽聽她的意見。

顧清婉看出左月是個孝順的女子，說起爺爺時眼裡的焦急與擔憂都不是假的，遂道：「去看看吧。」

「好。」顧清言應了一聲，轉頭看向左月。「那就走吧。」

說著，他站起身對顧清婉道：「娘讓妳回去一趟。」接著走到陳詡身邊。「陪我去一趟。」

陳詡對左月滿肚子不滿，哪裡願意去。「我午休，沒空。」說完，帶著路才就走了，一點餘地都不留。

「李翔，你陪言哥兒去。」顧清婉看向已經吃飽的李翔。

「欸。」李翔應道，將身上的圍腰布解下放在桌上，走到顧清言身後。

等顧清言幾人離開，顧清婉和可香把飯桌收拾好。可香並沒有去休息，而是準備下午的食材。

「別弄了，和我一起回村子裡，去看看娘，妳不是還沒回去過嗎？下午回來我們再趕緊準備。」顧清婉拉著正要忙碌的可香，溫柔地道。

可香猶豫一下，還是點點頭，略微收拾後，和顧清婉鎖好房門，便回村裡去。

「梅家那小閨女好像也定在八月初八，和夏家米鋪東家成親日子同一天呢。」

「可不是。不過人家夏家米鋪東家那一對是郎有情，妹有意，梅家閨女可就沒那麼好的運氣，聽說是那男的強行要了她，沒有辦法，才如此緊急嫁了。」
「怎麼會這樣？先前聽說梅家閨女跟李家小子在議親了。」
「只是議親，又沒定下來。發生這樣的事，自然是黃了。」
「天哪！那男的是誰？這麼不要臉，竟然強迫人家閨女，這種人就該被打死！」
「聽說那男的好像是外縣的。妳說得簡單，把人打死了，梅家閨女怎麼辦？人家一個黃花大閨女就毀了。」
「說得也是，真是造孽啊！」
聽著街上三姑六婆的話，顧清婉微微挑眉，想不到梅花竟然也要成親，只是不知道與她成親的男人是誰。剛才聽那婆娘說是外縣的，會是陸仁嗎？不過這都不關她的事。
「我呸，還以為來了什麼香餑餑呢，結果是一隻比我還不要臉的騷狐狸。」
曹心娥聽說顧清婉回來，早就等在半路，就是想要踩顧清婉兩腳。
如果不是顧愷之不同意她嫁進門，她哪會嫁給李大蠻子，現在每天晚上還要忍受他的變態行為。
顧清婉只是淡淡睨了曹心娥一眼，嘴角勾起一抹嘲諷的笑意，並沒有說什麼，有時候一個眼神就比千言萬語還管用。
被嘲諷的眼神看了一眼，曹心娥頓時怒火中燒，氣得想要上前去撕顧清婉的臉。
可惜現實不如意，小腿上突然一陣鑽心的疼痛傳來，令她整個人撲倒在地，來了一個狗吃屎，趴在顧清婉和可香面前。

「妳可是長輩啊，何必給我們姊妹行如此大禮呢？」顧清婉故作驚訝地道，心裡樂開了花。剛才那顆小石頭是她在路上撿的，準備用來打狗，結果狗沒打到，倒用在曹心娥身上。

「顧清婉，妳和妳娘都是不要臉的婊子！」曹心娥心裡同樣恨極顧母，如果顧母同意顧愷之娶她，她又何至淪落到現在這步田地？

此時，正是午休時辰，聽到曹心娥的聲音，有的人迷迷糊糊間從屋裡走出來。看到曹心娥坐在地上哭，顧清婉和一陌生少女站在那裡，怎麼看都是顧清婉欺負曹心娥。

「心娥，妳怎能這樣？妳已經嫁給李大蠻子，竟然還要我幫妳向我爹說情，重新娶妳過門，妳不覺得這要求太過分了嗎？」顧清婉那神情、那眉間恰到好處的怒意，完全就像被曹心娥逼到忍無可忍。

竟敢罵她娘，就要付出代價！

此話一出，可香驚訝地抬起小臉看向顧清婉，她不知道裡面的彎彎繞繞，但這話一旦別人聽了去，誤會就大了。

門口站著或是躲在屋裡偷聽的人們，都相信了顧清婉，畢竟以前曹心娥三番兩次就想要嫁給顧愷之。有多事的人立馬跑去喊李大蠻子，李大蠻子家就在村口，沒幾步就到了。

曹心娥聽到這話，哭聲戛然而止，她憤怒地指著顧清婉。「妳妳妳！看我不打死妳個賤人！」說著，就要從地上爬起來，但小腿的疼痛讓她根本站不起來，掙扎幾次都未果。

第四十三章

顧清婉眼角餘光瞟到跑來的李大蠻子，心裡冷笑，卻做出害怕的樣子退一步，道：「心娥大姑，妳就算打死我，我也不能這樣做。這些日子我聽村人說，李叔對妳可好了，妳怎能背叛他呢？」

趕來的李大蠻子正好聽到這番話，再聯想到剛才那人和他說的，頓時氣得臉都綠了。這個騷貨，竟然想給他戴綠帽子，人家閨女不樂意，還想要打人家！頓時大吼一聲。「看老子不打死妳！」

曹心娥被顧清婉顛倒是非的話氣得不輕，正想要破口大罵，突然身後一聲大吼，這是李大蠻子的聲音，嚇得她都快尿出來了。

她一回頭，便看見李大蠻子去拿人家的鋤頭，就朝她跑來，她害怕得哭起來，一邊求饒，一邊往後躲。「當家的，不要聽她胡說！你相信我，我沒有說那種話！」

李大蠻子哪裡會相信，曹心娥平時就在村子裡勾三搭四，他本來就不滿。

就聽見一聲棍棒敲擊在身上的悶響——

頓時，曹心娥慘叫一聲，手摸著被打的地方，痛得哭不出聲來。

這還沒完，只見李大蠻子再次揮起鋤頭，棍柄打到曹心娥的手臂上，又是一聲嚎破蒼穹的慘叫。

這一棍子下去，曹心娥才哭出聲。「啊……打死人了……我的手斷了！當家的，求你別打了，我真的沒說過那樣的話，是顧清婉胡說的啊……嗚嗚嗚……」

李大蠻子雖然快六十歲，但他長期打獵，身體硬朗，力氣一大把，他打在曹心娥身上的力道，一定不會輕。

顧清婉和可香在一旁看著，那一棍一棍打在曹心娥身上，特別解氣。

周圍看熱鬧的人越來越多，就連有一段時間沒見的七奶奶也來了。她年紀大了，又經過前段時間白髮人送黑髮人的傷痛，整個人看起來萎靡不少，比起以前蒼老好多。見李大蠻子拿著那麼粗的鋤頭打曹心娥，她看不下去了，上前勸架拉人。

見七奶奶去勸，有的婆娘也馬後炮地跟著去拉人，實則都在看笑話。

幾棍子下去，曹心娥趴在地上起不來，哭都哭不出聲了，已經顧不上顧清婉，她現在滿心怨恨李大蠻子，想著怎麼和離。

李大蠻子被七奶奶拉著，也不敢大力甩開她，只得作罷。

村子裡稍微有點動靜，都會鬧得人盡皆知，此時蘭嬸拉著顧母也來了。

當看到顧清婉和可香兩人也在，便明白這事肯定和顧清婉脫不了關係。顧母走到女兒身旁，蹙眉問道：「怎麼才回來？」

「飯館裡忙得走不開，想著可香還沒回來過呢，便等午休了再回來。」顧清婉說著，挽起娘的手。

可香站在顧母另一邊，和顧母說話，說的就是曹心娥被打的事。

蘭嬸也知道了大體情況，跟著顧家母女一起回去。每次見到顧清婉，或是從飯館回來的顧父、顧母，她第一件問的都是李翔的事。

「蘭嬸放心，翔哥兒乖得很，好在有他，我和言哥兒才不那麼累。今兒和言哥兒去人家家裡坐，想必這會兒都回飯館了。」顧清婉笑著回蘭嬸的話。

「有你們姊弟倆帶著他，我一直都很放心。」蘭嬸笑道。

回到家裡，顧父在院子裡幫強子穿鞋，強子還在揉眼睛，看樣子剛睡醒。看到顧清婉時，他從顧父懷裡蹭下地，朝她跑過去，伸出手要抱。

「強子有沒有聽爹娘的話啊？」顧清婉蹲下身，將強子抱在懷裡問道。

強子用力點頭，生怕顧清婉不相信。

「強子懂事，很乖。」顧母說著，已經牽著可香在院裡坐下。隨後自己進了東北屋，不多時拿了個竹子編製的果盤，裝了一些花生放在可香面前。

顧清婉抱著強子坐在板凳上，和顧父說話。「爹，您是說強子的喉部都沒有問題？」當初她檢查好多次，還以為是自己醫術不精，原來是真的沒問題。

「嗯，依我推測，恐怕是強子受到了刺激，才不會說話。」顧父凝眉道。

這種情況比有問題還要嚴重，身體有病可醫治，但如果是驚嚇過度而不會說話，就只能等以後強子自己調適過來了。

顧清婉心疼地抱著強子。「強子一定可以說話的對不對？」

強子本來就懂事，大人說什麼他都懂，聽見顧清婉的話，他連忙點頭。

「好了，該去寫字了，寫完再和姊姊們玩。」顧父已經徹底把強子當成自己的孩子一樣疼，教他讀書、識字，以後還要教醫術。

強子很聽話，依依不捨地在顧清婉小臉上蹭一下，才從她懷裡下地，一個人跑進東屋去。

顧清婉看向和蘭嬸說話的顧母，開口道：「娘，您叫我回來是有什麼事嗎？」

「叫妳回來試試妳的嫁衣。」顧母說著，拉著蘭嬸和可香，叫上顧清婉一起進屋裡去。

顧父則是去東屋教強子寫字。

內室裡，顧母從櫃子裡拿出大紅嫁衣，從裡到外都是嶄新一套。

當顧清婉看到那條紅色褻褲的褲襠開口時，微微凝眉，道：「娘，這褲子的褲襠是不是還沒有縫完？」

顧母和蘭嬸正在低語，聽見這話，兩人都看向顧清婉手裡的褻褲，頓時都笑起來。

顧清婉一頭霧水。

「這褻褲就是這麼設計的。」顧母想著女兒即將成親嫁為人婦，有的東西也該教教了，暗自給蘭嬸打了個眼色。

蘭嬸會意，對可香道：「香姊兒，陪蘭嬸去燒水泡茶。」

「好。」可香年紀雖小，卻懂得察言觀色，知道乾娘和姊姊有話要說，便乖乖跟著出門。

顧清婉也明白過來，靜靜坐著。

顧母先是拿過紅色繡花鞋，讓顧清婉觀看，只見鞋底繡著脫光衣裳的男女，交纏在一起。顧清婉看到此物，臉頓時通紅。

隨後顧母拿著那開襠的褻褲道：「這些東西都是洞房花燭時需要用到的，妳和姑爺成親當晚，定不會赤裸相見。穿上這個，妳與姑爺都無須尷尬，還能做該做的事。」

顧清婉皺起眉頭，雖然她知道這是習俗，但看到這些東西，內心還是複雜不已。前世沒有娘親為她操辦一切，便隨意地成親入了洞房；這一世，她本就沒有想要和夏祁軒做真正的夫妻，看到這褻褲，令她心裡五味雜陳，不是滋味。

接下去有好幾樣都是閨房用品，讓她面紅耳赤，有種想要挖地洞鑽下去的感覺。她又何嘗不明白，這些東西都是每個新嫁娘必須準備的物品，顧清婉自然不能開口說不要。

「剩下有十來雙鞋墊，娘已經請人趕工，好在還有些時日，否則還真怕來不及。」顧母一邊將顧清婉換下來的嫁衣摺好，一邊道。

「有娘就是好。」顧清婉從身後抱著娘，把頭靠在顧母的背上撒嬌。想到前世淒淒慘慘的嫁人畫面，再看到娘親準備的東西，她覺得好幸福。

「都快嫁為人婦了，還這樣黏著我，若是被妳夫家人看到，不笑話妳才怪。」顧母滿臉笑容地道。

「可惜他們看不見。」顧清婉瞇著雙眼，眉眼含笑。

午飯後，顧清婉和家人告別，出了家門，戴上冪羅，便朝村口走去。

一路上還能聽到村人議論曹心娥和李大蠻子，曹心娥竟然像死豬一樣被李大蠻子從地上拖回去。羅雪容得知事情後跑來質問女婿，反被吼了幾句，嚇得屁也不敢放一個，灰溜溜地回去了。聽到這些，顧清婉滿心不屑，羅雪容就是個欺善怕惡的。

回到飯館，看見顧清言和李翊都已經在院子裡忙活，還加上陳詡主僕。陳詡幫忙刮馬鈴薯皮，路才幫忙劈柴，顧清言洗菜，李翊切菜，個個分工明確。

「什麼情況？」顧清婉進屋換好衣裳出來，繫上圍腰布，朝廚房走去，問她弟弟。

「這事我正想要和姊姊說。」顧清言說著跟進廚房。

「嗯？」顧清婉一邊把菜刀、砧板準備好，把泡在水裡的萵筍撈出來，便開始切菜。

「左月爺爺的左肩胛骨裡有半根箭頭，是年輕時受的傷，沒有把東西取出來，一直留在裡面，現在影響了左手，左手完全使不上力。」顧清言拿過筲箕放在桌上，姊姊切上一些，他就捧進去。

「可有把握？」顧清婉手上切菜動作未停，挑眉問道。

「有，但想跟姊姊借點東西用。」顧清言說著笑起來。

「只要姊姊有的，你說就是了，說什麼借不借的。」顧清婉瞋了顧清言一言，把切好的萵筍放進筲箕。

「井水。」顧清言低聲說一句，動手術，需要的是純淨的水，萬能井的井水有強身健體的功效，做起事來也事半功倍。

「這沒問題，到時找個乾淨的瓶子裝上一些。」顧清婉還以為是什麼大事呢。

「好。」顧清言心裡其實是想讓姊姊輔助他，順便讓她學習一下開刀手術，但想到這個年代，再想到夏祁軒，還是算了。

補齊了晚上的食材，便到了開店時辰。

隨後又是兩個時辰的忙碌。吃罷飯，顧清婉帶著顧清言一起去西街，陳詡也跟著。

她也不明白，為什麼陳詡總是跟著他們姊弟倆？

路過夏府門口，顧清婉稍微頓了一下腳步，沒看到夏府的任何一人，夏祁軒恐怕還沒有回家吧？

顧清婉自己都不知道，單單是今日，她有多少次不自覺地想起夏祁軒。

到了西街，還沒到小院，便難得看見孫爺爺坐在門口石階上，好像在等他們。

「孫爺爺，您怎麼坐在這裡呢？」走到小院前，顧清婉挑著擔子問道。

「沒什麼，看看夕陽。」孫爺爺說著從地上努力站起身，顧清言和陳詡連忙過去扶住他，朝院子裡走。

這話誰也不會信，這麼大晚上的，看什麼夕陽？

其實孫爺爺是在這裡等顧清婉，他表面雖然冰冷，但在顧清婉帶強子離開那一天，心裡就認可了她。

把擔子放下，食物都拿出來，分派完食物後，顧清婉坐在孫爺爺旁邊，那位置以前是強子坐的。孫爺爺只是淡淡地睨一眼，什麼話也沒說。

「孫爺爺，我們家裡雖然窮，但我爹娘對強子如同親生，爹這些日子在教強子識字，準備以後教他醫術呢，所以您老請寬心。」顧清婉能看出孫爺爺對強子的想念。

孫爺爺吃了一口飯，將黏在鬍子上的米粒弄下來，才淡淡「嗯」了一聲。

「孫爺爺，這兩天你們準備一下，過兩天要搬家。陳公子為你們買了一座二進小院，等我打掃、整理好，就來接你們過去。」顧清婉早就習慣孫爺爺的冷漠，繼續道。

「這院子挺好的，不用搬。」孫爺爺只看了一眼院門口和顧清言說話的陳詡，沒開口道謝，陳詡也不在意這些。

「我跟強子說了，您們搬過去以後，等他和我爹娘一起來鎮上，就帶他去看你們，和你們的新家。若是你們不搬，強子會認為我不講信用，以後肯定會不喜歡我了。」顧清婉皺起眉頭。

「好吧，妳也別親自打掃了，飯館生意要緊，明兒讓他們過去打掃。」孫爺爺無奈地答應下來，他住哪裡都無所謂，就是院子裡的五個人，每個人都五十來歲，還有些日子活。再想到強子，還有顧清婉他們的苦心，才勉強答應下來。

「孫爺爺，這是小院的鑰匙，您收好。」顧清婉從懷裡拿出鑰匙，又把小院地址告訴他們。

第二天中午吃完飯，李翔在飯館裡準備下午的食材，顧清婉準備好食物，叫上顧清言，還有陳詡主僕倆，一起去打掃小院。

這小院在北街上，地理位置不錯，左右幾家鄰居聽說都是鎮上的有錢人。

打掃時，顧清婉把缺少的東西都記在心裡。從東屋出來，便聽見孫爺爺喊她，她走過去。「孫爺爺，有什麼要買的嗎？」

「妳坐。」孫爺爺用下巴指了指旁邊的石凳。

顧清婉乖巧地坐下。

「丫頭，這些日子以來雖然我沒說什麼，但妳做的事情爺爺都看在眼裡，記在心裡。」孫爺爺嘆氣道：「等搬過來這邊，就讓妳順伯他們上山砍柴供飯館柴火，去妳飯館幫忙。這邊院子留上兩間屋子，給你們留一間，給強子留一間，這裡就當是你們的家，偶爾回來住住。」

「好，一切聽您的。」顧清婉知道孫爺爺性子倔強，只能順從道。

孫爺爺的安排，其他幾人都沒意見，這些人每一個都有故事。

順伯比較奇特，有一年祭祖，他不小心推倒香爐，自此總是做些奇奇怪怪的行為，家人以為他瘋了，把他趕出門。他一直渾渾噩噩地過了好幾年，這兩年才正常過來。

全伯和才伯身體有些缺陷，沒有娶妻生子，也沒有能力種地養活自己；還有兩人，都是聾啞人，孫爺爺他們也不知道兩人叫什麼、住何處，都喊他們大啞子、二啞子，不過兩人身體都沒什麼問題。

就算能去飯館幫忙的只有順伯、大啞子和二啞子，顧清婉也不在意這些，她本來就沒有打算要他們做什麼。

回到飯館，已經到了開門時辰，又開始忙碌了。但今兒下午，店裡突然多了一個人幫忙。

那就是左月，她的目的，當然是希望顧清言早點幫她爺爺治病。

現在，就算顧清言說他不會治，左月都不會相信。

那一天，顧清言只是看了一眼左老爺子的傷口，就說骨頭深處有東西，這太神奇了！不過左老爺子說，天下之大，無奇不有，有些人天生帶著常人沒有的能力。

吃完飯，顧清婉仍然去給孫爺爺他們送飯，這次隊伍又壯大了——顧家姊弟、左月、陳詡。

左月最好奇的就是顧清婉他們幫助的是些什麼人，當她看到孫爺爺一夥人的時候，突然變得沈默。

等孫爺爺他們吃完，顧清婉收拾好，挑著擔子回去。

左月走在後面沈默不語，這可不像她的性格，顧清婉三人回頭看向她。「左姑娘怎麼了？」

「你們給他們買的院子打掃完了嗎？還差什麼東西嗎？」左月突然抬頭看向三人，眼裡的愧疚之色不言而喻。

顧清婉三人都沒回話，不明白左月什麼意思，且聽她又道：「我不知道你們買的院子是為他們買的，若是知道，我不會那樣做。現在知道了，我想要做些事情。」

第四十四章

陳詡微微挑眉沒說什麼，今日他對左月的觀感改變了一些。

顧清婉也沒有想要左月做什麼，顧清言則不同，他知道銀子難掙，想要補齊院子裡的東西，還得不少銀子，遂開口道：「左姑娘這麼有心，我們也不好拒絕啊。」

左月一聽自己還能做些事，立即笑靨如花。「我能做什麼？」

「差的東西多了，明兒我擬張單子，到時妳來取就成。」顧清言笑道。

「好。」左月頓時安心不少。

顧清婉和陳詡都無語，顧清言現在就是個掉進錢眼裡的人，只要是關乎銀子的事，都算得很緊。

其實也不能怪顧清言這麼看重銀子，飯館的生意雖然好，但家裡一切都才剛起步，現在又多了兩個新成員。遠的不說，單單顧清婉的嫁妝，那也是一筆不少的銀子。

現在更是不得了，來了個可香，還得準備嫁妝，然後是他娶媳婦的銀子、強子娶媳婦的銀子，這一算下來，顧清言都覺得肩膀上的壓力又大了幾分。

為了銀子，顧清言在第二天左月來的時候，便答應過兩天就給左老爺子動手術，前提是他們必須簽訂合約，只要能把傷治好，不管他怎麼做，都不能有異議。

顧清言先讓左老爺子服用兩天萬能井水，就像醫院給人動手術前，都得準備一些程序般。

有了左月出手相助，院子裡缺少的東西全部補齊了。

他們決定第三天搬家，那天是適合喬遷的好日子。

顧清婉一大早便租了一輛馬車，讓顧清言和陳詡去接孫爺爺他們，她和左月則在院子裡燒水，給幾人進門沐浴。

新家新氣象，院門都貼上紅色對聯，還掛著鞭炮，只等人一來便點響。

鄰居們知道來了新住戶，都在各家門口看熱鬧，看著這派頭，搬來的人恐怕有身分、有地位，只不過當他們看到馬車上下來的六人時，都交頭接耳，議論紛紛。

有的更是嫌晦氣，朝門前呸了一口，轉身把大門用力關上。

早就經歷過人情冷暖的孫爺爺他們並不在意，倒是左月一臉氣憤，但修養好的她並沒說什麼。

門口鞭炮響起，好不熱鬧。顧清婉、左月扶著孫爺爺進門，順伯他們跟在身後，看到新家，他們每個人的眼睛都恍似進了沙子，紅紅的。

孫爺爺雖然沒有表現得這麼明顯，但身軀微微顫抖，顧清婉和左月都能感覺得到。

稍後，顧清婉和左月進了院子，擺上瓜果，一頭鑽進廚房開始忙活午飯。

今兒的午飯很豐富，擺的是九大碗，有軟炸蒸肉、清蒸排骨、粉蒸牛肉、蒸甲魚、蒸渾雞、蒸渾鴨、蒸肘子、夾沙肉、鹹燒白。

這些本是招待前來暖房的親朋好友，但是孫爺爺他們都沒有親人，只有他們幾個。

於是顧清婉帶信回去，讓她爹娘和強子、蘭嬸、七奶奶來暖房，這個時辰也應該差不多到了。

念頭未落，顧清言就跑進廚房。「姊姊，爹、娘他們來了。」

顧清婉在圍腰布上擦了一把手，笑著走出去。剛走出廚房門，便見娘和可香扶著七奶奶進二門，蘭嬸和李明跟在後面，她爹牽著強子走在最後，每個人臉上都帶著笑意。

「七奶奶，要您老跑一趟，辛苦了。」顧清婉忙上前迎接。

「這孩子說的什麼話，七奶奶就帶了張嘴，有什麼辛苦不辛苦的？」或許是感覺到滿院子的喜意，七奶奶臉上笑容如菊花，也跟著歡喜。

顧清婉這才看向爹娘，接過強子抱在懷裡。「強子，想姊姊嗎？」

強子開心得很，連連點頭。

顧父、顧母一夥人也跟著看熱鬧，等孫爺爺他們進了二門，顧清婉才一一介紹起來。孫爺爺什麼也沒多說，只對顧父、顧母說了一句。「你們有一雙好兒女。」

顧父、顧母喜笑顏開，謙虛地應了幾句。

彼此相識以後，安排座位，七奶奶和孫爺爺、顧父、顧母、蘭嬸夫婦、強子、順伯一桌，全伯和大啞子等人、路才、左月帶來的兩小廝一桌，之後就是顧清婉他們那桌年輕人。

所有的菜上齊，正準備開席時，外面傳來輪椅轉動的聲音。

顧清婉一聽就知道是誰來了，她讓他們先吃，自己去迎接。

來者是客，雖然夏家沒在邀請名單內——不是她不願意邀請，而是顧清婉不太瞭解夏家人，怕他們會嫌棄孫爺爺他們。

剛出二門，顧清婉目光正好對上進門來的夏祁軒。每次見到夏祁軒，顧清婉總感覺自己就不是自己，有些不自然，不知道該做什麼了。而夏祁軒眼底則出現一抹笑意。

顧父、顧母也知道夏祁軒來了，久久不見顧清婉迎人進來，兩人便從院子裡出來。顧父見女兒不自在的小臉，知曉她定是見到夏祁軒緊張，心裡竟忍不住想笑。這可是好事，如果沒有一點感覺，那才糟呢！遂開口招呼。「海大哥、祁軒，快進來，飯席才開始，你們來得正好。」

海伯和阿大四兄弟都把顧清婉的神情收進眼底，看來他們公子不是一個人唱獨角戲。顧清婉見到夏祁軒幾人，一句話都沒有說，聽到她爹的話，才回過神來，趕忙招呼人進屋，她又一頭鑽進廚房做菜。她原本只安排三桌，夏家主僕來了又得加上一桌。好在食材都齊全，不用多久便能做出來。

顧清婉不知道她不自然的表現看在所有人眼裡，都認為她在害羞。其實她只是見到夏祁軒就莫名緊張，自己也弄不清楚怎麼回事，同時還有心虛、愧疚等情緒，但絕對沒有喜歡。

聽著夏祁軒和人溫和有禮地說話，顧清婉知道，那絕對不是他的真面目。夏祁軒是個一切都看淡的人，別看他總是面帶微笑，實則笑意不達眼底。

顧清婉正在炒菜，左月挑簾進來，她一進門，就湊到顧清婉旁邊低語。「他就是妳未來的夫婿？」

這幾天，因為左月要找顧清言為左老爺子治病的事，和顧清婉反而成了好友。

「嗯。」顧清婉淡淡地點頭。

「妳怎麼會想要嫁給他？」左月不明白顧清婉怎會選一個殘廢，雖然那人一表人才、丰神俊朗，但那雙腿……

「祕密。」顧清婉不想和左月談這問題，把炒好的菜遞給她。「快端出去。」

「不說算了，我找人打聽。」左月說著，端著菜走出廚房。

等到顧清婉把九道菜做好時，位子都滿了，唯獨夏祁軒旁邊還有個空位。每個人好似都看不到她一般，就連她爹娘也在和孫爺爺說話。

顧清婉知道這是他們故意安排的。她和夏祁軒畢竟還沒有拜堂，坐在一起不合適，想讓顧清言換位子，偏偏弟弟的左邊是陳詡，右邊是夏祁軒，那樣更不好，所以只得作罷。

她本想端著碗筷進廚房自己一個人吃，卻被孫爺爺叫住。「丫頭，坐，這裡都是自家人，沒有什麼好避諱的。」

就是因為這一點，才沒有分男女桌，而是按照輩分來。

「坐吧。」顧母其實也不贊成顧清婉沒拜堂就坐夏祁軒旁邊，但是孫爺爺和七奶奶都說，讓顧清婉坐在夏祁軒旁邊，好為他挾菜。

最終沒有辦法，顧清婉只得坐在夏祁軒旁邊。她並不知道，她剛才準備進屋的態度，令夏祁軒的心情又跌入谷底去了。

顧清婉一坐下，看到面前的一雙筷子，便明白過來。拿起夏祁軒的碗，為他挾了一些稍遠的菜。

「謝謝。」夏祁軒帶著慣有的微笑道謝。

「不客氣。」顧清婉情願他別笑。

一頓飯吃好，碗筷洗完，坐上一會兒，顧父等人就要回去了。

「強子，要不要留在這裡陪孫爺爺？」顧清婉抱著強子問道。

強子眼裡流露出不捨，但最終搖搖頭，他要回去跟著顧父學習知識。

「讓他回去吧。」孫爺爺看著強子，從小看到大，哪裡不知道他的心思？

顧清婉只好點頭，想著有了銀子就快點買院子，到時強子就能兩頭跑。

送走了七奶奶和她爹娘等人，之後是夏家的人。海伯說店裡有事，還得去店裡，阿大、阿二他們自然是緊隨夏祁軒。

在夏祁軒臨出門前，顧清言開口道：「晚上有時間就過來這裡，我們準備了篝火晚會。」

雖然不知道什麼是篝火晚會，但夏祁軒還是答應下來。

顧清言轉身面向左月。「妳要留下也可以，一會兒送來的東西，銀子都妳付。」他怎會放過這機會。

「你一天到晚就是銀子、銀子。」左月對這個少年很無語，每天把銀子掛在嘴上，不就是銀子嗎？她有的是。

顧清言聳聳肩。「我就是這樣，妳要不高興，可以回去。」

「哼。」左月也是少女心性，對顧清言哼一聲，但同時也是應了他的話。

有了左月這個大財主，平順肉鋪送來的狗肉、羊肉、野味都是她付的銀子，還有胖大嬸送來的一些蔬菜。

到了傍晚，夏祁軒和海伯、阿大他們便來了小院。

就連左月也去把左老爺子接過來。

今日準備的東西都很豐富，有狗肉煲、烤全羊、野兔、野雞，甚至烤玉米、茄子、青椒、烤魚等，光是想起那滋味，口水就忍不住流出來。

夏祁軒和海伯他們主僕四人一張桌子，陳詡和顧清言、李翔、路才他們一桌，左老爺子和左月一桌。

每張桌上都放置小炭爐子，上面正好能擺上一口砂鍋，砂鍋裡是顧清婉燉煮好的狗肉，還有一些蔬菜，吃完狗肉，還能煮青菜吃。

每個人都吃得一臉幸福滿足，唯獨夏祁軒主僕這一桌，狗肉砂鍋裡沸騰著，卻沒人動筷子。不是他們不願意吃，而是夏祁軒不讓動筷子，他雖然一直安靜地坐在那裡，但他的心卻一直追隨著顧清婉。

今晚的主食可不是這些，而是火堆上還發出「嗞嗞」響的烤全羊、野雞、野兔。

顧清婉將狗肉分發好，便開始烤魚、烤玉米。可香和顧清言他們坐在一起吃，只有她還沒吃上一口。

等到把所有吃食都做出來後，顧清婉才準備找座位吃，只是都沒給她留位子，且砂鍋裡已經掃蕩一空。

「少夫人，公子請您過去。」阿大的聲音響起，顧清婉以為夏祁軒不滿意她做的飯菜。

顧清婉走到他旁邊，凝眉問道：「怎麼了？不合胃口？」

夏祁軒並未回答，而是牽過她的手，讓她坐在旁邊的位子，淡淡道：「坐這裡吃。」

顧清婉這才發現，桌上所有食物都沒動過，這一刻，她的心微動，點點頭。「好。」

見顧清婉答應，夏祁軒才看向阿大幾人。「吃吧。」

「是。」阿大幾人早就餓得前胸貼後背，夏祁軒話音一落下，每個人都動了筷子，挾著喜歡吃的食物猛塞。

顧清婉為夏祁軒挾菜，今日已經有過一次，她現在倒是自然多了。

「味道很好。」吃完飯，夏祁軒接過阿大遞來的帕子擦嘴，對顧清婉說道。

「嗯。」顧清婉點點頭，和夏祁軒一起，她真不知該怎麼相處。

「飯館什麼時候歇業？」夏祁軒認真地看向顧清婉。

「什麼？」顧清婉不明白這是什麼意思。

阿大四人已經把桌上的盤碟碗筷撤下去，幫著洗碗去了，此刻，只有他們兩人。

「再二十天就是我們成親的日子。」

話音一落，顧清婉才明白過來。「我娘已經安排好一切，我會提前幾天關門回去。」

夏祁軒點點頭，沈吟半晌，才幽幽道：「那個人要娶別人，以後或許不會再纏著妳，妳可還願意嫁我？」在問出這話的時候，他的手緊張地握成拳。

顧清婉知道夏祁軒說的是陸仁，她臉上帶著淺笑。「我決定嫁給你，不是因為他，所以他和別人成不成親與我無關，也不會改變我要嫁給你的事實。」
聞言，夏祁軒緊握的拳頭鬆開，伸出手握住她的手，顧清婉想要抽回，卻被他緊緊握住。
顧清婉很不好意思，她感覺周圍的人若有似無的目光，只能低垂著頭，耳邊又響起他的聲音。「我可不可以每天去飯館見妳？」
「啊？」她驚訝地張著小嘴，以為自己幻聽，夏祁軒在她心裡，不是能說出這種話的人。
「我想試著融入妳的生活。」這是夏祁軒的心裡話，本來他對顧清婉就有心，再有海伯今日所說的話，提醒了他。海伯說——能在茫茫人海中遇到一個命運和自己綁在一起的人，那是幾世修來的福氣，不該把這種福氣推開，而是要抓緊。
以前是他太沒有自信，太過在意自己的殘廢，才會和顧清婉保持距離。現在明白這個道理了，自然不想放手。人心都是肉做的，他相信總有一天，顧清婉能感覺到他的心。
既然決定要娶她，就該對她好，雖然她原本是被迫無奈才嫁給自己，但他一樣要寵她、愛她，那樣才能完整地擁有她。
聽見這話，顧清婉震驚不已，都不知道該怎樣回答，但還是點點頭。
當看到顧清婉點頭的剎那，夏祁軒露出最真心的笑容。
吃完飯，左月和左老爺子起身告辭，左老爺子身上不舒服，得早些回去休息。
送走左家爺孫倆，顧清婉等人也收拾妥當，便和夏家主僕、陳翊主僕一起離開。

累了一天，各自回去休息。顧清婉和可香、顧清言、李翔回到飯館，把明日的食材準備好。

正要回房休息時，她表情怪異，拉著打算進屋的顧清言。

「怎麼了，姊姊？」顧清言被顧清婉拉著朝廚房走，疑惑地問道。

進了後廚，顧清婉把門一關，壓低聲音。「水井有變化了。」

「什麼變化？」顧清言好奇地瞪著眼問道。

「我能看到接下來的內容，萬能井現在到了第二階段。」顧清婉一臉興奮，高興得如同第一次吃到糖的孩子一般。

「第二階段？也就是說有好幾階段嘍？」顧清言微微凝眉。

「應該是，因為還有些內容我看不到。」顧清婉點頭道。

「先看看第二階段有什麼奇效？」顧清言聞言，亦是一臉激動。

顧清婉將心思轉到萬能井上，隨即驚訝得說不出話來，還是弟弟問了好幾遍，才回過神。

「只要是能用水澆灌的植物、樹木，用萬能井裡的水澆灌一次，一個月就能開花結果。」

「天哪，這真的是逆天神器！」想不到會有這種逆天的存在。原本水能變成各種味道、變冷、變熱，他還沒覺得有什麼，但現在竟然種什麼都能在一個月裡收穫，那是不是太逆天了？

顧清言握住顧清婉的手，激動地問道：「姊姊，妳說還有內容妳看不到是不是？」

第四十五章

顧清婉雖然不明白顧清言的意思，還是點點頭。

「這麼說，還會有接下去的階段！」顧清言道：「姊姊，妳能看到這些內容的時候，腦子裡會有什麼訊息嗎？」

若知道有什麼辦法能加快看到接下去的內容，他會不惜一切幫助姊姊的。

「沒有，完全沒有預兆。」顧清婉搖頭。

「這萬能井不可能無緣無故進化，姊姊，妳這些日子都做了什麼特別的事嗎？」顧清言不死心地問道。

顧清婉沈思細想半晌，最終搖頭。「沒有。」

「沒關係，找不到線索就算了，估計用不了多久，就會再進化。」顧清言這話是在安慰顧清婉，也是在安慰自己，不過有這麼逆天的東西，可不能浪費。

現在不就是最缺銀子嗎？姊姊有了這逆天神器，掙銀子會快很多。

但眼下得解決目前的問題，做什麼都不能一蹴而就，明日還得先去給左老爺子動手術。

「姊姊，明日早上陪我去給左老爺子動手術。」顧清言想來想去，只有姊姊能幫他。

「好。」只要是弟弟的要求，顧清婉都不會拒絕，隨後又問道：「現在可有打算了？」

她把萬能井的情況告訴弟弟，以他聰慧的頭腦，怕是想到什麼了吧？

「有。」顧清言自信一笑。「我準備蓋間溫室來種植。」

「溫室？」顧清婉不知道什麼是溫室，聽顧清言這麼一說，一頭霧水。

「簡單來說，就是蓋間能控制溫度的房子，在裡面種菜或是瓜果。」

「能行嗎？」顧清婉想不出是什麼樣子。

「到時候妳就知道了。」

顧清婉輕輕頷首，沒再追問。

第二天剛到左家，左月便熱情地出門迎接，接過顧清言手中的箱子，迎進大廳。

「妳把這個拿去，讓左老爺子喝下，然後我們準備動手術。」顧清言遞給左月一個瓷瓶，裡面是萬能井的水加上一些自製的藥，能讓左老爺子感覺不到疼痛。

左月接過瓷瓶後，趕忙拿去給左老爺子服下。

左老爺子身處的房間是照顧清言的安排而布置的，光線充足，手術用的病床也是特別製作。

在醫療設備落後的古代，顧清言一切都得謹慎地安排妥當，不能出差錯。

左老爺子已經穿上病人服，只露出肩胛骨，趴在床上，見姊弟倆進來，想要打招呼，被顧清言制止。

顧清婉沒見過動手術的情景，好奇的同時也很害怕，畢竟看著刀子把身體割開，那血淋淋的畫面肯定瘆人，但為了幫助弟弟，就算害怕，她也得壯著膽子。

她要做的就是在一旁輔助，聽著顧清言的口令。

顧清言擔心姊姊看到血腥場面會難受，最終還是讓她轉過身去，幫忙遞手術刀、剪刀、鑷子。

所以整個手術過程，顧清婉都沒看到怎麼動的刀。然後她聽到響起「叮噹」聲，那是半截箭頭丟進盆子裡的聲音，隨後弟弟一聲長呼。

直到顧清言用羊腸線縫合好傷口，她才轉過身去。見到他有些疲憊，衣裳上都是汗水，還有左老爺子的血水，頓時心疼地用布巾為弟弟擦拭汗水。「累嗎？」

「感覺好久沒有動刀了，有些疲憊。」顧清言說著，坐在椅子上喘氣。

屏風外等得著急的左月，聽到姊弟倆的談話，小心翼翼問道：「好了嗎？」

「進來吧，已經好了。」顧清言朝外說了一句，站起身將手術刀丟進烈酒中消毒。

左老爺子用了麻藥，此刻正睡得香呢，一點疼痛感都沒有。

左月見此，才放下心來。

姊弟倆收拾好，休息了一會兒，才從左家離開。剛一出門，便看見夏祁軒那特有的輪椅和背影，身邊一個人都沒有。要知道他們姊弟的行蹤一點都不難，可香和李翊是知道的，不曉得夏祁軒在此等了多久。

顧清婉這才想起，夏祁軒昨晚說過的話，他是真的打算融入她的生活？

夏祁軒聽到腳步聲，轉動輪椅看向來人，露出溫和的淺笑。「好了嗎？」

「嗯。」顧清言淡淡地點點頭。

回去的路上，顧清婉和弟弟並肩走著，夏祁軒轉動輪椅跟在一邊，怎麼看都有些距離。

前面一段是斜坡路，顧清婉最終沒有辦法，只得去推夏祁軒的輪椅。
顧清言卻對夏祁軒翻白眼，這就是隻狐狸，算計好的。
回到飯館，早就到了營業時辰，可香依舊在廚房裡忙活著，李翔在前面端盤子。
顧清言換了衣裳，便去前面忙活。
而顧清婉則是看著夏祁軒，不知道要怎麼安排他。
「你反正沒事，就幫忙剝蠶豆吧？」
顧清婉看了看一旁放著的一袋蠶豆。
「好。」
聽見夏祁軒答應，顧清婉便將蠶豆倒進筲箕裡，在他面前放一張桌子，讓他坐著慢慢剝。自己則換了衣裳，去後廚炒菜。
「你還真有閒情逸致。」夏祁軒專心地剝蠶豆，聽到身後的聲音，不用回頭也知道是誰。
他淡淡道：「說到閒情逸致，我還沒有陳公子那麼悠閒，竟然跑到這裡來閒逛。」
「本公子一向都喜歡遊山玩水，倒是你，圖謀不小。」陳詡抬了條板凳坐在夏祁軒旁邊，幫著剝蠶豆。
聽著兩人的語氣，好像多年不見的老友一般。
其實兩人在楚京的時候就已經是熟人，不，應該是關係很不融洽的熟人，在這船山鎮見面，兩人也沒說過幾句話。

「這不勞你費心。」夏祁軒連個眼神都不給陳詡。

「我也沒打算費心，我只是覺得你配不上她。若是你還有那麼一點良知，就不該害人。」陳詡冷冷道。

「配不配得上不是你說了算。」陳詡的話就像一根刺，扎得夏祁軒心中一疼，卻沒有表現在臉上。

「我可是聽說顧姑娘不喜歡讀書人，若她知道某人的真實身分，你說事情會不會很有趣？」陳詡挑眉看向夏祁軒，想要看出他的異樣，可惜失敗了。

「如果不想你兩個妹妹後半生淒慘，你可以隨便說。」夏祁軒冷笑道，想要威脅他，陳詡嫩了點。

「你真卑鄙！」陳詡氣得想拍桌子，怕顧清婉聽到，還是忍下來。

「無毒不丈夫。」夏祁軒說著，臉上綻開一抹溫溫的淺笑，令陳詡想要打爛他的臉。

顧清婉在廚房裡炒菜，偶爾探頭看一下外面情況，見兩人聊得還算開心，便放下心來，她還擔心夏祁軒一個人會無聊。

本以為左月會過兩天才送銀子來，誰知剛吃完飯，她便來了。

「左老爺子醒了嗎？身體怎麼樣？」一見到左月，顧清婉便開口問道。

「爺爺讓我送銀子過來，他說感覺很好，一點問題都沒有。」左月說著，把銀子遞給顧清言。「財迷，好好點點，只多不少。」

顧清言接過盒子，感覺很沈，他還真不客氣地當著左月的面開始清點。

這樣的顧清言讓顧清婉感到無奈又寵溺。

除了夏祁軒和陳詡，其他幾人都盯著顧清言點銀子。等他點完銀子，眨巴著眼睛看向左月。「真大方，我就不客氣地收下了。」

「這只不過區區一千兩白銀，就把你高興成這樣。爺爺說了，命是無價之寶，這些是你應得的。」左月大方地笑道。

顧清言並沒有將銀子收起來，而是看向夏祁軒。「未來姊夫，請海伯在北街幫忙看一座三進小院，行嗎？」他本來是想請陳詡的，但夏祁軒在這裡，如果不請他幫忙，怕夏祁軒多想，心裡有疙瘩。

而且一座三進小院，環境好一點的得五百兩銀子左右，海伯在鎮上人脈廣，想必會便宜一些。

難得顧清言開口，夏祁軒自然不會拒絕，笑著頷首。「好。」

「最好能儘快找到，到時姊姊就從新家嫁到你夏府。」顧清言想讓姊姊嫁得體體面面。

此話一出，顧清婉臉頰頓時紅了。

「放心吧，我會安排好。」夏祁軒自然也懂得這個道理，溫柔地看向顧清婉。

海伯的動作果然很快，第二天就把院子買下來，第三天便把需要的用品全部補齊，買的全是最好的，不夠的銀子都是夏府那邊添補。

這些，顧清婉和顧清言不會知道，在他們心裡，五百兩買院子，剩下的五百兩能買好多東西。

海伯還把院子裡該重整建設的都改建好，用了不足七天，一個嶄新的顧府便出現在人們眼前。

當看到紅門高牆的顧家院子，姊弟倆和可香等人都瞠目結舌。

整座院子坐北朝南，裡面的景物更是令人咋舌，顧清婉感覺比夏府的環境都要好，到處都是花草，窗紙、家具全都是嶄新的，每間臥房內的床褥都是上等布料。

可見夏祁軒安排得多麼用心。

正好再十天就是顧清婉和夏祁軒成親的日子，飯館便貼出東家有喜的字條，暫停開業，回去迎接顧父、顧母，把家搬到鎮上來。

顧父、顧母到此時並不知道買了院子的事，當聽到一雙兒女說出這喜訊，震驚得說不出話來，直到看見顧家院子時，他們還恍若在夢中。

為了趕在顧清婉成親前把家搬過來，擇了一天好日子，便把家搬了。

有夏府的人幫忙搬家，又有順伯和大啞子他們，這個家搬得很順利，也請了村子裡和顧父、顧母交情好的人過來暖房吃飯。

搬完家，便是籌備顧清婉的親事。

出嫁前兩天，便有村子裡和附近的鄰居過來幫忙擇菜、剝蒜、切菜等。

不管在哪裡，人都很現實，得知新來的鄰居顧家是雲來飯館的店主，女兒又即將嫁給夏家米鋪的東家，自然都過來巴結。

除此之外，還得請人做飯給前來幫忙的人吃，兩天一共支付十兩銀子就成，這些都是夏祁軒安排好的。

自從搬了新家，顧清婉便沒再見過夏祁軒，他也有自己的事要忙。

顧清婉並沒有一點新嫁娘的喜悅，她現在對夏祁軒的態度倒是不似先前那般淡漠。這些天來，夏祁軒的表現她都看在眼裡，越是瞭解，她的內心越是複雜。

在她心裡，夏祁軒雖然殘疾，卻是個身殘心不殘的人，他事事都處理得很完美，讓人挑剔不出一丁點瑕疵。

這讓顧清婉更加愧疚，她一個自私的決定，竟然要把夏祁軒和她綁在一起。

但是已經到了這一步，只能在成親以後對他好一些……

初八這天一大早，顧清婉便起床沐浴。七奶奶是村子裡德高望重的老人，顧清婉從穿衣到梳妝，都由七奶奶親自動手。

梳妝好，顧清婉安靜地坐在床畔。

顧母自外間挑簾進來，從懷裡拿出一個紅布包，打開以後其中靜靜躺著一只黑玉手鐲，她取過黑玉手鐲，給顧清婉戴在手腕上。「這是妳外祖母留給我的，我現在把它給妳。」

「娘……」顧清婉知道娘把這手鐲看得很重，想要拒絕，卻被阻止。

「祁軒是個不錯的人，嫁給他後要一心一意對他好，他以後就是妳一生的依靠。女人這輩子圖什麼？不就圖個能依靠的男人嘛。」有些話，在女兒出嫁前，做娘的人都該殷殷囑咐，於是顧母坐下來和顧清婉說起這番話。

「娘，我記下了。」顧清婉點點頭。

顧母繼續道：「祁軒雖然雙腿殘廢，但妳爹說他沒有問題，娘也希望妳嫁過去之後早些有孩子，娘給妳帶一帶就大了。」

「娘……」顧清婉的臉唰一下紅得像蘋果。

「這有什麼可害羞的？女人都要經過這一遭。」顧母笑道，隨後又問：「那條開襠褲可穿了？」

顧清婉紅著臉，輕輕嗯一聲。

「記著，娘已經把白布和白色手絹都放在那盒子裡。」顧母說著，指著梳妝檯上的盒子。「完事了記得用白布，好見紅。」

顧清婉明白這意思，但根本沒想過要和夏祁軒洞房，她娘交代的事自然不可能發生。她也不會把真實想法說出來，一旦說出來，還不把娘氣暈。

顧母教導了半天，想必女兒已經聽進去，便起身出去端來上轎飯。

顧清婉吃了上轎飯，安靜地坐在床邊。可香領著左月進來，一見到裝扮好的顧清婉，左月眼裡露出驚豔之色，讚嘆道：「好美啊！」

「妳很快也有這一天。」顧清婉低語一聲，拉過左月坐在身邊。

左月笑著搖頭。「我沒打算這麼快成親呢。」

「姊姊，要不要吃點水果？」顧清言想著剛才姊姊吃的上轎飯裡都是油，擔心她口渴。

「不想吃。」顧清婉搖頭，隨後拉過弟弟和可香。「以後家裡就交給你們倆了。強子最小，要好好照顧他，不能讓別人欺負了去。」

「姊姊，妳說這話好似不回來一樣。別說這種話，聽起來怪傷感的。」顧清言說著，給顧清婉一個擁抱。

左月微微有些驚訝，但又明白過來，其實她還挺羡慕顧家姊弟的感情。

說話間，外面響起鞭炮及鑼鼓聲，顧清婉的眼睛忍不住紅了。

顧清言的眼睛也紅紅的，眼淚在眼眶裡打轉，為了不增加離別的悲傷，他便出去看姊夫。

此刻只剩下左月和可香陪著她，可香也是一臉不捨，一直握著顧清婉的手不放。

這時，顧母、七奶奶，還有喜娘一起進來，查看一下顧清婉的妝容，把紅蓋頭蓋上，拿起一顆蘋果讓她捧著。

顧母又拎了一袋十兩銀子的銅板給顧清婉，在路上或路口會遇到擋轎子的人，散點銅板才能過去。

門簾挑開，一名婦人走進來，拉著顧母便往外走。「月娘，快，姑爺要拜岳丈、岳母，妳得過去。」

七奶奶見一切都準備妥當，也跟著出去看熱鬧。

顧清婉握住蘋果，聽著外面的拜禮，不知道夏祁軒是怎樣給她爹娘磕頭的？

接著是迎親的賓客吃飯，等到吃完飯，儐相一聲。「吉時已到——」鑼鼓嗩吶聲也隨之奏響。

喜娘攙扶顧清婉步出臥室，朝正堂走去。顧父、顧母坐在上首，看著款步而來的女兒，兩人眼睛都紅了。

顧清婉跪在蒲團上，聆聽顧父、顧母教導，說的都是出嫁從夫，孝順公婆之類的話語。拜別父母，顧清婉在喜娘攙扶下站起身的那一刻，眼淚如斷線珍珠般掉下來。

顧清言走到顧清婉面前，彎身將她揹起，別看他才十二歲，力氣也不小，一直到揹上轎，他才站在轎子旁低語一聲。「記得回家，別去了就不記得回來。」

第四十六章

顧清婉坐在轎子裡，淚水漣漣地點頭。

鞭炮聲聲響，儐相道一聲。「起轎。」

門口顧母端著一盆清水，在儐相話音落下後，潑出盆裡的水。看著轎子抬起，直到大隊人馬消失在街道口，她才落下淚來，顧父在一旁安慰著。

今兒船山鎮有兩家人辦婚禮——北街的顧家、南街的梅家。同樣嫁女，梅家的婚禮要比顧家熱鬧，因為梅家的女婿是個秀才，將來說不定還是官老爺，很多人自然要追捧。

每到一個街口，都有攔轎要喜錢的人，顧清婉從轎中把喜錢遞出去，得到聲聲祝福，一路暢通。

夏祁軒腿腳不便，坐在馬車裡。他回頭看向身後的轎子，眼裡盡顯溫柔之色。不管將來如何，這個女人他都不會再放手。

今日的夏府，到處掛滿了紅綢和燈籠。

鞭炮之聲，聲聲入耳，儐相一聲唱喝。「新郎踢轎門！」

看熱鬧的人交頭接耳，竊竊私語，想要看夏祁軒會怎麼做。

新郎官踢轎門，代表男子漢大丈夫，將來不懼內。夏祁軒早就被阿大、阿二抬下馬車，推著輪椅到了轎子旁，他開口道：「以後我唯妻是天，這轎門，不踢。」

此話一出，頓時惹得眾人議論紛紛。有的婦人竟然鼓起了掌，在這個男尊女卑的年代，能說出這樣的話，那是要多大勇氣。

倒是有的男人對夏祁軒露出鄙夷之色，他卻恍若未見。

這話讓顧清婉的內心微動，她感覺，這話是夏祁軒會對她說的。

經過「一拜天地、二拜高堂、夫妻對拜、送入洞房」的唱喝聲落下，顧清婉被夏祁軒引進新房。

新房裡到處懸掛著喜慶的紅綢，桌上鋪著大紅色繡花綢布，擺滿瓜果、棗、花生，還有嬰孩手臂粗細的龍鳳喜燭。

紅色簾子後，是一張拔步床，繡花大紅床帳，床上鋪著鴛鴦錦被、鴛鴦枕頭，到處一片喜慶。

顧清婉安靜地坐在床畔，等著蓋頭揭開。

夏祁軒被阿大抱到床畔坐下，一臉坦然，並沒有什麼不適。屋子裡倒是安靜下來，都悄悄議論著。

夏祁軒手握住喜秤，輕輕撩開蓋頭。

今日的顧清婉面若芙蓉，美不勝收，把夏祁軒的心都美得快要化了。

「哈哈，妳們看新郎官的樣子。」人群中，一名婦人打趣地笑起來。

「新郎官這樣也是人之常情，誰叫新娘子太美呢，妳們說是不是？」另一名婆娘也接過話去。

看熱鬧的眾人附和稱是。

「喝了合巹酒，從此和和美美，永不分離。」接過喜娘端來的合巹酒，顧清婉沒有猶豫地一飲而盡。

夏祁軒也一口喝下杯中酒，目光一直停留在顧清婉的臉上。

喜娘將二人的喜服打上結，表示永結同心，最後將屋裡的人趕出去，把世界留給二人。因為顧慮夏祁軒的身體情況，也沒人願意讓他出去喝酒，一旦喝醉有個什麼三長兩短，沒人負得起那責任。

屋裡安靜下來，彼此的心跳聲都能聽見。

「妳累了就休息。」夏祁軒說著，去解被喜娘綁著的衣角。

顧清婉看著夏祁軒的動作，並沒有出聲阻止。

解開衣角，夏祁軒開口朝外面喊。「阿大！」喊了幾聲，外面沒人應，也不見阿大他們進來。

顧清婉這才看向夏祁軒。「需要我做什麼嗎？」

「那就有勞了。」夏祁軒禮貌地說著，看向軟榻。「將我放到軟榻上即可。」

「好。」顧清婉起身，想到上次抱夏祁軒時的尷尬，還未動手臉已紅。

「如果不便，還是等阿大他們來好了。」夏祁軒自然能看到顧清婉緋紅的小臉，心底有一絲異樣劃過。

「沒事，我可以。」以後兩人同在一個屋簷下，這種事恐怕避免不了。顧清婉彎身抱起夏祁軒，朝軟榻走去。

「我可以等妳。」當顧清婉放下夏祁軒準備抽回身時，他目光專注地看著她的眼睛，溫聲道。

顧清婉被這突如其來的話弄得一愣，又見他握住她的手，溫柔道：「小婉，我以後可以這樣稱呼妳嗎？」

「可以。」顧清婉的手被握住，想要掙脫，他卻沒有放手的意思。兩人的臉近在咫尺，彼此的呼吸都能噴到對方臉上。「你先放開我。」她可以甩開他，卻怕傷到他。

夏祁軒知道，如今顧清婉已經成了自己名義上的妻子，但不能著急，那樣會嚇到她，遂放開她的手。

得到自由，顧清婉趕忙退開，坐在床畔。

「我喜歡妳，妳應該能感覺得到。」夏祁軒準備今日把話講明，他也知道不會得到她的回應，但他想要她知道他的心意。

顧清婉低垂著頭，不敢正視夏祁軒的目光，她又不是傻子，怎會感覺不到夏祁軒的在意？

見她不說話，夏祁軒又道：「那天，我聽到了妳和言哥兒的談話。」

顧清婉抬頭望向夏祁軒，喃喃問道：「那你為什麼還願意娶我？」

「我也不知道為什麼，或許是因為我喜歡妳。」夏祁軒說著，苦澀一笑。「我做這一切，並沒有想過要妳回報什麼，只希望妳不要把我當成陌生人。」

顧清婉不知道夏祁軒的喜歡從何而來，兩人見面次數不多，雖然成親前半個月的接觸變多了，但都是恪守禮儀的。

再想到，如果當初他們姊弟沒找上無辜的夏祁軒做擋箭牌，就不會有後來的事，這樣一想，她確實該對夏祁軒好一些。

顧清婉的糾結之色，看在夏祁軒眼裡，如同是排斥，他自嘲地笑了笑。「我們現在雖然成為夫妻，但只是名義上。妳不同意，我不會強求妳，等有一天妳遇到心儀的人，而他也心儀妳，那麼我會放手，讓妳高飛。」

「不，不是這樣。」顧清婉一聽這話，就知道他誤會了，想開口解釋，卻不知道要怎麼說。她發現只要和夏祁軒在一起，腦子就會打結，都不知道該說什麼、做什麼。

「那是怎樣呢？今日，我們倆不如把話說清楚，讓我知道妳的心意。」夏祁軒目光一直停留在顧清婉的臉上，不想讓她逃避。

最終她嘆了口氣，道：「你不要胡思亂想，我沒有嫌棄你的意思。你很好，好到我覺得自己配不上你。」

「呵呵……」夏祁軒突然笑起來，顧清婉不明所以，凝眉看向他，他笑得眼淚打轉，卻只是笑著看向她。

顧清婉嚇到了，她剛才說錯什麼了嗎？把說過的話想一遍，她覺得自己沒說錯啊。但他樣子好嚇人，她忍不住走到他身前，擔憂地問道：「你怎麼了，不要嚇我？」

夏祁軒停止笑，抬頭看著顧清婉，看著她臉上的擔憂不似作假，他搖搖頭。「我沒事。」

他只是想起曾經也有個人對他說了同樣的話，那次他卻毫無感覺，因為他對那人沒有一點心思，但這次聽到同樣的話，卻讓他無地自容，想要立馬消失在她面前。

「我覺得你是不是想多了什麼？」顧清婉不笨。

「沒有，我想我懂妳的意思。」夏祁軒說著，疲憊地閉上眼，手搭在矮几上，撐著緊皺的額頭揉捏著。

顧清婉蹲在夏祁軒面前，抬手輕輕碰了碰他，得不到他回應，她知道自己剛才一定說錯話惹得他生氣。她猶豫了半晌，開口道：「我一直欠你一聲謝謝。」

「嗯。」夏祁軒睜開疲憊的雙眼看向她。

「如果沒有你，我的名聲一定更壞，我爹娘和弟弟也會被人笑話得抬不起頭。」顧清婉說著，去握夏祁軒的手，看到他的樣子，在這一刻，她已經作了一個膽大的決定，她願意接受夏祁軒。

這些日子以來，她瞭解夏祁軒是個優秀的男人，如果不是腿有殘疾，他是她這輩子都望塵莫及的人。

就算是現在的夏祁軒，她也認為自己配不上他。

更何況烈女不更二夫，已經選擇嫁給夏祁軒，與他拜堂成了親，就是夫妻。

既然沒想過再嫁他人，為何不和他好好過生活？

如果不想和他生活，又何必耽擱他一生？

夏祁軒並不知道顧清婉心裡的決定，他坐直身子，苦笑道：「要怪也怪我自己孟浪，說出那番話，不能怪妳，若要追究此事，還是我的錯多一些。」

「不，你沒錯。或許這是命運，是上天注定我們該在一起。」顧清婉說著這話，低垂下頭，她知道夏祁軒聽懂這句話的弦外之音。

「小婉，妳、妳剛才的話是我理解的意思嗎？」夏祁軒明白了顧清婉話裡的涵義，喜從心來，握住她的手激動地問道。

顧清婉點點頭。

得到答案的夏祁軒突然沈下臉來，看向她。「妳是為了感激我，才想要和我在一起的嗎？」

「不是，是我想通一些事情罷了。」顧清婉搖頭道。

「那妳是怎麼想通的呢？」他深邃的眸子凝睇著她，似要看透她的心。

「難道我想通了不好嗎？還是你根本就不希望我想通？」顧清婉挑眉看向夏祁軒，如果真的要用一句話來解釋，那就是以她這些日子來的瞭解，夏祁軒是個能依靠的男人。

夏祁軒被這句話逗得哭笑不得，他寵溺地看向她，伸手將她拉向懷中。

「噯，你……」突如其來的動作，讓顧清婉防不勝防，被拉進他懷中。嗅到他特有的男子氣息，令她很不自在，想要退後，卻被他雙手環抱著腰身，她又不能掙脫，生怕用力過度，把他推倒在地。

夏祁軒怎會看不出顧清婉想要逃離的意圖，故意緊緊抱著她。好在她還是顧慮到他，並沒有太大動作，他臉上情不自禁綻開一抹溫柔的笑容。「以後，可以稱我為夫君，或是祁軒，不要你呀我呀的稱呼我。」

顧清婉點點頭，表示明白。

他看著低垂著頭、面若芙蓉的顧清婉，忍不住一陣心猿意馬，鳳眸深處頓時翻滾起一層風雲，想要立即吃掉懷裡的人兒。

「你餓了嗎？我去讓人拿些吃的來。」顧清婉感覺到夏祁軒的呼吸漸漸有些紊亂，眼神太過灼熱，便知道這個男人在想什麼，立即想要逃離。

「也好。」夏祁軒笑著頷首，他確實餓了，從早上到現在沒吃進多少食物。

顧清婉趁此趕忙從夏祁軒懷中起身，走出屋外。阿大、阿二正站在院門口，兩人交頭接耳說話，見到顧清婉，二人立即收斂笑容，阿大走了過去。「少夫人，可是公子有什麼吩咐？」

「弄些你們公子愛吃的菜來。」

「是。」

顧清婉折身回屋，見夏祁軒凝睇著她，她站在那裡，前進也不是，退後也不是。

「過來。」夏祁軒朝她招招手。

顧清婉稍微猶豫一下，挑開簾子走近夏祁軒身前。

夏祁軒伸手握住顧清婉的手，溫聲道：「不用如此懼怕我，就像在飯館的時候，該幹什麼幹什麼，妳我夫妻要在一起一輩子，妳總不能一直如此拘束。」

「我懂了。」顧清婉淡淡地點點頭。

見顧清婉點頭，夏祁軒拉過她，在她耳畔低語一句。

顧清婉頓時渾身僵硬，這是要她抱著他去解手？

夏祁軒也不逼她，就只是笑看著她糾結的小臉。

不是他逼迫她，而是顧清婉必須面對現實，他就是這樣一個人，一個不管做什麼都需要幫忙的人。

「好。」顧清婉應聲後，去推過輪椅放在夏祁軒面前，抱著他坐上輪椅。

阿大正好端飯菜進來，把飯菜放在桌上，問道：「公子可是要去茅房？讓小的來吧。」說著就要走過去，夏祁軒急忙咳嗽兩聲，阿大會意過來。「公子，我想起來了，夏大管家找我還有事。」

說完，人一轉身，一溜煙就不見了。

顧清婉哪裡看不明白夏祁軒的用意，也不道破，推著他出了房門，順著夏祁軒指的路走去。

夏祁軒有專用的茅房，設在後院東北角。打開門，並沒有想像中的臭味襲來，打掃得很乾淨，牆角放置著一些不知名的花草。

顧清婉推著夏祁軒走進茅房，房中有個坐凳，中間卻是空的，坐凳兩邊牆壁中穿插著打磨拋光的木頭，似是扶手，恐怕是為了方便夏祁軒而設計的，一旁還有個水桶。

「這個設計是不是很不錯？」夏祁軒回頭看向驚訝的顧清婉。

「是很特別。」顧清婉從來沒見過這樣的茅房。

「言哥兒沒告訴妳嗎？這是他前幾天專門為我設計的。」夏祁軒笑道。

這麼一說，顧清婉倒是不覺得奇怪。

「他那小腦袋瓜，總是有這些稀奇古怪的玩意兒。」雖然說著話，但想起弟弟，眼裡出現一抹笑意。

「確實，這東西對我很有用。」夏祁軒說著，轉動輪椅朝坐便器行過去。

顧清婉臉上火燒般地站在那裡，進也不是，退也不是。「我要怎麼做？」

「我雙腿沒有力氣站著，需要妳在旁邊撐著我。」夏祁軒說著，已經撩起火紅衣襬，解開褲腰帶。在他心裡，既然已經認定了顧清婉，就不會在她面前裝矜持。

雖然他知道顧清婉不習慣，但相信她會慢慢適應。

顧清婉確實很不自在，她走到夏祁軒面前，他已經解開褲帶等著她。

「如果妳實在不好意思，我自己試試看。」他說著，準備扶住兩邊的扶手，顧清婉只是猶豫一下，便上前去撐住他身子，隨即把雙目閉上。

眼睛閉上，耳朵卻不能阻擋聲音的穿透，夏祁軒雙手動了幾下，隨後傳來「嘩嘩」聲，令顧清婉一陣面紅耳赤。前世和陸仁一起三年，她都沒見過陸仁上茅房時的樣子。

想到陸仁，顧清婉內心有些複雜，她已經沒有最初那麼憎恨他了，如顧清言所說，沒有陸仁的無情，就不會有她現在的一切。

「辛苦了。」顧清婉思緒紛飛間，夏祁軒已經穿好褲子，繫上褲腰帶。

回過神來，顧清婉抱起他放進輪椅中，把他沒有擺弄好的衣襬整理一番。

「舀點水沖一下坐便器。」夏祁軒知道顧清婉不會這些，有的東西得讓她知道怎麼使用。

顧清婉點點頭，沖完水，推著夏祁軒從茅房出去，回新房裡。

夜已深沈，紅燭已燃至一半。

夏祁軒看著倚靠在床畔的顧清婉，心疼道：「妳若是累了，就早些休息，我睡軟榻就好。」

「你不睡床上？」雖然覺得兩人睡在一起進展太快，但顧清婉明白，若是她嫁給別人，同樣要經過這一關，別人或許還會不顧慮她的感受，強行要了她。

可她和夏祁軒，只要她不主動，應該不會有什麼事發生。

「不用，我睡軟榻就好。」夏祁軒看得出顧清婉還沒有做好同房的準備，他不想勉強她。美人在懷，他是個正常的男人，怕會嚇到她。

第四十七章

「好，那我給你拿薄被。」顧清婉說著，已經站起身去櫃子裡抱出一床嶄新的被子，放在夏祁軒身旁，又從床上拿過一個鴛鴦枕頭。

「鴛鴦枕不能分開，放回床上，我用這個就好。」夏祁軒說著，揚了揚手中的抱枕。

顧清婉挑眉看了夏祁軒一眼，沒想到他還相信這些。她將鴛鴦枕放到床上，開始解下大紅喜服，但一想到裡面的開襠褲，動作突然頓下來。

若是讓夏祁軒看到，會不會笑話她？

「怎麼了？」夏祁軒停下看書的動作，看向喜服半解的顧清婉，鳳眸裡有著探究。

「沒，是我粗心了，還沒服侍你躺下呢。」說著，顧清婉連忙走到軟榻前，把軟榻上的矮几搬到旁邊桌上，接著走到夏祁軒身前蹲下，為他脫鞋襪。

脫了鞋襪，抱著他坐好，才為他解衣。

她動作很慢，他卻沒有絲毫不耐煩，只是靜靜地等著她。凡事都有第一次，等她習慣，以後就好了。

顧清婉有些緊張，手指微微顫抖。

費了老半天，才把喜服脫下，顧清婉扶他躺下，為他蓋上薄被。

「龍鳳燭莫吹滅，讓它自己燃完，早點休息。」夏祁軒說著，趁顧清婉還是弓著身的姿勢，在她的臉上落下一吻，隨後輕笑一聲，一本正經道：「早點睡。」

顧清婉摸著被吻了的臉，想要說他無賴，他卻安靜地合上雙眼，讓她不知道該說什麼。

翌日，顧清婉剛到卯時便起床。

穿戴好、梳洗完，剛疊起被褥，夏祁軒也醒了，開口道：「怎麼起得這麼早？」聲音裡帶著幾分剛睡醒的慵懶。

「在飯館養成了習慣。」顧清婉回著話，拿過夏祁軒的衣裳，走到軟榻前。「現在可要起床嗎？」以後，她得肩負起照顧夏祁軒起居之責。

夏祁軒點點頭。「有勞了。」

顧清婉抖開摺疊好的衣裳，一邊為他穿上，一邊道：「就如你所說，我們要在一起生活一輩子，你不會以後都這樣客客氣氣的吧？這話以後不要再說了。」

「小婉說什麼就是什麼。」夏祁軒笑道。

今兒的早餐是水晶包、蝦餃、瘦肉粥，還有一碟清炒青菜。

兩人到飯廳後，安安靜靜地吃早餐，顧清婉幾次欲言又止。

夏祁軒放下碗筷，拿起純白色的布巾擦拭，喝了一口還冒著熱氣的清茶，問道：「想說什麼？」

聽見他如此說，她搖搖頭。

「可是想要問我府裡為何沒有丫鬟、婆子？」夏祁軒看向她，笑道。

「你怎麼知道我在想什麼？」顧清婉覺得神奇，難道夏祁軒會讀心術？她只是想到左月的府上有丫鬟、婆子，為什麼夏府一個都沒有？

「直覺。」夏祁軒笑道，隨後才回答問題。「丫鬟、婆子麻煩，她們能做的男子也能做，她們做不了的男子也能做，我又何必找麻煩？」楚京夏府後院女人成堆，他看到就頭痛，如今出來，他還不圖個清靜？

顧清婉煞有介事地點點頭，想想她遇到的女人們，除了左月、可香，其他都很麻煩嘴碎。

住在夏府的日子，沒有長輩，不需要晨昏定省，顧清婉閒得不知要做什麼，只得聽夏祁軒所說，去找海伯瞭解府裡情況，而不是去學習如何管帳和準備回門禮品。

回門禮品，相信海伯心裡有數，不需要她去指指點點。

管帳也不需要她去管，她一個新嫁娘，才成親第二天就說要學習管帳，這讓別人怎麼想？

因為閒得慌，顧清婉出了屋子，見夏祁軒主僕沒有在院中，想必是有事去忙了，便出了軒轅閣，去帳房找到海伯。

「少夫人。」海伯見到顧清婉，放下帳簿起身相迎，恭敬地躬身。

「海伯，今兒中午食材都有哪些？我想去廚房幫忙。」

「公子不想少夫人受累，今兒不准少夫人下廚。」

「什麼？」顧清婉挑眉，眼底蘊含怒意。

夏祁軒，你是不是太過分了？連她唯一能做的事都給堵死。

海伯自然能看出顧清婉生氣，但他只是執行公子命令，一切都不關他的事，只好眼觀鼻，鼻觀心地站著。

「他在哪兒？」顧清婉一想到整日都會在無聊中度過，渾身就不舒服，得去找夏祁軒評理。

「這個時候，公子應該在書房。」

海伯的聲音還未落下，顧清婉的身影已經消失在屋外，腳步漸行漸遠。海伯搖頭，無奈地笑起來。「公子太在意少夫人，不知道是好還是不好呢？」

書房中——

夏祁軒端坐在書桌後，前方單膝跪著一名中年男子，男子低垂著頭稟報。「是屬下等人沒用，把人跟丟了，屬下願接受懲罰。」

「看來是楚京那邊來人接應了，加緊追查下去，一定要知曉他們的每一步行蹤，再派人暗中保護好顧家的人，不能讓他們有機可乘。」

「是。」

「少夫人。」阿大的聲音傳進屋子。

「我找你們公子有事，麻煩你通傳一聲。」顧清婉被阿大擋在門外，只能停步。

顧清婉的聲音傳進屋子，夏祁軒挑眉，隨後一擺手，中年男子恭敬地頷首後，從一旁的窗戶閃身出去。

「進來吧。」夏祁軒淡淡的聲音響起，顧清婉越過阿大推門而入。

夏祁軒放下書，笑著看向她。「想我了？」

「你認為呢？」顧清婉不悅地反問道。

「我認為是小婉想為夫了。」夏祁軒好似看不懂顧清婉不悅的神情，厚臉皮地道。

「我想去飯館。」

「不行。」雲淡風輕的語氣，卻有一股強勢，沒有商量餘地。

「我閒得慌，在家裡也沒事做。去飯館收整、收整，過兩天開業。」顧清婉很不喜歡夏祁軒的態度。

「缺銀子？還是缺吃的？穿的？」夏祁軒轉動輪椅行至她面前，知道她現在一肚子火，握住她的手，溫聲道：「小婉，這些日子妳太累了，難道就不能趁我們新婚時好好放鬆？銀子是掙不完的，什麼時候都能掙。」

顧清婉不語，她發現自己根本說不過夏祁軒，從昨日到現在，夏祁軒好像完全變了個人，給人深不可測的感覺。

「祁軒，我能不能問你一個問題？」

「嗯？」

「你以前是做什麼的？家裡還有什麼人？我到現在都不清楚呢。」

「怎麼突然問起這個？我不是把我的情況都告知岳丈大人了？」夏祁軒挑眉。

「但你沒告訴我，我想聽你親口說。我如今已與你成親，卻對你一點都不瞭解。」顧清婉說著，掙脫夏祁軒的手，走到一旁的椅子坐下，做出洗耳恭聽的模樣。

見到這樣的顧清婉，夏祁軒輕笑。

「笑什麼？有什麼好笑？既然我沒事做，聽聽你的故事也好，當作消遣。若是你沒有時間講，也可以讓海伯或阿大他們講。」顧清婉很認真地看著夏祁軒，等著他的答案。

夏祁軒醞釀了一番情緒，才悠悠道：「我的故事很簡單，原先是楚京人士，後來家道中落，只好靠著以前的人脈和剩下的家底經營糧食店，就變成如今的情況。娘子若是還有什麼不明白的，可以問我。」說到最後，他還深深長長地嘆了口氣，聽起來帶著些許滄桑之意。

和爹說的一樣，只是她總覺得哪裡不對勁，但又說不出所以然。

「家人呢？」既然想不到，就暫時先放著，問些實際的。

「妳不就是我的家人嗎？」夏祁軒好笑地看著她。

顧清婉聽了這話，心弦微微一跳。

她已經嫁給他，當然是他的家人。

「可是……」顧清婉咬咬唇，他對過去含糊其辭，又對家人避而不談，讓她難以安心。

「好了，」夏祁軒握住她的手。「這兩天先好好放鬆一下，等回門之後，妳想做什麼，我都不攔妳，好不好？」

他讓了一步，顧清婉便不好再堅持，只得點點頭，快快地回了臥房。

用過膳，顧清婉歇了個午覺，這可是以前從沒有過的。卻不料，這一覺竟睡到黃昏時分。

睡了許久，反而有些疲累。醒來後顧清婉揉揉眉心，醒了醒神，起身剛穿戴好，便聽到敲門聲。

「誰？」顧清婉一邊梳理長髮，一邊問道。

「少夫人，到了晚膳時辰，請問您是在臥房用，還是去飯廳？」這是海伯的聲音。

「去飯廳。」顧清婉打開門應道。

受父母影響，開心也好，生氣也罷，吃飯的時候大家仍然同桌而食。

「是。」海伯應了一聲，退到一邊，做出請的姿勢。

看到海伯這樣，令顧清婉很不習慣。但有的話說上幾遍就好，說多了人家不愛聽，自己也累。

到了飯廳，夏祁軒正看著書，見顧清婉進門，他放下書，溫柔地看向她。

海伯在顧清婉進門時，吩咐擺膳。飯菜擺好之後，便與小廝都退至門口候著。

夏祁軒挾了魚肉，去掉魚刺放進顧清婉的碗裡。「小婉覺得，家是什麼？」

「嗯？」顧清婉抬眼看向夏祁軒，有些莫名其妙，怎麼突然這麼問。「家不就是家嗎？還能是什麼？」

夏祁軒輕笑。「家是可以遮風擋雨的地方，也是讓人卸下偽裝的地方。在外面，免不了要戴著面具與人往來，回到家，在自己家人面前，卻可以摘下面具，做真正的自己。」

顧清婉略一沈默，拿起公筷給他挾了青菜，淡淡地嗯一聲。

吃下碗裡的青菜，夏祁軒放下筷子，趁著顧清婉為他盛湯，繼續道：「金無足赤，人無完人。我非但不是完人，更有無數缺點。但在娘子面前，為夫只想做個沒有面具的人。」

盛湯的動作一頓，顧清婉若有所思。

是啊，以前每次見到夏祁軒，他的臉上永遠帶著淺淺笑容，舉止得體，進退有度，將真正的情緒藏得滴水不漏。

但是成親之後，她見過他嬉皮笑臉，見過他一本正經，見過他強硬專橫，也見過他細聲軟語。

每一個他，都是真正的他。以後，或許還會見到更多的他。

「我明白了。」顧清婉點點頭，把湯碗遞給他。

至此，早上那點不愉快便散去了。

第四十八章

吃完晚飯，夜色深沈，顧清婉推著夏祁軒去了茅房。回屋後，阿大他們已經準備好沐浴的水。

「妳先沐浴，我看會兒書。」夏祁軒說著，轉動輪椅行至軟榻前。

顧清婉看了一眼屏風後熱氣氤氳的浴桶，再看夏祁軒一眼，走過去強勢地把他抱在軟榻上，這樣一來，洗澡的時候就不怕人搗亂了。

「妳是怕我偷看妳？」夏祁軒握住書籍，挑眉看向正在找衣裳的顧清婉。

顧清婉並沒理會，丟給他一個背影。

夏祁軒的目光不在書上，而是在屏風後的人影身上。從她一件件脫掉衣裳，到未著寸縷，展露出玲瓏有致的婀娜身姿，他的目光都沒移開過，手撐著臉頰，眼神就如同在欣賞絕世的畫卷一般。

顧清婉沐浴完，擦乾身上的水珠，穿上褻衣、褻褲從屏風後走出來，見夏祁軒認真地看著書，沒有理會他，直接走過去，從架子上拿起外衫和裙子穿上，才開門喊阿大他們進來把水換掉，給夏祁軒沐浴。

怎知，換好水後的阿大一溜煙就不見了，院子裡一個人也沒有。

顧清婉站在門口一直不敢進去，她清楚知道，阿大他們不在，她就必須親自給夏祁軒沐浴。

「小婉，再不進來，為夫可得洗涼水了。」夏祁軒的聲音如魔音般傳進她耳裡。

內心天人交戰後的顧清婉最終挺了挺腰桿，鼓足勇氣進了屋子，關門的動作卻異常緩慢，連插上門閂，都費了不少時間。

當顧清婉挑開隔擋臥室的簾子時，夏祁軒已經脫了衣衫，他的肌膚沒有想像中鬆弛，反而肌肉飽滿，精壯強健，如同長期鍛鍊的人，竟然還有八塊腹肌，都不知道他是如何練的。

真的是應了一句話，穿衣顯瘦，脫衣有肉。

夏祁軒自然看到顧清婉眼裡的驚豔，他臉上帶著魅惑人心的笑容。「有沒有被為夫迷住？」

「夏祁軒，我以前怎麼就沒看出來你是這樣一個油嘴滑舌的人？」顧清婉收起驚豔，甩了一個白眼給這厚臉皮的傢伙。

夏祁軒正在解褲腰帶，一邊道：「我們是夫妻，若什麼都要求禮義廉恥，妳覺得那還是夫妻嗎？」

現在還不是。

顧清婉本想把這話說出口，但又怕夏祁軒要求他們變成真正的夫妻，想想還是作罷。

「小婉，我需要妳幫忙脫褲子。」夏祁軒抬眸看向站在簾子處一動也不動的顧清婉，微微凝眉。

顧清婉幾次深呼吸，硬著頭皮走到夏祁軒身前，蹲下身把雙手先放在他褲腰上，把頭別過一邊，這時她臉頰上一暖——是他的手摸著她的小臉，把她的臉轉向他。他嘆了口氣，道：「小婉，請正眼看著為夫。這並沒有什麼不好意思，為夫都不介意被妳看了，妳還怕什麼？」

顧清婉蹲在夏祁軒面前，抬眸凝視著他的眼睛，在他眼底，她看到一閃而過的悲傷。

雖然消失得很快，但她卻被這悲傷感染，這一刻，顧清婉覺得自己做錯了。夏祁軒坦誠地對她、寵著她，而她從來沒把夏祁軒放進心裡，只看到他的表面，卻沒有體會他內心的痛苦。

她現在才看清楚，夏祁軒並沒有把所有情緒都展露在她面前，至少痛苦的一面沒有，夏祁軒不想她承載他的痛苦，只把美好快樂的那一面留給她。

他原是人中龍鳳，有著光明的前途，卻落得殘廢的下場，心裡的痛苦必然不少，她卻沒有體會他的痛和悲。

雖然才短短兩天，她卻能感覺到夏祁軒對她的好。前世今生，除了爹娘和弟弟，再也沒有一個人對她這樣好了，如今有個處處為她設想的男人，雖然這個男人並不完美，但他的心卻是真的。

「娘子，為夫知道自己英俊瀟灑，但妳也不用如此看著為夫，若是想要為夫，待會兒沐浴完……」

顧清婉內心千迴百轉，還在感動中，卻被夏祁軒這無賴的模樣惹得一切情緒都消弭了，在他還沒有說完最後幾個字，便開口打斷。「夏祁軒，你再胡言亂語，信不信我揍你？」作勢握緊拳頭，在他面前晃動兩下。

「如果小婉捨得，為夫不介意做小婉的出氣包。」夏祁軒說著，將半邊臉伸到顧清婉面前。

顧清婉和夏祁軒鬥嘴，她總是輸，索性不理他。

走到夏祁軒身側，微微一個矮身，伸手抱著他的腰挪動他身體，一手麻利地把他褲子脫到大腿上。

興許是心裡的怒大過於羞，就算看到他叢林裡的擎天柱，也沒有丁點兒旖旎羞澀之心。隨後走到他前方，手往下拉，便將他身上最後一點遮蔽物褪盡。

整個身體展露在顧清婉面前，夏祁軒坦然自若，大大方方，完全沒有一點窘迫。他只是不想小婉感受到他心底的悲，才故意轉移她的注意力，看來是成功了。

顧清婉彎身抱起夏祁軒，他如女子一般，雙手環住她的脖頸，強健的身體緊緊貼著她的胸前，雖然隔著一層衣物，顧清婉仍然能感到他灼熱的溫度，似要將她融化。

就算顧清婉心裡再不想看到夏祁軒一絲不掛的身體，但事與願違，後知後覺的她才感覺到一陣陣羞窘。

好在浴桶的距離不是太遠，她加快腳步，抱著他越過屏風，放進還冒著氤氳霧氣的浴桶裡。「嘩啦」一聲，有些水灑在她身上，有些灑落在地。

她正準備轉身出去，卻被他拉住。「為夫一人洗不了。」

你是腿有問題又不是手！顧清婉在心裡翻了個白眼，但她明白一語傷人六月寒的道理，遂把這句話憋在心裡。

該來的躲不掉，只能面對現實。

這時腦子突然冒出一個想法，把夏祁軒當三歲孩童就成了。

想到此，她拿起浴架上搭著的布巾，丟進浴桶，濕透後拿起來便幫夏祁軒擦背，手上速度非常快，她也不知道有沒有擦洗乾淨。

心裡雖然那樣想，但顧清婉知道那不現實，乾脆眼不見為淨地閉上眼睛，手胡亂地為他搓洗著。

夏祁軒回頭看了顧清婉一眼，見她雙眼緊閉，一臉視死如歸，眼底閃過一抹笑意，回過頭去。「小婉，妳再這樣下去，為夫的皮要被搓掉了。」

聽見這話，顧清婉趕忙睜開眼睛，卻看到夏祁軒的背部發紅。她蹙起眉頭，內心一陣自責。「對不起，我……」

「小婉還沒有徹底接受我，心裡抗拒是難免的，等小婉習慣後就好。」夏祁軒臉上綻開一抹包容萬物的笑容，令顧清婉心裡更加自責。

想到以後都會給夏祁軒洗澡，早一點晚一點都是一樣，顧清婉心裡便坦然了。

她用布巾沾了皂角水，重新給他擦洗。「是我鑽牛角尖了。」

說出這句話的時候，她的眼神清澈明亮，沒有一絲一毫雜質，手抓住布巾，在他的手臂上擦洗著。

夏祁軒看著這樣的她，目光溫柔中帶著寵溺，不自覺地笑起來。

當洗到他的叢林地帶，顧清婉想要避開，卻被夏祁軒抓住手，握住布巾移向叢林。

「小婉，不要逃避，它是妳的，試著摸摸它。」夏祁軒直接握住顧清婉的手，摸向叢林中的碩大，那東西早已站直身子，搖頭晃腦、虎虎生威。

當柔軟的小手碰觸到那炙熱時，那炙熱一陣顫慄，隨後站得更加筆直，緊貼著她的手渴求撫摸。

「夏祁軒，你……」顧清婉沒想到夏祁軒的臉皮會這麼厚、這麼直接。

「小婉，妳原先嫁給我時雖然是權宜之計，但同時也擔心它不行，如今看到它這樣強大，妳可還是想要堅持本心，不願意與我做一對真正的夫妻？」夏祁軒直視著顧清婉的眼睛，想要看透她的靈魂，根本不給她逃避的機會。

「夏祁軒，你胡說什麼！」顧清婉的臉早就似火紅的蘋果。

「妳不記得了？妳和言哥兒的談話我都聽到了。」夏祁軒湊近顧清婉的臉，灼熱的呼吸噴灑在她小臉上。

顧清婉頓時有種無地自容的感覺，她當初就沒有這種想法好嗎？怎麼就被夏祁軒曲解了呢？

「夏祁軒，你別讓我真的生氣。」

心裡又氣又怒又羞，顧清婉最終選擇用怒意來化解這旖旎的氣氛，她還沒有做好準備。

「是我心急了。」夏祁軒看出顧清婉是真的生氣了，於是放開她的手，深深地嘆了口氣，張開雙手搭在浴桶邊緣，頭往後仰著，一臉疲憊。

顧清婉明白一個男人慾求不滿時的情況，有心想要安慰夏祁軒兩句，張了張嘴卻不知該說什麼，最終在心裡嘆口氣，專心為他搓洗。

洗完澡，抱他從浴桶中起來，他都沒有再和顧清婉說過一句話。

顧清婉為夏祁軒擦掉身上的水珠，抱他在軟榻上坐好，找來褻衣、褻褲為他穿戴完，服侍他躺下。

夏祁軒看著為他掖被角的女人，抬手摸了摸她的小臉，溫聲道：「早些睡，明兒一早早點回門。」

他溫柔的目光，令顧清婉心情複雜。

顧清婉躺在床上翻來覆去，直到雞鳴一聲，才昏昏沈沈地睡了一會兒。卯時不到便起床，梳洗、穿戴整齊時，夏祁軒也睜開眼睛。

早在顧清婉起床時，夏祁軒便醒了，只是想等顧清婉收拾好自己，再伺候他起床。

兩人都收拾穿戴好，海伯正好來告知馬車和禮品都已經備齊，在門外候著。

他們這才動身出門。馬車到達顧家門口，已經到了辰時。顧清婉將車簾挽起，別在車門處的鉤子上，便見顧清言站在門口朝她招手。「姊姊。」

「爹、娘呢？」顧清婉笑著看了弟弟一眼，抱著夏祁軒出了馬車，踩著阿大準備好的車凳下地。

「爹、娘在屋裡。」顧清言看到這一幕，眼底一片黯然，心疼姊姊。他現在已經開始學習那本接脈之法的醫書，只要學會，把夏祁軒醫治好，姊姊就不會像現在一樣，走到哪裡都要抱著夏祁軒了。

「快過來搬東西。」顧清婉對弟弟道。

顧清言應了一聲，走過去，到了夏祁軒面前，喊了聲。「姊夫。」

夏祁軒從懷裡掏出一個紅封遞給顧清言。

接過紅封，顧清言歡喜地道謝。「謝謝姊夫。」

顧清婉狐疑地看向夏祁軒，衣裳是她幫忙穿的，他什麼時候有這東西的？

「出門前海伯給的。」夏祁軒感覺到她的目光，臉上帶著淺淺的笑。

她只是淡淡地點頭，推動輪椅朝大門走去。阿大和阿二都得搬東西，夏祁軒便全權交給她負責。

抬著夏祁軒進了大門，繞過照壁，進了二門，院子裡坐著不少人在閒聊，見到他們進門，都笑著打招呼。

院子裡是孫爺爺和順伯、全伯他們，還有顧父和強子，廚房頂上冒著炊煙，想必是可香和娘在廚房裡忙著。

強子一見到顧清婉，就笑著跑向她。

顧清婉抱起強子。「有沒有聽爹娘的話？」

強子連忙點頭。顧母和可香從廚房裡探出頭來，顧母瞋了顧清婉一眼。「站在門口做什麼？還不帶祁軒進屋坐。」

顧清婉應了一聲，轉頭看向夏祁軒，見他從懷裡拿出一個紅封，朝強子招手。

聲。

她放下強子。「去打招呼。」

強子很聰明，哪裡不明白夏祁軒是要給他東西，他小跑到夏祁軒面前站著，「啊啊」兩聲。

夏祁軒將紅封遞給強子，摸摸他的腦袋。「把東西收好，可不能丟了。」

顧清婉朝廚房走去，剛一進門，娘便開口道：「還想妳早些過來幫著煮飯，卻遲遲不來。」

她沒有說什麼，只是笑了笑。

可香在擀麵皮，娘在捏餃子，是豬肉大蔥餡，聞到就很香。

在盆子裡洗了手，顧清婉端了張板凳坐在顧母旁邊，幫著捏餃子。

「可香，讓妳姊擀麵，去看看言哥兒在忙什麼，你們倆去抱幾捆柴來。」顧母快速地捏餃子，開口說道。

這是把可香支走，怕是有話要對她說，顧清婉裝作不知道。

「好的。」可香放下擀麵杖，朝顧清婉俏皮地伸了伸舌頭，便挑簾出去。

「現在娘沒別的奢求，就希望你們趕快有個孩子，娘趁著年輕，還能多幫你們帶一帶。」

此話一落，顧清婉想起昨晚夏祁軒抓住她手摸他的畫面，臉紅紅地起身去擀麵皮。

作為過來人，又極其瞭解自己的女兒，顧母抬眸看著女兒背影，試探地問道：「你們是不是還沒有同床？」

母女倆有些話沒有必要隱瞞，顧清婉輕輕「嗯」了聲。

「為什麼？是他的問題還是妳的問題？」

「是我，我還沒有做好準備。」顧清婉嘆了口氣。

「妳嫌棄他？」顧母只能有這個想法。

「沒有，我若是嫌棄，當初就不會嫁給他。」顧清婉不停轉動著麵皮，搓動擀麵杖，在案板上發出細微的「砰砰」聲。

「那是什麼原因？」

「真的沒有原因，我就是還沒準備好。」顧清婉無奈極了，不知道怎麼解釋。

「小婉，妳也別嫌娘嘮叨，既然已經決定嫁給人家，就別想那些有的沒的，好好和人家過日子。」顧母以為顧清婉心裡不想和夏祁軒在一起，才會排斥那檔事。

「娘，您想多了，我沒有二心。」顧清婉嘆了口氣，皺起眉頭。

「既然沒有二心，就好好和人家過日子，生兒育女，操持家務，這才是妻子該有的本分。」顧母淡淡道。

「女兒知道了。」被娘這麼一說，顧清婉終於下定決心。

顧母見女兒聽進自己的話，也沒再多說。

廚房裡人多，做什麼都很快，捏完餃子，便炒了幾樣菜。

今兒天氣好，大家就在院子裡擺兩桌，都吃得很盡興。

回門這天，姑爺和女兒都會在娘家待到天黑才離開。

顧清言吃完飯，便拉著顧清婉在院子裡說他的計劃。

「這是什麼？」顧清婉看著圖紙，根本是一竅不通。

「這就是溫室，可以在裡面種植四季蔬菜。」顧清言說起這個，眉梢都在飛揚。

「原來就是這個樣子？」顧清婉拿起圖紙細細觀看，看起來是很簡單，就是不知道建起來難不難？

顧清言點點頭，附在姊姊耳邊低語幾句。

這一幕惹得夏祁軒看了很礙眼，他雙手攥著輪椅手把，臉上卻始終帶著淺淺笑意，看著姊弟倆交頭接耳。

「可是，如果一旦忙起這邊，飯館怎麼辦？」顧清婉對飯館有不捨之情，如果沒有飯館，她家不會有現在的環境。

「妳忘記了，還有可香和翔哥兒呢，櫃檯可以讓爹去坐鎮。」顧清言笑道。

第四十九章

經顧清言這麼一說，顧清婉點點頭。「這倒是，不過建這東西要用多少銀子？」

「這還不太清楚，不過銀子的事我會想辦法。」顧清言說著，把圖紙小心翼翼地捲起。姊弟倆完全把夏祁軒晾在一旁，無人聞問。

夏祁軒正愁插不上姊弟倆的談話，聽到缺銀子，他挑眉看向顧清婉。「缺銀子怎麼不和我說？要多少儘管讓海伯送來便是。」

「姊夫是想要入股？」顧清言看向夏祁軒，見他微微皺起劍眉似是深思他的話，不等他問，便解釋道：「就是我們合夥做生意，到時所得的銀子分帳。」

「這好，我很有興趣。」夏祁軒剛才也聽出一些眉目，覺得是不錯的商機。

「看在姊姊的面子上，就勉為其難答應你。」顧清言認為，銀子他可以慢慢掙，他還差兩個月才十三歲，還年輕，過幾年再蓋溫室也行。所以夏祁軒的合作可有可無，至多就是早幾年完成夢想。

顧清婉笑著看向弟弟，在移開目光時，正好看到夏祁軒望過來的眼神。只要一想到她今日作的決定，她就忍不住臉紅心跳，覺得快被夏祁軒看透一樣，當下目光閃躲，不敢和他對視。

夏祁軒感覺到顧清婉的變化，握住她的手，輕輕捏了捏她的手心。「怎麼？可是不舒服？」
「怎麼了？」顧清言聽到夏祁軒這樣問，也擔憂地問道。
「沒事。」顧清婉掙脫夏祁軒的手，瞋了他一眼。
夏祁軒何等聰明，在顧清婉那一眼中，他看到的不是怒，而是撒嬌，這令他心情大好。想起午飯前，小婉態度好像就改變一些，想必是岳母說了什麼。
這一刻，他竟然巴不得快點天黑早些回去。
到家後，夏祁軒去書房和海伯他們商量事情。顧清婉回到軒轅閣，把床鋪好，找來夏祁軒看的一本詩集，來消除心裡的緊張。
夜色深沈，直到顧清婉眼皮打架，輪椅轉動的轆轆聲才響起。她揉了揉眼睛，放下詩集，出門迎接。
「久等了。」夏祁軒看著開門出來的顧清婉，自然看到她眉間的疲憊，頓時滿眼心疼。
「沒關係。」顧清婉搖頭道了一聲，側開身子，讓阿大推著夏祁軒進門。有顧清婉在，阿大他們都不需要操心夏祁軒的事，將人推進門便告退。
「累了就早點休息。」夏祁軒轉動輪椅朝臥室行去。
「好。」顧清婉點點頭，見夏祁軒沒有那個意思，她又不好開口說要和他同房，便主動為他鋪軟榻，孰料……
「小婉，為夫不想再睡軟榻了。」夏祁軒說這話，是因為他心裡有了猜測。

顧清婉鋪褥子的動作一頓，轉身看向夏祁軒。他臉上帶著魅惑人心的笑容，目光溫柔地凝視著她，在等著她的答案，她感覺到心臟都快跳到嗓子眼了。半晌後，她才輕輕「嗯」了聲，隨後快速轉身，去疊起鋪開的褥子。

收整好軟榻上的東西，顧清婉走到夏祁軒身前，彎身從輪椅中把他抱上床，讓他坐在床畔。「我去打水給你洗腳。」說著，朝外走去。

門口已經放了一桶熱水，還有一個空木盆，院子裡空無一人。

顧清婉把水提進屋，倒入木盆後端到夏祁軒腳下。

夏祁軒心情很好，他卻只能沈默，生怕說錯話激怒她，抱得美人歸的夢又要破碎了。

顧清婉蹲下身將他的腰帶解開，脫了棉布長袍，只穿著褻衣、褻褲，才將他的雙腳放進盆裡泡著。

泡上一會兒，她才蹲在他腳邊，為他搓洗雙腳。

就算再磨蹭，要面對的事情一樣得面對。

將木桶和木盆放在門口，上了門閂，將外間蠟燭吹滅，顧清婉才將簾子放下行至床前。

「小婉，妳可是準備好了？」心裡清楚是一回事，夏祁軒仍然想要再問一遍顧清婉的想法，如果她還沒準備好，他可以再等。

已經到了這個時候，顧清婉不想再逃避退縮，她運氣好，遇到夏祁軒這樣尊重她的人，若是遇到別人，恐怕已經強了她。只要嫁人，這一關總得要過。

走到他身畔，為他拔下束髮的玉簪，將微亂的髮絲捋順披散在他背上。

不得不說，他很英俊，劍眉鳳眸，鼻梁高挺筆直，嘴唇厚薄適中，唇色紅潤，輪廓稜角分明。這樣一個英俊的男人，她有什麼不滿的呢？無非是雙腿殘廢不能行動，但她一身力氣，什麼都能自己做啊。

將玉簪放在梳妝檯上，折身抱他躺下。

夏祁軒趁著顧清婉還未直起身，一手抓住她瘦削的雙肩，一手用巧勁按在她後腦勺上，令她的小臉貼近自己的臉。

因為夏祁軒的力道使然，他們的唇碰在一起，頓時，兩人身體都如觸電般，一股電流襲遍全身。

夏祁軒從未和女人有過這種接觸，電流劃過全身的感覺是第一次感受到，這種感覺令他欲罷不能，心裡極其渴望。在顧清婉準備直起身時，他按下她的頭，用嘴去碰觸她的唇。

當嘗到令他迷醉的滋味時，他忍不住伸出舌頭，探進她的嘴裡。

顧清婉就這樣壓低身體，睜著眼睛看著放大的俊顏，這一刻，她腦子裡浮現的是前世和陸仁洞房的畫面。與夏祁軒的小心翼翼不同，陸仁是粗魯無情的。

她輕輕掐了自己一把，甩掉前世的記憶。她重生了，沒必要再想前世，她這一世，是只屬於夏祁軒的女人。

她徹底放開身心，投入地迎接夏祁軒生澀的吻。

他的吻雖然生澀，卻帶著小心翼翼，還有探究、疼惜之意，和他先前的大膽一點也不匹配。昨夜，顧清婉還以為夏祁軒一定碰過不少女子，才會這樣油嘴滑舌。

哪知，他的吻生澀，動作也很生疏，手會忍不住摸她的柔軟，但卻不敢用力揉，只是摸一下又快速移開。

夏祁軒吻得眼神迷醉，嘴唇一刻也不想離開顧清婉，他好喜歡這種感覺，想要一直品嘗她的甜美。

「小婉，上床好嗎？」這一刻的夏祁軒是個極度純情的男子，他迷醉的眼神裡帶著幾分祈求。

顧清婉不忍拒絕，輕輕「嗯」了聲，直起身去脫外衫。

夏祁軒喘著粗氣，眼神眷戀繾綣地停留在顧清婉身上，恨不得她那件外衫上的扣襻兒能少一些。

顧清婉解了衣衫，正準備脫百褶裙時，動作突然一僵。

「怎麼？」夏祁軒看出顧清婉臉上明顯有慍色，擔憂地問道，他眼底的迷醉之意在這一刻盡數收斂。

「我去去就來，你先睡。」顧清婉心裡惱怒，卻又不能表現出來，只得重新把衣衫穿好。走到櫃子前，將櫃門打開，從包袱中取出一只月事帶，便朝外面走去。

她明明記得，月事還有兩、三天的，怎麼提前來了？

夏祁軒並不笨，他看過很多書籍，家裡女人成堆，有的東西不想知道也會知道一些，鳳眸更深邃了幾分。

他心裡其實很開心，顧清婉已打從心底接受他，願意做他的女人。這麼多年他都沒有和女人親密過，再多等幾天又何妨？

嗯，不過，他應該在這幾天多看一些那方面的書籍，好和小婉試試。

顧清婉回來時以為會看到夏祁軒一臉不高興，哪知他躺在床上，一雙鳳眸含笑地看著她，拍了拍旁邊的位置。

「要不我睡軟榻？」女人月事來，一般男人都會避諱，不和女人同床，顧清婉才說這話。

「為夫不想獨眠，過來。」他朝她伸手。

看到這樣的夏祁軒，顧清婉挑眉，她有時真懷疑他就是個長期流連花叢的老手，但剛才的表現又不像假的。

本該是男子睡外頭，但為了方便照顧夏祁軒，顧清婉將他抱到裡側，才上床，不安地躺在他旁邊。

他側目看著她，被子裡的手緊握著她的，十指緊扣。

「睡吧，明兒一早我會去飯館收整，讓阿大他們伺候你起床。中午若是不想在家吃飯，就去飯館一起吃。」顧清婉看著他滿含期盼的眼神，知道他一定又在想什麼了，她故意朝外移動身子，遠離他幾分。

「好。」夏祁軒心裡清楚，娶了顧清婉就不可能把她拴在身邊，只好無奈地答應。

見夏祁軒沒有反對，顧清婉心裡感動。夏祁軒有時候很霸道，但也講理，這樣的男人，她真的該滿足了。

兩人很快進入夢鄉，睡時仍然十指緊扣，兩顆心如此貼近。

第二天顧清婉和顧清言去訂菜，一進門便聽見賣菜的胖嬸和一個婦人談話。

「這縣太爺是個清官啊，沒想到就這麼死了。」

「這不就應了那句好人不長命，禍害遺千年的名句？該死的不死，不該死的偏偏就死了。」

姊弟倆互相對視一眼，都不相信這消息是真的，那麼好的人怎麼就死了呢？如果沒有唐青雲，他們的爹恐怕要遭罪了，說不定有些事會重蹈覆轍……

「胖嬸，妳們是聽誰說的？」顧清婉想要確認是不是聽錯了。

「鎮長家門口有公告，昨兒傍晚，縣太爺突發痛心病離世。」胖嬸嘆了口氣。

痛心病就是心臟病，顧清言凝眉。他見過唐青雲，那人的氣色看起來不像是有心臟病，這其中會不會有蹊蹺？

確定不是自己聽錯，顧清婉只感到一陣惋惜。

「小婉，妳也別想了，雖然縣太爺死得可惜，但那不是我們小老百姓該關心的。」胖嬸見顧清婉眉間有鬱色，安慰地拍拍她的手臂，轉移話題道：「今兒來是買菜回家還是給飯館訂菜？」

「給飯館訂菜。」顧清婉收斂起低落的心情，開口道。

旁邊婦人見兩人要忙，便和胖嬸招呼一句，出了菜鋪。

「行，妳慢走啊。」胖嬸朝門外喊道，在櫃子裡找出紙筆。「小婉，妳說，我記。」

「青椒十斤、南瓜三十斤、茄子三十斤……」把要買的蔬菜一一報出。

又去肉鋪訂了肉，姊弟倆心情沈悶，辦完事便直接回去。

夏祁軒果然在飯館的院子裡，安靜地坐在陽光下曬太陽，阿大和阿二在劈柴，見姊弟倆拎著不少東西，兩人趕忙過來幫忙。

「來很久了嗎？」顧清婉繫上圍裙，準備做飯。

「剛來。」夏祁軒回道：「有什麼需要摘的菜？」

「這四季豆交給你了。」顧清言不會跟夏祁軒客氣，從菜堆裡把四季豆挑出來，送到他手裡。

夏祁軒的視線隨著顧清婉的背影到了後廚門口，這才收回目光。手上撕著豆角絲，對顧清言溫聲道：「你準備什麼時候開始建造溫室？」

昨兒和顧清言討論一下午溫室的事，他已經滿懷期待了。

「現在就差地方了，明兒等飯館開業，我找個熟人打聽一下鎮上附近有沒有土地要賣，最快也得等到秋收以後，將近十月了。」

「交給我來辦。」夏祁軒一臉笑意，這難不倒他。

「你應該和鎮長關係不錯，只不過一旦找人家，你就會欠人情。我還是在飯館門口貼張告示吧，人情這東西最難還。」顧清言不贊同地道。如今夏祁軒可不是一個人，多了姊姊，他就要為姊姊考慮。

「行。」夏祁軒自然理解顧清言的心思。他現在才明白，姊弟倆的感情有多麼深，彼此為對方設想，從不求回報，這樣的姊弟之情在他家後院不曾看到。

顧清婉聽不到兩人的談話，她和可香忙著做飯。

不多時，飯菜香氣撲鼻而來，令院子裡的幾人垂涎欲滴，周圍鄰居們以為飯館開門了，出門卻只看見飯館大門緊閉。

擺好飯菜，沒有外人，大家圍桌而食。

「陳公子還沒回來？」顧清婉隨意問道，問的是她弟弟。

前些日子，陳詡主僕每天都會和他們一起吃飯，這段日子他們有事離開。今兒再次坐在這裡，腦子裡就浮現出這主僕二人，沒有別的意思。

但這話聽在夏祁軒耳裡，就變了味道。

「小婉可是想陳公子了？」夏祁軒吃著飯菜，沈聲問道。

飯桌上其他幾人都不說話，包括顧清言，顧清言知道姊姊沒那心思，但夏祁軒可不這麼認為。

「我只是隨口問問。」顧清婉這才想起夏祁軒是個心眼如針眼一般大的男人，她心裡沒有什麼，但他一定會認為她在想陳詡。

「嗯，隨口就好，別記在心裡。」夏祁軒臉色緩和一些。

顧清婉在心裡翻了個白眼，低垂著頭吃飯，不想搭理他。

顧清言故意轉移話題。「姊夫，你與悵縣的縣太爺可熟？」

「不熟。」夏祁軒早就知道唐青雲突然離世的消息，他覺得此事蹊蹺，已經派人前去查探。

「那沒事了。」如果夏祁軒和唐青雲關係好，就會知道他有沒有心臟病。

飯後，夏祁軒先回去處理事情。

顧清婉對顧清言道：「一會兒沒事早點休息吧，明兒可有得忙了。你是家裡未來的頂梁柱，可要好好跟著爹招呼客人。」明日也是她爹娘收可香、強子的日子，到時會請鎮長和鄉紳過來見證。

「我懂這個理。」顧清言說。

翌日，顧清言帶著李翔先過去顧家幫忙。

顧清婉早早就把一些涼菜都調製好，又把要炒的食材配齊，只等著可香和強子磕完頭，趁客人們閒聊的時候過來炒菜。

弄好一切，她才把門上鎖，出了巷子，便見夏府馬車等在門口。

「海伯怎麼親自來了？」顧清婉看到海伯站在馬車前，還有夏府的屬下張騫也在。

「少夫人，公子有急事不得不離開，沒來得及和少夫人說一聲，請少夫人不要怪責公子。」海伯一臉歉意。

「這麼說，他不在鎮上？」顧清婉挑出重點。

「是的。」

「那你們來是？」顧清婉心情突然沈重起來。

「今兒少夫人娘家有大事，您是我們夏府的少夫人，不能失了身分，老奴來接您回去換裝。」海伯一板一眼地道。

顧清婉回到夏府的軒轅閣後，海伯命人給她燒好洗澡水，她找出換洗的衣裙，沐浴完換好裝，梳理一番，才坐馬車回顧家。

顧家門口有不少人，看到穿得氣派的顧清婉，個個都說夏家不愧是富商，對夏祁軒讚不絕口，有人甚至對顧母露出羡慕之色，說她女兒嫁得好，跟著享福。

沒有看到夏祁軒，顧父、顧母好像一點都不奇怪一般，顧母拉著顧清婉進門，一群人說說笑笑。

海伯命人把賀禮抬進顧家，一箱箱禮品，引得很多人羡慕嫉妒恨。

第五十章

剛一進大門的顧清婉，便被顧清言拉到牆角說話。「姊姊，昨兒夏祁軒就派人來說有急事要先走，爹娘都知道，就我們兩個不知道，妳說夏祁軒是不是故意的？」

「你這皮猴，還在乎這個。行了，別想了，去幫著招呼客人。」顧清婉笑著瞋弟弟一眼。

「看姊姊的樣子，恐怕是知道夏祁軒這樣做，無非就是想看姊姊會不會著急他，然後回府去問海伯。以姊姊的性子，夏祁軒的計謀落空了。」顧清言自言自語道，想到夏祁軒吃癟，心情莫名好起來。

顧家熱鬧，鎮上今兒也熱鬧，每條街道上，都有一隊人馬舉著「妙手回春」、「神醫再世」、「再世華佗」的匾額，一邊走一邊放鞭炮。

這一幕引得不少人圍觀，當看到匾額上的名字時，個個目瞪口呆，都以為是玩笑。

左家小姐和左老爺子前段時間來鎮上求醫，好幾個大夫都說無能為力。

聽說左老爺子的手已經廢了，但如今那馬車上舉著雙手和人打招呼的是誰？只是沒想到，醫治好左老爺子的，竟然是個開飯館的！

這下令圍觀的人更好奇，跟在馬車後面去看熱鬧。

「真是慢。」左月坐在馬車上，朝外面探頭探腦，恨不得馬上到達顧家，想看看顧清言那個臭屁的傢伙，面對這情況會是什麼表情？

想著就很愉悅，忍不住笑起來。

左老爺子心情也好，他為了給顧清言助長聲勢，故意高舉雙手，其實手都痠了。但他聽月兒說過，顧清言去給吳員外看病，卻被當成是騙子趕出家門的事，他就覺得氣不過，要幫顧清言出口氣。

幾條街上的人馬都有人領著，有左月的大哥左明遠、二哥左明浩、三哥左明軒，全部朝顧家走去，身後跟著大隊人馬。

顧家今兒確實挺熱鬧，顧父、顧母這些日子已經和北街的人處得很好，家家戶戶都派人幫忙招呼，最重要的是這些人知道，能吃到顧清婉做的飯菜。

顧清婉陪在娘身邊，幫著可香和強子打扮，顧清言跟著顧父去認識人，見人就打招呼。

今兒村子裡也來了好多人，都是和顧父、顧母關係好的，這些人大部分都聚集在一起，吃吃瓜果、點心。

只有七奶奶和蘭嬸在幫忙，該做什麼做什麼。七奶奶這些天，只要趕集都會來顧家，或去陪孫爺爺聊天，兩個老人還聊得很投緣。

正當顧家擺好供品，準備讓可香、強子磕頭認祖的時候，外面鞭炮聲越來越近，眾人都不明白發生了什麼事，有人好奇地跑出去觀看。

不多時，好些人跑進院子，拉著顧父、顧母就朝外跑。「左老爺子來了！」

顧家姊弟幾人也忙跟出去。

一行人出來，被外面的情況弄得目瞪口呆。

顧父、顧母反應不過來，顧清婉和顧清言倒是明白怎麼回事，牽著父母上前恭迎。

一見面，難免寒暄一番。

左老爺子指著三個孫子介紹道：「這是老夫三個不成器的孫兒，明遠、明浩、明軒，月兒你們是認識的。」

顧父、顧母連連點頭，互相招呼、問候，左月看到顧清婉，笑著上前拉她的手。

左月掃了一眼顧清婉周圍，沒見到夏祁軒，湊到她耳邊問：「妳那位怎麼沒來？」

「去外地收糧食，好像還特別著急。」顧清婉只能找這個藉口。

左月不屑地撇撇嘴。「收糧食什麼時候不能收，偏等岳丈家裡有事才走，這種男人就是沒擔當的。」

「幾天不見妳，更伶牙俐齒了。」顧清婉嗔道。

「我是為妳不值而已。」左月性子一向很直，有一副俠義心腸，看不慣的總想說上兩句。

兩人說著話，顧父、顧母那邊還沒弄明白怎麼回事，顧父指著左家人身後那些匾額，茫然地問道：「左老爺子，這些是？」

「哈哈哈。」左老爺子開懷一笑，捋了捋白鬍鬚。「這都是給小言的。」

「言哥兒？」顧父、顧母仍然一臉茫然。

見狀，左老爺子明白過來。「小言和婉丫頭為老夫治好了身上的傷，今日特來感謝。」

顧清言的名聲已響，左老爺子便和顧父、顧母一起進入大門。

重要人士都已到齊，該請的也都來了，隨後顧家門口響起此起彼伏的鞭炮聲，便是可香和強子認祖、認爹娘的吉時。

自此，顧家多了兩名成員。

吃飯時，幾人邊吃邊聊。

「小婉，你們這船山鎮有叫曹先良的秀才嗎？」左月吃著菜，側目看向顧清婉。

「怎麼了？」顧清婉心裡咯噔一下，有種不好的預感。

「嗯，他也不知道從哪裡弄來的關係，竟然成了縣太爺。」左月說著，一臉不屑，眼裡是厭惡之色，她最討厭的就是不學無術靠走關係的人。

「妳聽誰說的？」姊弟倆異口同聲問道。

曹先良就是羅雪容的大兒子，竟然走了大運，成了縣太爺。曹先良成為秀才的時候，羅雪容就跩到天上去，現在那不是更跩？

不過曹先良就算成了縣太爺又如何？羅雪容沒有再來惹他們，他們也沒必要管那些。

「我們左家在京城裡也有些人脈，這種事都不需要刻意打聽。」左月心裡其實是不舒服的，她爹還想著去找門路，讓有真才實學的大哥做縣令，方便左家人做事，沒想到被這個人搶先一步。

顧清婉姊弟倆眼裡都有些幸災樂禍，看來曹先良要當這個縣令，左家恐怕會使絆子。

「妳還沒說妳認識這個人不？」左月見顧清婉不語，微微蹙眉。

「村子裡的鄰居。」

「那他家怎麼樣？」左月對這個很有興趣。

顧清言知道姊姊不喜歡說人是非長短，主動接過話，把曹家的情況都說給左月聽，包括羅雪容的為人，還有曹心娥的事。

「你們也太善良了，曹心娥讓她男人燒你們家房子，你們都不做點什麼？」左月恨鐵不成鋼地道。

顧清婉想說她已經出手了，但似乎沒必要告訴左月。

顧清言見姊姊不說話，也不開口，因為他做的事有些說不出口。

氣氛沈寂下來，只有碗筷碰撞的聲音，左家兄妹和顧家姊弟各懷心思。

次日，左家兄妹去飯館幫忙。

飯館打烊後，顧清言提議去外面吃街邊小吃，左月第一個贊成。

把門窗都鎖好，幾人才浩浩蕩蕩地出門。

顧清言見什麼都想吃，每樣都買了一些，拿著在炸馬鈴薯的攤位上坐著吃，直把攤販看得直瞪眼，怕顧清言一夥人吃飽，便吃不了他家多少東西。

幾人邊吃邊聊，聊到羅雪容。

「兒子還沒上任，就迫不及待搬到縣城裡去。」顧清婉挑眉道。

「沒有臉待在村子裡，不急才怪。」顧清言冷笑。

「為什麼？」幾人異口同聲地問道。

「因為曹心娥的事。」顧清言只是淡淡地說一句，他怎麼好意思當著姊姊還有左月、可香三個女子的面說這種事呢。

村人見到曹心娥都避之唯恐不及，如同躲避瘟疫，李大鑾子身體出了狀況，伺候不了曹心娥，曹心娥就帶男人回去，當著李大鑾子的面亂來。還把和李大鑾子玩的那些花招都用上，拿一些水果在她的幽深祕境處抹一下，然後給那男的吃，把那男的嚇跑，這事便傳開了。

聽說李大鑾子現在天天躺在床上，動彈不得，吃的就是曹心娥用屎尿泡出來的東西，想想就一陣反胃。也有人說曹心娥得了失心瘋，做事反常，不過沒人敢去求證。

見顧清言不便多說，顧清婉也不問，倒是左月一臉好奇，想要弄明白情況，心裡已經有了想法，找人去村子裡打聽、打聽不就知道了？

幾人都吃飽了準備走，但顧清言突然肚子痛，說去上茅房，讓他們先等等，等他回來再走，豈料離開後就沒再回來。

「這都兩刻鐘了怎麼還沒回來，我記得茅房沒這麼遠吧？」左月不耐煩道。

街尾有間簡陋的茅房，按道理不用去這麼久。

顧清婉趕忙付了銀子，開口道：「可能他先回去了，我去看看。」

說完，她一溜煙跑遠，左月等人見此，也趕忙跟上去。

回到飯館，顧清婉見後門還鎖著，前門也緊閉，頓時有種不好的預感，她一刻也沒有停留，往家裡趕去。

剛出巷子，便看見左家兄妹和可香、李翔幾人，她將鑰匙扔給左月。「你們先進屋等我，我回去一趟。」

幾人也開始擔憂起來，但還是等顧清婉回來再說。

顧清婉回到家裡，見她爹娘已鎖上門，她便跳牆進入，暗自查看一番，仍然沒有弟弟的蹤跡。她又去了孫爺爺他們的住處、夏府，但都沒有看見人。

「少夫人，這麼晚還要去飯館嗎？」海伯問。

「海伯，麻煩你派人出去找言哥兒，他剛才在夜市不見了，找到人後想辦法通知我，我現在要出去找他。」顧清婉說著便朝外走，步伐急切。

「老奴這就去安排。」海伯恭送顧清婉離開，便回屋安排人馬出去找人。

飯館裡，看到顧清婉一個人回來，幾人都知道顧清言恐怕出事了。

「翔哥兒，你和可香進屋等消息，月兒你們先回去吧，我再去找找。」顧清婉安排完，便一刻不停地轉身離開。

她運用力量，眨眼間便消失在幾人眼前。

左月本來還想去追顧清婉，剛動了兩下步子，人卻已經沒了蹤影，她揉了揉眼睛，一臉見鬼的樣子。

左明浩和左明軒這才看出顧清婉是個深藏不露的，兩人面面相覷，隨後跟上去，離開時對左月道：「月兒，回去告訴爺爺，讓爺爺安排人手出來找言哥兒。」

一般平時都是左月安排兩個兄長做什麼，但現在反過來，左月卻沒有反駁，拉著可香就往左家跑。

顧清婉見左家兄弟二人趕來。「你們怎麼來了？」

「我們不放心妳。」左明浩溫聲道。「妳別擔心，我已經讓月兒回去派人出來找他。」

左明軒亦附和地頷首。

在左明浩心裡，顧清婉真的是個奇特的女子，剛開始他聽左月和左老爺子每天說，他便很想見見這個哪怕是普通食材也能做出山珍海味的女子。

今晚的事，更讓他對顧清婉有了不放棄的決心，這樣一個能文能武、聰慧端莊的女子，他怎會輕易放棄？那個瘸子又怎麼配得上這樣一個美好的女子？

那個瘸子既然給不了她幸福，就該放手。

左明浩要顧清婉別擔心，她怎可能不擔心？現在她心急如焚，腳步急切地在街道上來回尋找。

左家兄弟二人始終跟隨她的腳步，寸步不離地守著。

夜沈如水，將近丑時，一批批出去找尋的人都回來稟報，沒有顧清言的蹤跡，顧清婉越來越害怕。

此時此刻，她最恨的是自己，如果她所料沒錯，弟弟恐怕是落入那群神祕人手裡。

這些天的安穩日子，令她鬆懈下來，一時疏忽，讓那些神祕人鑽了空。

如果是那夥神祕人，弟弟暫時應該沒有危險，這些人想要的是她爹手中的東西。事到如今，顧清婉不過問這東西是什麼都不行了，因為它已危及親人的生命。

只恨上次，她就該讓爹把東西交出去，弟弟就不會有今日之險。

夏家、左家都派人去找顧清言，甚至還派人去周邊縣鎮，但都沒有任何蛛絲馬跡。

好不容易到了天明，顧清婉讓疲憊不堪的一群人回去休息，而她回去顧家，找她爹。

一早，顧父在院子伸伸腰骨，聽到急切的敲門聲，疑惑地皺起眉，還是去開門。

「誰？」孩子們這時候都在飯館裡忙活著，是誰敲門，還這麼著急？

「爹，是我。」經過一夜的找尋，顧清婉此刻已經冷靜下來，她知道再怎麼著急也沒用。

「怎麼回來了？可是飯館要幫忙？」打開門，顧父心裡也就這個想法。

「爹，我有事和您說。」顧清婉步入大門，朝院子裡走去。

顧父很少見到女兒這麼嚴肅，亦是收斂起笑容跟上去。

正院中，顧母正在給強子穿衣裳，看到顧清婉，笑著說了一句。「怎麼回來了？」

「我找爹說件事。」顧清婉去了前廳。

顧母凝眉看向身後的顧父，顧父搖搖頭，表示他也不知道顧清婉怎麼回事。

見顧父、顧母都跟著進來，顧清婉並沒打算隱瞞任何人，弟弟出事，娘早晚會知道。

「爹，我想知道您手中的東西究竟是什麼？」她直截了當開口。

「小婉怎麼突然問這個？」顧父凝眉道。

「爹，不管您手中的東西是何物，把它給我。」顧清婉面色凝重，沒有半分玩笑。

「小婉，爹不能給妳。」顧父沈聲道。

顧母看見顧父臉色沈下來，嗔道：「小婉，妳怎能用這種語氣和妳爹說話？」

「爹，難道說為了這東西，犧牲我們一家的性命，您也在所不惜嗎？」顧清婉第一次用這種壓抑的低吼和父親說話。

「小婉，爹不明白妳的意思。」顧父感覺到顧清婉好似在隱忍什麼。

顧清婉看了顧母一眼，沈痛地道：「那些人抓走了言哥兒！」

這句話如同一道驚雷，顧母頓時整個人軟下來，癱坐在地。「怎麼會？」

「爹，那東西到底有多重要？為什麼那些人要幾次三番地對付我們？您難道真要看著我們都出事，才肯把那東西拿出來嗎？」顧清婉扶起顧母，將她攙坐在椅子上。

顧母此時已泣不成聲，擔憂之情溢於言表。

「小婉，爹不是不願交出那東西，而是找不到合適的人交託。」顧父這瞬間好像老了十歲，他捂住臉，痛苦地蹲在地上。

「爹，告訴我那是什麼？為什麼您要用性命去保護它？」顧清婉真的很想弄明白，上一世害得她家破人亡，如今又害弟弟被抓的東西究竟是何物？

第五十一章

顧母哭得雙目通紅，她看了父女倆一眼，擦了把眼淚，出了前廳，去注意周圍有沒有人。

顧清婉見她娘這個樣子，看來也知道情況，只有他們姊弟倆不知道。

顧父冷靜下來，他知道，恐怕不能再瞞住女兒，索性便告訴她。

聽完爹的講述，顧清婉半晌回不了神——原來爹多年拚死保護的，竟是先皇的脈案！而且，這脈案竟大有問題！裡面記載的用藥與劑量不是治病，而是害命！這樣重要的東西，難怪幕後黑手千方百計也要得到，偏偏顧父身分低微，不知幕後黑手是何人，多年來敵暗我明，才會躲藏得如此艱辛。

若幕後黑手即是主使者，這脈案便是懸在他頭上的一把刀；若幕後黑手不是主使者，得到這脈案，也能置人於死地。

「妳應該能明白為什麼我要苦守祕密多年了？」顧父看著女兒，希望她能諒解。

顧清婉明白事情的嚴重性，倒是冷靜下來，點點頭。

「現在爹最擔心的是言哥兒的安危。」顧父嘆了口氣。

顧清婉沈聲道：「他們要的是爹手中的證據，在沒有得到這東西前，他們不會傷害言哥兒。所以，我們不能亂了陣腳，唯一要做的就是等。」

顧父點點頭，重重地嘆了口氣。顧家一片愁雲慘霧，個個心事重重，飯館自然沒有時間開張營業。

整整三天後，顧家終於收到一封信，要顧父一個人帶著那東西去換取顧清言，誰也不能帶，如果帶別人，就殺死顧清言。

「爹，我會暗中跟著您。」顧清婉已經決定，不管如何，一定要保護好爹和弟弟。

「不，妳不能去，爹自己去就行。」顧父搖頭，他擔心那夥人真的會殺掉兒子，也不想女兒涉險。

「不如讓我二哥去，二哥輕功很厲害，暗中跟隨不會被敵人發現。」左月這幾天一直陪著顧清婉，雖然不知道顧家手裡有什麼東西，但猜測應該很重要。

「這……」顧父有些猶豫。

「顧叔，您就讓我去吧，我保證會把您和言哥兒安然無恙帶回來。」左明浩悄悄瞧了一眼顧清婉，見她神情黯然，眉間憂色不言而喻，沒來由地不想讓她不開心，只想看到她的笑靨。

「也好，左二哥跟著我也放心，我留守在家中。」顧清婉道。

顧父帶著證據前腳剛走，夏祁軒便趕回來，他回夏家聽海伯說了情況，又急急忙忙來到顧家。

見到夏祁軒回來，顧清婉心裡莫名地安定下來。

「小婉，別擔心，我立馬趕去救爹和弟弟回來。」夏祁軒看著憔悴不少的顧清婉，心疼極了。

夏祁軒的手下武功都不錯，有他們前去救人，想必機會大些，便把顧父他們交易的地點告訴夏祁軒。

夏祁軒進門，連一杯茶都沒喝，便急急忙忙地離開顧府，回夏家去安排。

夏家前廳裡，端坐著一個眉如墨畫、氣宇軒昂的男子，他不時睨向門口，直到聽見輪椅聲，才站起身走到門口等候，笑看著匆匆而來的夏祁軒，並朝他身後瞧。「弟妹呢？」

「慕容長卿，你要是再廢話就趕緊滾。」夏祁軒心情煩躁極了，如果他猜得沒錯，顧父帶著去換顧清言的東西就是他在尋找的。

「心情不好別拿我出氣啊。」慕容長卿撇撇嘴，折身坐下，繼續喝茶。

「帶上你的侍衛，我們得去追他們。」夏祁軒說完，轉動輪椅朝外走去。

「欸，你好歹等我喝完這杯茶吧。」慕容長卿無奈地翻了個白眼，放下茶杯，趕緊追出去。

自他為了顧父手上的東西，來到悵縣後，就死活硬要夏祁軒陪著四處逛，直到收到夏海的信，夏祁軒和他才徹夜趕路。這才剛到，一杯茶都沒喝完又得趕路，真的是使牛不知牛辛苦。

顧父他們交易的地點，在船山鎮的白象山。白象山裡遍地墳墓，白天從這裡走過都陰森森的，更別說晚上了。

左明浩不能正大光明跟著顧父，只能悄悄尾隨。

顧父帶著證據到達約定地點，看見兒子被吊在一棵樹上，折磨得不成人形，頓時悲痛萬分。

顧清言渾身是傷，嘴角的血水已經凝結成一塊一塊黑色狀，衣裳被血水浸染，緊緊貼在身上，他看著獨自走來的顧父，張了張乾燥的嘴。「爹。」

聲若蚊蚋，虛弱無力。

「你們要的東西我帶來了，把我兒子放了！」顧父雙目通紅，淚水在眼眶裡打轉，朝著對面的神祕人大吼。

「我怎麼知道你帶來的東西是真是假？」隱藏在黑袍中的神祕人看著顧父，冷冷道。

「那你想要怎麼樣？」顧父目眥盡裂。

「很簡單，讓我驗證真偽。」神祕人道。

「我兒子在你手中，你認為我敢給你假的嗎？我們父子二人都手無縛雞之力，你難道還怕我們跑了不成？」顧父心疼地看著朝他搖頭的顧清言，他又何嘗不明白兒子的意思，但哪怕有一絲希望，他也要救他。

聽聞這話，神祕人思忖半晌，點點頭，對身後的手下道：「把人放下來。」

顧清言被放到地上，顧父連忙跑過去抱著他，他在顧父耳邊低語。「爹，您不該來的。」

「你是我兒子，我怎麼可能看著你死？」顧父心疼地撫摸兒子的臉，看著他身上的傷，心都碎成一片片。

「東西拿來。」神祕人看著父子倆抱在一起，冷聲道。

顧父猶豫了一下，還是把東西扔向神祕人。他累了，怪他沒用也好，怨他不守承諾也罷，他只想一家人平平安安，不想再禁受這種痛。

神祕人看完手裡的東西，隨後朝周圍的人招手。「解決掉。」

「言哥兒，爹對不起你。」顧父知道這些人不講信用，要殺他們滅口。這麼多黑衣人，左二公子是救不了他們的，看著懷中不到十三歲的兒子，心痛得無以復加。

「爹，不要說對不起，能做爹、娘的兒子，能有個好姊姊，我今生很滿足了。」顧清言靠在顧父懷中，低語幾句，閉上眼睛。

孰料想像中的疼痛沒有傳來，只有周圍的慘叫聲。他睜開眼，四周所有黑衣人都死了，就連那神祕人也死了，每個人的背上插著幾枝箭矢。

「這是……」顧父震驚地看著周圍一圈侍衛，回不過神來。

這時，人群分開，夏祁軒被兩人抬著朝他們走來，身邊還跟著一個眉如墨畫的男子。

「岳父受驚，小婿來遲了。」夏祁軒來到顧父跟前，抱拳作揖。

「祁軒，你、你……」顧父看到周圍的侍衛，這一刻，他知道夏祁軒身分一定不簡單，這些侍衛穿的是京城裡侍衛專用的盔甲。

「大人。」一名侍衛從神祕人懷中把證據搜出，交給慕容長卿。

慕容長卿看完證據，對顧父道：「前些日子，祁軒去信楚京，告知皇上找到了你，但你太過謹慎，誰也不願相信，皇上便下旨讓我前來協助。這東西如今你可願意交給我，讓我呈給皇上？」

顧父凝眉看向夏祁軒，見夏祁軒給他一個安心的笑容，他點點頭。「當年受恩師之託，將此物帶走，若有朝一日得見龍顏，把這東西交給皇上，才算完成任務。但是這東西危及到我家人性命，我卻險些將它交給賊人，是我不講信義，還請大人懲罰。」

這脈案在他手中，委實是燙手山芋。

他的恩師乃是宮中御醫，發現先皇的脈案不對勁，便費盡心思取出來，交給身在民間的顧父，讓他妥善保管。待日後新帝掌權，必然要為先皇討回公道。

十幾年了，他終於等到這一天。

顧父也是鬆了一口氣。

從此之後，再也不會有人為了這個算計他們家了。

「不，你很偉大。你為了這證據東躲西藏半生，幾次遭人毒手，卻還能保住，待我稟明皇上，皇上定有聖裁。」慕容長卿說著，將證據收進懷中。

「那就多謝大人了。」顧父抱著顧清言，想要磕頭，被慕容長卿阻止。「你是祁軒的岳丈，也算是我的長輩，況且我沒有穿官服，不用行此大禮。」

「是。」顧父這一刻，擔子真的卸下來了，從沒有覺得如此輕鬆過。

「岳父，小婿有一事相求。」夏祁軒抱拳懇求道。

「何事？」顧父凝眉，顧清言也轉頭看向夏祁軒。

「其實小婿乃是前金榜狀元，還請岳父和言弟莫要告知小婉，且此事已經是過去的事了。」夏祁軒想了想，還是決定坦白。

這樣一來，至少多了兩個替自己保密的人，就算到時揭穿，也有人幫自己說話。至於出身國公府，更是長房嫡孫的事，還是等到合適的時機再交代吧。

希望到那時，小婉已經與他相知相惜，不會因為這個身分，而輕易放棄他。

他們的這個小家，他真的很喜歡。

顧父驚訝過後很快冷靜下來，他就說夏祁軒不簡單，沒想到竟然是前金榜狀元！

顧清言雖然渾身是傷，痛得要死，但聽到這話，臉上還是忍不住勾起一抹壞笑。「姊夫是怕姊姊知道後休掉你嗎？」

此話一落，慕容長卿趕忙捂嘴，假裝咳嗽一聲，實則在暗笑。

這些天，他們兩人在一起，他就是故意拖著夏祁軒，要麼讓他見顧清婉，要麼就讓夏祁軒陪著自己，偏偏他還真的選擇陪自己消磨時間。若不是顧清言出事，恐怕夏祁軒都沒打算讓他來船山鎮，可見有多麼在意這個女人。

若是有一天，顧清婉真要休夫，不知道是怎樣的畫面呢？他好期待。

夏祁軒臉色泛紅，被這麼多雙眼睛看著，心裡有些緊張，害怕顧父和顧清言不答應。

顧父緊了緊手，怪兒子胡說，他看向夏祁軒。「你放心吧，我不會把這事告訴她。做爹的，都希望兒女夫妻團結和睦。」

「小婿感激不盡。」得到保證，夏祁軒抱拳作揖，誠摯道謝。

「長卿，你是不是該帶這東西回去了？回去扳倒那人，皇上就能高枕無憂了。」夏祁軒見慕容長卿沒有要走的意思，忍不住趕人。慕容長卿長得太美，比女人還要美上幾分，這種人讓小婉見到太危險。

慕容長卿哪裡不懂夏祁軒的心思，甩給他一個白眼，但心裡卻沒有計較，他也知道事有輕重緩急，隨後對顧父道：「希望下次來，能吃到雲來飯館的飯菜，我們再喝上一杯。」

雲來飯館的事已經傳遍縣城各鎮，慕容長卿也好奇到底有沒有這麼神奇。得知開飯館的人是夏祁軒的妻子和小舅子，他就想來了，但被這個小心眼的男人拖住。

「好的。」顧父點頭。

躲在暗處的左明浩一直都沒有機會動手，現在更被阿大、阿二他們圍住。

「有話好好說，左二公子是和我一起來救言哥兒的。」顧父見此，趕忙上前相勸。

夏祁軒自然知道左明浩是誰，連畫像都看過。張騫看出左明浩的心思時，便把一切都告訴了夏祁軒。

左明浩二十有四，身材頎長，眉目明秀，一襲藍衣，溫文爾雅，但在夏祁軒眼裡，怎麼看都是不懷好意之人，竟敢覬覦他的女人。

親家老爺的面子要給，自家公子的命令要聽，阿大、阿二看向自家公子，見他暗自點頭，兩人才沒有圍住左明浩。

「顧叔，沒能幫上忙，真對不起。」左明浩本還想好好表現，讓顧父對他另眼相看，正準備出手，便被兩人挾持住。如果打鬥起來，這兩人根本不是他的對手，但他被威脅，一旦弄出點聲音讓敵人聽見，就會害死顧父、顧清言，因此只能眼睜睜看著那死瘸子搶了功勞，怎麼想怎麼憋屈！

「左二公子哪裡話，你肯同我前來，我已經很知足，我們顧家會記得左二公子危難時刻仍然出手相助。」顧父真誠地道。

夏祁軒內心很火大，但表面上仍然笑得溫煦。「這位就是左二公子啊。」

「正是。」情敵面前，輸人不輸陣，左明浩亦是微笑頷首，表示他的心胸氣魄。

「多謝你這些天來一直襄助顧家，稍後我會派人送上禮品，請不要嫌棄才是。」夏祁軒笑道。

左明浩內心冷笑，夏祁軒就是個笑面虎，送他禮品，是想讓他和顧家沒有瓜葛。左家和顧家的事可輪不到這笑面虎來插手。

「夏東家竟能說出送禮的話來，想必是不理解顧家和左家的情誼，禮物就免了吧。」

「姊夫，你要是再說下去，我就要死了。」顧清言哪裡看不出兩人之間電閃雷鳴，趕忙插話。

「對不起，我們馬上回去。」顧清言在顧清婉心裡的地位，夏祁軒是知道的，哪敢怠慢，立即命阿大、阿二抱顧清言上馬車，然後帶著顧父離開。

慕容長卿臨走前丟下一句。「別把楚京第一公子的面子丟了。」說罷，便帶著大隊人馬離開。

顧家父子倆被安排和夏祁軒同坐馬車，左明浩騎馬在後面隨行，怎麼看都像個侍衛，但他教養極好，一點不滿都沒表現出來，默默地跟著。

此時，顧家來了大麻煩。顧王氏、顧愷先、顧愷才、顧愷梅幾人找上門來。有顧清婉在，自然不會讓這些人進門，四人被擋在外面，坐在門口，又哭又鬧。

左月帶來的小廝守在門口，顧清婉挺直背脊站在大門前，不讓顧王氏幾人踏進大門半步。

顧清婉沒想到消失好久的顧王氏幾人突然又冒出來，他們怎麼會出現在這裡，是不是有什麼陰謀？

思及此，不由更加謹慎，堅決不讓幾人踏進顧家大門一步。

顧府外面圍著不少人，議論紛紛，都在看笑話。

「顧王氏，經過上次的事，還沒得到教訓嗎？妳幾次三番來鬧是想做甚？」有的事可以有一有二，卻不能再三，顧清婉對這家人早就厭惡到不行。

「沒天理啊！你們大家看看，都說養兒防老，我生的兒子對我這老太婆不聞不問，好心的父老鄉親們評評理啊！」顧王氏就是要故意把顧愷之的名聲弄壞，那人說了，只要他們把事情辦好，上次辦事不力的事一筆勾銷。她是知道的，顧清言被抓，顧愷之前去營救，那人不會讓他們父子二人活著回來。

其實顧王氏也是被利用而已，神祕人擔心顧父不會把真的證據交出，便打算讓顧王氏一家霸占顧家家產，到時有幾種方法可以逼迫走投無路的顧父交出證據。

只要把月娘趕走，顧家所有一切都是他們的，顧清婉是個外嫁女，輪不到她來指手畫腳，只要顧清婉敢對他們動手，就讓衙役抓走她。如今縣太爺是他們這邊的人，一定會把顧清婉母女折磨至死，顧王氏現在要做的就是逼她動手。

「大家夥兒想必還不知道事情真相，反正閒來無事，我給大家講講故事。」顧清婉怎會看不出顧王氏眼底的算計，她俯視著顧王氏幾人，冷笑連連。

「小婉，快講講，李叔很想聽聽。」鄰居李才附和道。周圍的人都知道顧家的為人，一看這幾個就不是什麼好人。

「這些人根本不是我家什麼人！」顧清婉指著顧王氏幾人大聲道。

顧王氏他們一聽，頓時急了。「不！大家別聽這逆女胡說，我真的是顧愷之的娘！」

顧清婉要的就是這句話，頓時痛心疾首地道：「妳真是我祖母？」

顧王氏感覺有陷阱在前面，但為了讓人相信她就是顧愷之的娘，只能硬氣地點頭。

「是。」

「妳若是我祖母，會聽人擺布，幾次三番地陷害我家？」顧清婉沈聲質問，問得顧王氏幾人一句話也說不出來。

顧清婉也沒想過他們會回答，她看向周圍的人，才緩緩將過往事情說出。

第五十二章

顧清婉講得很生動，使周圍的人如同身臨其境，聽完後，都一臉嫌棄地看著顧王氏等人。

「大家說，我該不該讓這些居心叵測的人進門？」顧清婉問道。

「不讓！」眾人回道，個個對著顧王氏幾人吐口水。

「到了這地步，竟然還敢來，也不知道她哪裡來的臉，太噁心了！把他們趕走，別讓他們髒了我們這北街！」一個婦人義憤填膺地道。

「妳小心以後生娃兒沒屁眼！我告訴妳，妳家那個短命鬼和顧愷之不會回來了，今日你們都給我搬走。妳一個外嫁的，這裡輪不到妳來指手畫腳，我再不是人，也是顧愷之生母，妳能奈我何？有本事來打我啊！」顧王氏一改先前懦弱，噌一下從地上站起來，指著顧清婉便罵。

顧王氏現在的樣子，要多噁心就有多噁心，讓周圍的人看得都想給她兩拳。

左月一個外人，都被顧王氏氣得胃痛，從大門裡出來，站在顧清婉面前。「妳個老不死的，再罵一句試試，小婉不敢動手，我敢。妳是個什麼東西，竟敢來耀武揚威！打死妳，最多賠幾十兩銀子，妳又能奈我何？」

左月的話一落，不少人拍手叫好，覺得非常解氣。

「妳一個外人，我自己家的事要妳管！」顧王氏看出左月穿戴非富即貴，不敢對她大吼大叫，氣勢軟了幾分。若是左月打死她，確實賠點銀子就完事，誰叫現在貪官一大把呢。

「這兒是我好友的家，妳少在這裡指手畫腳，收起那貪婪的心思，有多遠滾多遠！」左月睥睨地看著顧王氏，那眼神裡滿滿都是嫌惡。

「月兒。」顧清婉將左月扯到身後，朝她搖搖頭，示意要自己處理。

左月點點頭，隨後狠狠地瞪顧王氏幾人一眼。

「顧王氏，如果妳真有那麼一點臉，請妳離開，若是一點臉都不要，就不要怪我了。」顧清婉淡淡道，這是給顧王氏等人的最後通牒，如果他們還不識趣，就不要怪她心狠手辣。

「怎麼？妳還想打我啊，來啊，我怕妳啊，妳打我試試！」顧王氏已經知道顧清婉有一身力氣。

顧清婉舉起帶血的手，活動著手腕，臉上帶著冷笑。

「妳敢……妳敢動手，我就讓人把妳們母女抓進牢房裡——」顧王氏有些畏懼地朝後退，顧家兄妹三人也是害怕地縮了縮脖子。

顧王氏母子幾人來的時候，直接橫衝直撞闖進顧家，被顧清婉一拳打穿牆壁，嚇跑出來，他們自然知道顧清婉的力量有多可怕。

打穿牆的時候，顧清婉手背上的肉被劃破，興許是手背肉薄，傷可見骨，此刻血漬已經乾涸，看起來異常恐怖。

「然後讓牢房裡的人把我們母女折磨死，那麼我顧家的東西就全變成妳的了？」顧清婉說著，緩緩朝顧王氏幾人走去。「別問我為什麼知道，我能看透你們的心。」

在顧王氏算計的目光裡，加上剛才那番話，顧清婉不用猜都明白這些人的心思何其狠毒。

「妳、妳別過來！」顧王氏朝後退著，然後轉身看向周圍的人。「這個不肖的娼婦要打我這老太婆了，誰來救救我！」

任由顧王氏喊破喉嚨也沒人上前幫忙，現在誰還不明白她歹毒的心思，早就看她不順眼了，有人恨不得親自上前去打死這老貨。

顧王氏見沒人幫自己，狠起心腸，一挺腰板。「妳打啊，我看妳敢不敢打，妳再打，妳爹和那個短命鬼也回不來。妳要是打死我，我做鬼都纏著妳，讓妳生生世世生不出兒子，就算生出來，我也把他掐死！」

這話如同一把尖刀深深刺進顧清婉的心，讓她想起被陸仁砸死在牆上的兒子，她身形不穩，一個踉蹌，左月趕緊上前扶住她。

任誰聽見這樣詛咒自己的孩子，做父母的怎麼忍得下去？顧母放下強子，拿起門後的門栓便衝出門，目眥盡裂。

「我今日就算被雷劈死，也要打死妳這種老貨！小婉是妳親孫女啊，妳怎能如此狠毒，竟然這樣咒她！」

顧母已經如同瘋魔，拿著門栓便亂打，打在上來擋的顧愷才、顧愷先身上，正要朝顧王氏、顧愷梅打去，卻被人群外一聲怒喝制止。「住手！」

來人正是顧父、夏祁軒，還有阿大抱著渾身是傷的顧清言，人群自動給他們讓開道。

「你們不是死在外面了嗎？怎麼回來了？」顧王氏幾人一臉震驚，不肯相信這是真的。

周圍的人聽到這話，都覺得顧愷之很可憐，竟然有這種親人，不禁同情起來。

顧愷之逕自繞過顧王氏，走過去扶住妻子。顧母看到丈夫，當即放聲大哭。

「我聽到了，別哭，我回來了。」

顧王氏幾人還想說什麼，在顧愷之這句話後再也說不出一個字。他們怎麼也想不到顧家父子會回來，那個人不是說不會讓他們活著回來，難道那人失敗了？那他們現在怎麼辦？

阿二將夏祁軒抬上石階，推至顧清婉身邊。

夏祁軒緊緊握住顧清婉的手，給她安定的力量，他對阿大道：「把言哥兒抱去躺著。」沒讓人去請大夫。在回來的路上，顧父已經把顧清言的傷勢處理過，也採摘了藥草敷上。

看到滿身是傷的弟弟，顧清婉掙脫夏祁軒的手，收起心底的悲痛，從阿大懷中接過顧清言，抱著他便回屋。

回到屋子，她便將門反鎖，讓跟來的顧母和左月差點撞到鼻子。

左月也沒惱，她知道顧清婉有辦法醫治好顧清言，她現在就幫忙安慰顧母。

顧清婉將弟弟放在床上，輕輕拍拍他的臉。「言哥兒，姊姊在這兒呢。」

「姊姊。」顧清言睜開眼睛，看著一臉擔憂的顧清婉，抬手想要摸姊姊的臉，只是身上的傷太痛，讓他沒有一絲力氣，手又垂了下去。

「把這個喝了。」顧清婉拿過桌上的茶碗，舀了萬能井的水出來。

顧清言順從地喝下，感覺有了一絲力氣，努力扯出一抹笑容。「我還以為再也見不到爹、娘和姊姊、可香、強子了。」

「對不起，姊姊沒保護好你。」顧清婉滿心滿眼都是心疼和自責。

「不關姊姊的事，是我自己不小心。」顧清言搖頭，隨後看向茶碗。「我還想喝水，自從被抓到後，就一滴水沒喝過，喉嚨都快冒煙了。」

「好。」顧清婉心疼極了，連續舀了幾碗水餵顧清言喝下，給他號完脈，確認只是些皮肉傷和幾日沒吃沒喝的虛弱後，才放下心來。

為顧清言掖好被子。「好好睡一覺。」說完，見弟弟閉上眼，她便走出屋子。

左月和顧母都看向她，顧母急忙問道：「言哥兒怎麼了？」

「只是一些皮肉傷，不礙事。他太累了，讓他好好睡一覺。」顧清婉說著，已經朝外走去，她絕對不會放過顧王氏幾人。

門口，顧愷之痛心疾首，怎麼也想不到顧王氏等人如此卑鄙，竟然趁他不在家來鬧，本來那點淺薄的血緣早就消耗殆盡，如今又這般詛咒他女兒，叫他無法再忍耐。

「說得好聽點，我們有點血緣關係；說得難聽點，你們比仇人還要仇，有什麼資格來我家鬧？別說我涼薄，你們自己怎麼做的？」

聽聞這話，顧愷梅站到顧王氏面前，扠腰和顧父對峙。「顧愷之，你還好意思說，要不是你，我們一家會這麼慘？」

「哼，我有做什麼傷害你們的事嗎？從頭到尾都是你們自己做的吧！」顧父氣得冷笑起來。

「你沒做什麼？你沒做什麼爹怎麼會死！」顧愷梅怒罵道。唐青雲的插手，讓顧家人沒能達到神祕人的要求，他們怕被懲罰，所以連夜逃走，她爹不小心摔進坑裡，人救起來後就不行了。

「所以你們就來我家鬧？」顧父冷聲道。

顧愷梅雙手盤在胸前，臉別過一邊，算是默認。

「真不知道你們的理是從何而來，從頭到尾都是你們自己為了害我找上門來，弄到現在這地步還說是我害的，你們還要不要臉？今日還趁我去救兒子，竟然想來霸占我家財產，你們不覺得自己的行為很無恥！」今日，還是顧愷之有生以來第一次講這麼多話，他實在太憤怒了。

顧王氏拉過顧愷梅，一雙三角眼惡狠狠地瞪著顧父，指著鼻子罵。「早知道生出你這種不孝的垃圾，我當初就該掐死你！聽到你爹死了，連句話都不問，還指責我們的不是，你有本事了是不是？」

「這位老太太，妳這話未免太難聽。妳把愷之賣人那天，不就沒把他當妳兒子了？現在又來鬧，你們也好意思，就連我們這些旁觀者都覺得你們實在噁心。」李才和顧父交好，看到這家人一而再，再而三地欺負人，再也看不下去。

「就是，別人說什麼，妳都用血緣來說事，妳開口的時候可有考慮到人家？說話刻薄惡毒，連自己的親孫女、親孫子都要詛咒，這樣的人怎麼還活在世上？真是老天沒眼，我呸！」李才的媳婦李周氏接過話去，義憤填膺地罵著。

「還不趕快滾！」

「滾！」

「一家不要臉的東西！」

群情激憤，個個都恨不得上去踹顧王氏幾腳，打得她兩個兒子下不了床。

「這樣放過他們，我心裡不是滋味。」顧清婉人未至聲先到，話音落下，她才從大門後走出來，身後跟著顧母和左月。

顧清婉走到顧父身邊，看向她爹。「爹，這樣的親人您還要嗎？」

「妳想怎麼做就怎麼做。」顧父覺得很疲憊，為了以後的安靜，他再也不想見到這群人，他相信女兒不會真殺了這些人，只要活著就行，其他的，他不想管。

「顧愷之，你個沒心肝的白眼狼！你竟然如此狠毒，我死了化成厲鬼也不放過你們！」顧王氏到這個地步，還不知道悔改。

顧清婉走到一臉雲淡風輕、實則竭力隱忍怒氣的夏祁軒旁邊。「可否幫我一個忙？」

夏祁軒抬頭看向顧清婉，伸手去握她雙手，卻被她抽了回去，這才發覺她的手上血跡斑斑。

瞧見能看到森森白骨的手背，夏祁軒的心很痛，雙眼紅紅，輕輕執起她受傷的手。「誰傷妳了？」

「她為了趕這幾人出門，把牆打穿了。」左月不等顧清婉開口，蹙眉道。

顧母這才想到女兒受傷，趕忙跑進屋去拿藥粉。

「傻瓜，以後不要這樣傷害自己，傷在妳身，痛在我心。」夏祁軒用指腹輕輕碰觸傷口，眼底凝聚一層霧氣，隨後抬頭時消失殆盡，他溫柔地看向她。「把他們交給我就好。」

顧清婉思忖半晌，點點頭。「好。」她出手還要顧慮她爹，肯定不能往死裡整，但夏祁軒不用顧慮。

「阿大，把這幾人先帶回去好好招呼、招呼，然後再送去縣衙，給縣衙兄弟們送點茶水喝，讓他們辛苦點，好好款待這幾位，再替他們安排好『歸宿』。」夏祁軒笑道。

他們應該慶幸，如今不是他剛被挑斷腳筋、既癲且狂的時候，否則，他們就連求死都是奢望。

即便如此，連累小婉受傷，他又豈會善罷甘休？

「是。」阿大應了一聲，朝夏家的家丁們招手。

「你們要幹什麼？還有沒有王法！」聽見夏祁軒的話，顧愷梅把顧王氏護在身後，後怕地問道。

「我不想再看到他們。」顧清婉看著被擒住的幾人，話語裡沒有一絲溫度。

夏祁軒頷首。「放心吧，他們再也不會出現。」

「顧愷之，你個天殺的！我做鬼也不放過你！」顧愷梅被連拖帶拽地帶走，嘴裡還要罵上兩句。

「你們全家不得好死！」顧王氏瞪著一雙三角眼，憤恨地罵著。

顧愷先和顧愷才不同，兩人連連求饒。「六弟，看在我們一個奶養大的，你就放過我們吧，我們兄弟再也不會來找麻煩了，求求你了！」

夏祁軒不耐煩地揮揮手，家丁們強行將幾人帶走。

顧父心裡很複雜，這一步並不是他想看到的。

顧母拿來藥粉，準備給女兒上藥，夏祁軒道：「娘，這傷口得清洗一下，我怕裡面還有牆上的石灰。」

「是，是，我是急糊塗了。」顧母說著，抹了一把淚。

顧父正要給圍觀眾人道謝，李才上前拍拍他肩膀。「愷之，啥也別說了，我們都瞭解，快去給孩子上藥，把家裡收拾、收拾。」說完，他又看向眾人。「大家都散了吧！」

夏祁軒一直緊緊握住顧清婉另一隻手，眼神裡是說不盡的心疼、道不完的自責，他不該在她最需要他的時候不在，讓她那麼無助，還受到這麼大的傷害。

她看起來是堅強，但內心也很脆弱，一個女人再堅強，也需要一個男人依靠。

顧清婉感受到夏祁軒的目光，淡淡道：「我沒事，不用這樣看著我。」

等到傷口包紮好，顧母燒好茶水出來，和可香去廚房做飯。忙了一天，大夥兒又餓又累。

一會兒工夫，院子裡已經擺了兩桌，男子一桌，另一桌是顧家母女幾人，還有左月、強子。

大家夥兒吃了晚飯，坐在院中閒聊。

「小婉，前幾天不是聽言哥兒說要蓋蔬菜溫室，什麼時候開始？我也想要參加一份。」左明浩回去彙報情況，左老爺子對他說這有賺頭，左家是生意人，自然不想放過這麼好的機會。

「言哥兒一切都計劃好了，就差地方，要等到秋收完，最少也得到九月下旬。」顧清婉知道弟弟的計劃，錢大家一起賺，沒有什麼好隱瞞的。若是真像顧清言分析那般，縣城裡有左家幫忙，事情發展會更順遂。

「那這地可找準了？」說話的是孫爺爺。

「還沒有，他說要找鎮長問問，有沒有願意賣土地的人家。」顧清婉不知道孫爺爺什麼意思，但還是乖巧地回話。

孫爺爺點點頭，眼底深處在計較著什麼，便再沒說話。

「那我們左家也參與一份可成？」左明浩接著剛才的話題。

「這恐怕不妥，我已經參與一份，你再參與進來，沒有利益給你。」夏祁軒想到的是另外一層，若是答應左家，那是不是以後左明浩就能經常找藉口來顧家？也會見到他的小婉？這明顯是醉翁之意不在酒。

「夏東家，這計劃我已經分析過，有沒有利益你不用操心。況且，小婉和言哥兒都還沒有說話，你未免管得太寬了些。」左明浩已經打算和夏祁軒槓上。

第五十三章

孫爺爺和顧父都是過來人，哪裡看不出兩人之間的針鋒相對是為何，顧父趕忙插話。

「小婉，天快黑了，妳和祁軒回去吧。」

「爹，我要留下來照顧言哥兒。」顧清婉想都沒想就回道。

這話使得左家兄妹倆心情大好，左月拍手贊成。「對啊，言哥兒若是醒了，看不到小婉，肯定會傷心。」

「不用，言哥兒有爹娘照顧，你們兩個早些回去吧。」顧母說著走到廚房。「我去給妳拿點花生，是妳七奶奶拿來的。」

左家兄妹倆也向顧父告辭。

左明浩看向顧清婉。「小婉，我和月兒先回去，明兒再過來。」

「好的。」顧清婉只能禮貌地應著。

送走了左家兄妹，顧清婉進屋去看了一眼熟睡中的顧清言，又給他留了一壺水，才走出門。

小倆口在全家人的目送下離開顧家。阿大拎著一袋花生，顧清婉推著夏祁軒，兩人緩緩朝夏府走去。

「夏祁軒，以後不准一聲不響就消失。」顧清婉突然想到這一茬。

「我再也不會了。」夏祁軒回頭看向顧清婉，在夜幕中的燈籠下，她如夜間精靈那般，一雙美眸流轉，帶著幾分裝出來的凶狠。

顧清婉並沒有說什麼，推著夏祁軒回到家。

第二天起來，顧清婉手背上的傷好了一大半，傷口已經結痂。

夏祁軒也知道顧清婉的恢復能力，但還是很心疼。

小倆口吃了早飯，顧清婉第一件事就是要回娘家看弟弟，夏祁軒自然要跟上。

顧清言只是皮肉傷，一大早就起床了，是被餓醒的，連著喝了不少粥。

當看到顧清婉手上的傷口時，他心疼極了。姊姊的恢復能力他知道，隔了一晚還是這樣，可見當時傷口有多恐怖。得知真相後的他，很想把顧王氏幾人挫骨揚灰，但聽夏祁軒說已經送到縣衙去，只能把內心的憤怒壓制下來。

姊弟倆和夏祁軒坐在後院的亭子裡說話。

「左二公子若是要參股，你答應嗎？」顧清婉把左明浩要參加溫室計劃的事告訴顧清言。

「答應，這麼好的事怎麼不答應？就像妳剛才所說，到時縣城裡有他們，一切會順利不少。」顧清言也想到很多，到時縣城裡也能建幾間溫室。

「婉丫頭。」姊弟倆說著話，孫爺爺朝他們走來。

「孫爺爺。」顧清婉趕忙過去扶孫爺爺坐下。

「婉丫頭，孫爺爺昨兒聽你們說還沒找到建溫室的地方是不是？」孫爺爺坐下，便看向顧清婉。

姊弟倆點點頭，

夏祁軒眉梢一挑，覺得有好事降臨，一般以孫爺爺冷情的性子，是不會主動找姊弟倆說話的。

孫爺爺顫顫巍巍的手探進懷中，摸索了半晌，拿出一個小小的布袋，隨後遞給顧清婉。

「打開它。」

顧清婉依言打開，裡面是一張張泛黃的紙，當看清楚紙上內容時，姊弟倆都震驚得說不出話來。

夏祁軒比較淡定，當看到那些紙，便明白過來幾分。

這厚厚的一落紙全是地契，這地契的田地全是鎮上周圍的土地。孫爺爺不是說早先的時候，他的家產全被兒子和媳婦搶走了？

「祁軒，你去找鎮長來咱們家一趟，我要把這些土地分給他們姊弟四人，給婉丫頭的就是我給她的嫁妝，我婉丫頭不是什麼都沒有的人。」孫爺爺雖然不愛說話，但一切都看在眼裡。

顧清婉雙眼通紅，眼淚忍不住流下來，搖頭道：「孫爺爺，這東西我們不能要，我從來沒想過要您的任何東西。」

「婉丫頭，妳是個什麼樣的孩子，孫爺爺都知道。不用說了，這是孫爺爺給你們的，妳就收下。只要到孫爺爺死的那天，你們給我找個地兒埋了就行。」孫爺爺抬起滿是皺紋的手，幫顧清婉擦眼淚。

「孫爺爺，我……」

顧清婉還想要說什麼，被孫爺爺打斷。「妳如果不要，我就帶著順子和全子他們回去那破屋裡住，這些東西我就扔進恭桶裡。」

孫爺爺倔強起來，十頭牛也拉不回，顧清婉沒有辦法。

「長者賜不敢辭，孫爺爺一番心意，小婉妳就收下吧。」顧母牽著強子走過來。

「娘。」顧清婉看向娘。

「收下吧，以後好好孝順孫爺爺就成。」

顧清婉點點頭，才拉著顧清言跪下，收下那一落厚厚的地契。

強子很乖，沒人教他，但也跟著磕頭。他到現在還是不能說話，孫爺爺摸摸他的小腦袋，他呵呵直笑。

夏祁軒和顧清言隨後便去請鎮長來顧家，顧清婉和顧母做飯，可香帶著強子玩。顧父和順伯這些日子幾乎都上山採摘藥材或砍柴，砍的柴供給飯館。

當鎮長蔡有華來到顧家，看到地契上的名字時，便知道孫爺爺的身分，他算起來還是孫爺爺的表親姪子。得知孫爺爺這些年的遭遇，他痛哭流涕，當場跪下，說要接孫爺爺回去供養。

「不用了，我吃慣了婉丫頭做的飯，別人家的飯菜我吃不下。」孫爺爺哪裡看不出來蔡有華的心思，這些土地只有婉丫頭他們有資格擁有，別人想都別想。

孫爺爺說話冷硬，弄得跪在地上哭得一把鼻涕一把淚的蔡有華愣怔半晌。

這些年，孫家人一年回來收一次租，他還以為地契在那些人名下，怎知竟然還在孫爺爺手中！

他其實早就知道孫爺爺做乞丐的事，之所以不聞不問，是以為孫爺爺什麼都沒有了。早知如此，哪裡能輪到顧家？心裡不由恨起了顧家人。

「您老想吃顧姑娘做的飯菜還不簡單，到時我讓她送過來便是。」蔡有華不甘心，想到這麼多塊土地落在顧家人手裡，心裡都在滴血。

「跑來跑去麻煩，不用了，你趕緊把手續辦好。」孫爺爺冷聲道。

夏祁軒和顧清言又不是傻子，兩人怎會不明白這鎮長的心思，但他們不方便說什麼，心裡都對鎮長有了防備之心。

迫於無奈，蔡有華只得把土地全轉移到顧家四姊弟手中，看到一張張地契寫上別人的名字，蔡有華想死的心都有了。

這麼一來，顧家便成了鎮上最有錢有勢的地主，他都不敢輕易得罪。突然間，他想到一計。

等著吧，我會讓你們把地吐出來。到時，這些地就是他的了。

蔡有華心裡有了算計，面上仍然笑呵呵的，還在顧家吃了飯才離開。

「小心那人。」顧家人目送馬車載走蔡有華，夏祁軒淡淡道。

「諒他也整不出什麼么蛾子，只要敢來，我就敢收拾他，才不會怕他蔡家。」顧清言冷聲道。

蔡家在鎮上是數一數二的大戶，別人怕蔡家，但他顧清言可不怕，他有很多辦法弄得蔡家雞犬不寧。

「謹慎些比較好。」夏祁軒看得出，蔡有華並不是那麼好對付的，忍不住提醒道。

顧清婉正要推夏祁軒進屋時，偏偏張騫趕過來，在夏祁軒耳邊一陣低語，接著，夏祁軒作出一個決定——和小婉還沒洞房呢，這會兒又要分開了……

「你又要走？」顧清婉看著夏祁軒，心裡有些不捨。

「京城那邊的店鋪出了問題，我得去看看情況。」夏祁軒握住顧清婉的手。

他在小婉的心裡還沒有留下深刻的影子，便又要離開。但他不離開不行，危險一直存在，他要去除掉那個危險……

顧王氏等人昨日來鬧，也是因為那個人的關係，只有剪除根源，他們才會幸福。不過，顧王氏等人從此以後不會再出現，這一點倒是放心了些。

顧王氏母女被賣去青樓，為青樓女子端夜壺、洗衣裳，顧愷先兄弟則被發配礦區服勞役，他們一輩子都不會有翻身之地。

「好吧，那你早去早回。」顧清婉不想夏祁軒看到她眼裡的不捨，側目看向那些本該種花，卻被顧母種了不少青菜的園子。

「把那邊的事處理完，我就會儘快趕回來，妳要乖乖等我。」夏祁軒這一刻很想抱著顧清婉，但怕她反感。

「嗯，我知道。」

「小婉，我能不能抱抱妳？」兩人成親多日，很少抱在一起，他這一去，不知道要什麼時候才能回來。

顧清婉想了想，主動蹲下身抱著夏祁軒，把頭靠在他肩膀上，感覺是如此安心。

風輕輕拂過，這一刻，夏祁軒很希望時間停住。

「公子，一切都準備好了。」阿大不合時宜的聲音在院門口響起，使得兩人不得不分開。

「知道了。」夏祁軒應了一聲，滿眼不捨地看著顧清婉。「小婉，我真的要走了。」

顧清婉輕輕頷首。「過年前能趕回來嗎？」

「我會儘量趕回來陪妳守歲。」夏祁軒說著，轉動輪椅朝外走去。

顧清婉不想送夏祁軒走，怕看著難受，在夏祁軒行至院門時，她開口道：「天氣越來越冷，記得加件衣裳，晚上多蓋一床被子。」

「妳也是。」夏祁軒應完，頭也不回地離去，他怕一回頭，就不想離開。

當夏祁軒的輪椅遠走的那一刻，顧清婉突然哭起來，她也不知道為什麼這麼傷心。

「姊姊，妳不去送送他嗎？多看一眼也好。」顧清言站在院門口，姊姊很少哭成這樣，可見內心捨不得夏祁軒。

「不用了。」顧清婉知道，就算有多麼不捨，也要分開。她終於明白為什麼上次夏祁軒要來個不告而別，那種感覺可比現在好多了。

說不送，但顧清婉還是在大門後默默看著夏祁軒一步三回頭地離開。

左家兄妹下午過來了。

「左二哥，你要參股的事我姊姊跟我說了，我同意，來，我們談談細節。」顧清言拉著左明浩就走。

顧清婉心情仍有些沈重，呆呆地坐著。

夏祁軒離開了，她沒有必要回去夏府，有什麼事，交給夏海處理就好。因此她在娘家住了兩天，等傷口徹底好了才去飯館，開始忙碌起來。

時光荏苒，光陰似箭，距離夏祁軒離開船山鎮已有八天。

顧清婉在飯館忙完一日後，跟弟弟、爹、娘一塊兒去孫爺爺的大院裡聚聚。吃過飯後，幾人閒聊，顧清言說起打算蓋溫室的事。

「你們家也該請些長工了。」孫爺爺聽完顧清言的話，來了這麼一句。

「孫爺爺說得是，我也正有此意，不請人不行。」顧清言笑著接過話，坐在姊姊旁邊。

「那你可得看準了，別請些沒心肝的東西回來害人。」孫爺爺如今已徹底當顧家人是他的家人。

「孫爺爺放心，錯不了。」顧清言自信一笑，轉頭看向顧父。「爹，我想跟您商量一件事。」

「有事直說便是。」顧父見兒子一臉認真，也跟著坐下。

「爹，我看準的那幾塊地方都在收成玉米，我想去通知一下這些人，讓他們以後就別種糧食。我準備建造溫室，一旦忙起這邊，飯館那頭就顧不上，想請爹每天過去照看一下。」顧清言沈聲道。

「好是好，問題是這些人不知道地契已經轉到我們手裡，會不會找麻煩？」顧父一臉擔憂。

「再麻煩兒子也得做啊，總不能因為麻煩就退縮了。」顧清言笑道。

「這沒有多麻煩，直接讓蔡有華去通知種地的那些人來聚聚，我們把話說清楚，這些地佃出去的時候都是由蔡有華經手的，那些人會聽他的話。」孫爺爺從前也是望族的家長，這些事處理起來有經驗。

「好。」顧清言心裡不由敬佩起孫爺爺，有些本事一旦學到，一輩子都能用上。

孫爺爺也不藏私，趁顧清婉姊弟倆都在，便教導他們一些處理事情的訣竅。

「畫秋啊，我們離開楚京好幾天了，怎麼還能看到楚京城頭啊？」一名頭髮花白、滿臉皺紋的老太太把手放在額頭前，朝遠處眺望。

「這樣下去不行，不知道猴年馬月才能見到我的孫子和孫媳婦，得想想辦法！」老太太靈動地轉了幾下眼珠，突然哈哈笑起來。「有了，靠我們兩個這四條老腿走太慢，應該買輛馬車或買兩匹馬代步。」

「老太太，要買馬和馬車都得返回楚京，這又得要折騰好幾天。」

「說得也是，這樣我又要晚幾天才見得到我的孫媳婦了，這可不行，我想想辦法。」老太太在道上轉來轉去，正好這時遠處來了一輛馬車，她突然站到路中。「正是瞌睡來了送枕頭，哈哈！畫秋，今兒我們主僕倆重操舊業！」

畫秋無語地扶額。「老太太，您都快七十歲的人了，還想去打劫，人家不打劫我們就好了。」

「不是妳孫媳婦，妳當然不急，我就不信妳不想妳的小海！」老太太哼了一聲，一撩裙襬站在路中央，呈大字形站姿。

馬車的速度極快，老太太臨危不懼，兩腿叉開站在路中央，做出攻擊之勢，怎麼看都很逗。

畫秋無語極了，跟著一個不靠譜的老太太，她也是悲哀，還好出門時拿了一把大刀傍身，當下「哐噹」一聲，抽出大刀遞給老太太，這一下更有氣勢。

「公子，前方有人攔路！」當路才看清攔路的人是兩名老太太時，下巴都快掉下來了。

「此路是我開，要想此路過，留下買路財，不，不對，留下馬車，饒你不死！」老太太雙手舉著大刀大喊。

「嘶——」馬嘶長鳴，馬蹄險些在老太太臉上踏過，好在馬車裡的人最後及時拉住韁繩。

老太太雙腿發軟，仍顫抖著聲音道：「打、打劫，把馬車留下，放你們過去！」

馬車的主人看著眼前的老太太，無語問天，怎麼會遇到這老太太？想不管但又看不下去，只能走下車，把雙腿打顫的老太太和畫秋請上馬車，一同離開楚京。

第五十四章

船山鎮——

這段時間，顧母在家閒著做太太，飯館交給可香，藥鋪交給顧父和強子。顧清婉負責布店和雜貨鋪，這幾間店都是海伯找信得過的人來管理的，顧清婉只負責查看店鋪裡的情況，還有跟著學習。

顧清言則忙著溫室的事，有的土地用不著的，還佃出去，但是以後交租則交給他們家。顧清言還為每家減免二十斤米糧，讓那些佃戶們都很高興。本來有人以為換了東家會被坑，如今東家這麼好，自然願意繼續佃地耕種。

顧清婉這段時間，跟海伯學習管理鋪子，連夏家米鋪的事也跟著學習一些。

「少夫人，該用午飯了。」顧清婉還在打算盤，海伯進來帳房提醒。

「好。」顧清婉本想一直住在顧家，但她娘不允許，說會被人笑話，她只得回來夏府。將算好的部分插上書籤做記號，顧清婉才站起身，扯了扯衣裳，朝飯廳走去。

「海伯，有沒有祁軒的信？」夏祁軒離開將近半個月，一點消息都沒有，讓顧清婉有些擔心。

「少夫人放心，公子有阿大四兄弟保護。再說到達楚京也得一個月，現在還在半路上呢。」海伯引著顧清婉來到飯廳，讓下人端來飯菜。

顧清婉嘆了口氣沒說話，在她心裡，如果夏祁軒有心，哪怕在路上，也會寫信給她。

剛端起碗筷，守門的小廝跑進來。「稟少夫人，顧家來人了。」

「顧大娘子，言少爺出事了！」來的是顧家請來替顧清言傳遞消息的手下小五，他一進門，便急忙說道。

「怎麼回事？」顧清婉放下碗筷。

「今兒言少爺在指揮眾人建溫室時，突然來了一隊官差，不問青紅皂白，便把言少爺抓走了！」小五眉頭緊鎖，急得如同熱鍋上的螞蟻。

「官差都怎麼說的？」顧清婉不相信沒有理由。

「官差說言少爺霸占孫家田地。」小五回道。

「我知道了，你去告訴我娘，讓他們別擔心，我這就去縣裡瞭解情況。」顧清婉說完，又對海伯吩咐一句。「海伯，你立即準備銀兩和馬車，我們即刻去縣裡。」說罷，起身去換衣裳。

馬車上，顧清婉一臉著急之色。

「少夫人，您莫心急，言少爺吉人自有天相，不會有事的。」海伯只能說這些話來安慰顧清婉。

「海伯，你是不知道，如今的縣太爺是我家以前的鄰居，他們家和我們不太好，我怕他會公報私仇。」顧清婉按著發疼的太陽穴。

海伯聽見這話很擔心，他對趕車的張騫道：「快些！」

「這馬就這麼快，再快牠承受不了。」張騫一張死人臉，誰的面子都不給。

馬車轆轆作響，一直朝縣城奔去。

吳員外躺在床上，一聲接一聲地呻吟，他腰上長了東西，痛得他快死了。雖然請了不少大夫來看過，吃了許多藥，偏偏腰上的東西就是不見縮小，反而越來越大，越來越痛。

「爹。」吳仙兒和吳張氏端著藥碗進來，輕輕喚了一聲。

「哎喲，痛死我了——」吳員外呻吟一聲，轉過身看向母女二人。「拿走、拿走，我不喝了，喝了又不濟事。」

「爹，您不喝怎麼成？這可以減輕痛苦。」吳仙兒心疼地道。

「都怪那烏鴉嘴，是他詛咒老爺您的。」吳張氏說著，用手絹擦了擦眼淚。

「婦人之見，給我閉嘴！」吳員外早就相信顧清言是有本事的人，在左老爺子的胳膊徹底好了以後，他就去問過鎮上好幾名大夫，都說左老爺子的手臂不可能醫治好，但不清楚顧清言用了什麼法子。他現在也想去請顧清言幫他醫治，但拉不下一張臉。

「老爺你還凶我，我說的是實話，你也不想想，就是因為他來家裡，說你身上長東西，你腰上才長出這東西的！」吳張氏不滿道。

「娘，都這個時候了，您就別說這話了行嗎？這根本就不關人家的事。」吳仙兒也知道情況，以前她還幫梅花說顧清婉壞話，但自從和她爹一起去問過鎮上的大夫後，就知道顧家姊弟是真的有本事。

特別是前些天胡大夫說那漢子已經不行了，隨後顧清婉只是隨便扎幾針，餵了一顆藥就把人救活，這種人她怎麼也不相信人品會差到哪裡去。以前都怪她聽信小人之言，現在害得她爹受苦。

「行啊，你們合起來欺負我，我懶得管你們。」吳張氏說著轉身離開。

「爹。」吳仙兒坐在床前，看著她爹瘦了一圈，心疼得要死。他們這個家完全是依靠爹活著，一旦爹出事，他們吳家就完了。

「仙兒啊，爹的好女兒，妳乾脆去買點砒霜回來給爹喝了吧，爹是真的疼得受不住了。」吳員外按住腰想翻滾，但一動就更疼。

「爹，女兒不要這樣做。」吳仙兒淚流滿面，用手絹擦了一把淚。「爹，要不女兒去求顧清言給您治病，好不好？」

「可是，爹當初那樣說他，怎麼拉得下臉？」吳員外不是不想，而是怕被顧清言拒絕，老臉沒地方擱。

「爹，讓女兒去，女兒一定要求他來。我這些天都打聽過了，他們顧家待人很好，特別是顧愷之和他妻子，女兒去找他們說情，或許他們能勸勸顧清言。」

「那妳去試試吧，不行就算了，爹情願死也不想讓妳受委屈。」吳員外說著，又哼哼起來，腰間又疼又脹，似火燒一般。這些日子他睡不好、吃不下，被折磨得不成人形。

「爹放心，女兒知道分寸。」吳仙兒說著，把藥端給吳員外。「爹先喝藥，喝完女兒馬上去。」

吳員外拗不過女兒，只得把藥都喝下。

吳仙兒這才退出屋子，備好禮品前去顧家。

到達顧家時，只見顧府大門緊閉，敲了半天都沒人出來應門。

「這位大叔，請問您知道顧家人去哪裡了嗎？」吳仙兒逮到過路人，這人是對門的李才。

「言哥兒出事了，月娘去藥鋪找愷之，妳去藥鋪準能找到他們。」李才剛才遇到顧母，見她哭得傷心，才多問了幾句，沒想到顧家遭了禍。

「顧清言出了什麼事？」若是顧清言出事，她爹怎麼辦？

「不知道，好像被抓到縣衙去了。」李才說著，轉身離開。

「怎麼會這樣……」吳仙兒喃喃說著，隨後朝藥鋪走去。她清楚，現在顧父、顧母最需要安慰，她要好好表現。錦上添花易，雪中送炭難，她要做那雪中送炭的人，才能感動顧家人，她爹才有救。

顧父、顧母，就連可香都把飯館關了，一家人齊聚在藥鋪裡。

「愷之，會不會有事啊？」顧母擔心地問道。

「小婉趕去了，應該不會有什麼大事，等她回來再說。」顧父現在只能相信顧清婉。

「你說這孫家人怎麼就突然間要告言哥兒？」顧母實在想不明白。

「恐怕是有人眼紅我們家。」顧父沈聲說完，準備去關店門，被站在門口的吳仙兒嚇了一跳。「姑娘要看病，改日再來，今兒有事不方便。」

「顧叔，我是吳開友的小女兒吳仙兒。聽說言哥兒出事，來看看你們。」吳仙兒說著，走進藥鋪，把備好的禮品放在櫃檯上。

吳家和顧家一向沒有來往，特別是顧父、顧母聽說兒子被吳家趕出門過，現在吳仙兒來，是想要做什麼？不由心生戒備。

「請坐。」顧母出於禮貌，還是請吳仙兒坐下，可香去倒茶。

「顧叔、顧嬸，到底出了什麼事，為什麼官差要抓言哥兒？」吳仙兒裝熟道。

「這我們也不清楚，小婉去了縣城，要等她探聽好才知道情況。」雖然不知道吳仙兒從哪裡知道消息，但人家問，顧父總不能不回答。

「那好吧，顧叔、顧嬸，我先回去了。若是顧家有需要幫忙的，儘管派人去吳家通知一聲，我吳家義不容辭。」吳仙兒起身往外走。

「好，那妳慢走。」顧母將禮品還給吳仙兒，說什麼都不收，吳仙兒沒辦法，只得拿回去。

目送吳仙兒離開，顧父、顧母相視一眼，都不明白這吳家人鬧哪一齣？

馬車轆轆前行，到了縣城已經快天黑。顧清婉和海伯他們逕自去了縣衙，海伯知道如何打點，一起去牢房裡看顧清言。

顧清言坐在草堆裡，膝蓋頂著下顎，在思考到底怎麼回事。

「言哥兒。」顧清婉看到坐在草堆裡的顧清言，心疼地喊道。

「姊姊，妳怎麼來了？」這牢房裡一陣陣惡臭，還有一雙雙如狼似虎的眼睛，他不希望姊姊來這個地方。

「我來看你，你怎麼樣？他們有沒有打你？對你用刑？」顧清婉藉著昏暗的光線打量弟弟。

「姊姊，我沒事，放心吧。快回去，這裡不是妳該來的地方。」顧清言催促道。

「那好，明日再來看你。這個你喝了，晚些我會讓人給你送吃的，這裡的東西不要吃。」顧清婉想去找左月幫忙，也沒打算停留，遞給弟弟一瓶井水。

「我知道。」顧清言點點頭。

「那我走了，小心些。」顧清婉說著一步三回頭地離開，讓海伯打點了看守牢房的人，獄卒就算不能照顧言哥兒，她也不想讓那些人傷害弟弟。

顧清婉又讓張饕去打聽曹先良最近在縣城裡的行事作風，還有和什麼人來往密切，隨後趕往左家。

左家不愧是悵縣數一數二的大戶，光是站在門口，就能感覺到恢宏的氣勢。門口兩頭石獅子威風凜凜，大紅高門，匾額高懸。

搖曳的燈籠高掛，海伯上前和小廝說話，顧清婉站在馬車前等著。

小廝看了顧清婉一眼，便轉身跑進大門。

不多時，聽見雜亂的腳步聲。「人呢，在哪兒呢？」這是左月。

顧清婉拾級而上，正好和跨出大門的左月相視，她走過去，左月迎上來。

「小婉，妳真的來看我了，我好開心啊！」左月歡喜地牽著顧清婉的手。

跟著出來的還有左明浩、左明軒，左明浩眼尖，看出顧清婉的情緒不太對勁，忙拉開左月。「小婉，是發生了什麼事嗎？」

「嗯。」顧清婉點點頭。

左明浩看了一下周圍。「這兒說話不便，我們進屋聊。」說著，讓左月引顧清婉進門。海伯連忙跟上。

左府是五進院子，院子的格局讓人眼前一亮。顧清婉第一次看到這麼大的地方，但還是沒有東張西望，跟著左月一起去了客廳。

「這孫家也太過分了！」左月聽完顧清婉的敘述，氣憤得一拍桌子。

「小婉，妳打算怎麼做？」左明浩知道顧清婉來找他們，應該是有事相求。

「我想請你們幫忙把孫爺爺接來，如果我沒料錯，這些人一定會說那些地是我們家強行霸占的，我需要孫爺爺這個證人。本來可以讓海伯去的，但是海伯得在這邊打點。請你們去還有個原因，我怕有人搗鬼。」顧清婉直言不諱。

「就這麼點事啊。」左月嘟著小嘴，她還以為會讓他們家把這事全部搞定呢。

「小婉分析得確實不錯，為了以防萬一，我現在就啟程。」左明浩決定親自前往，如果真有人想要殺人滅口，一定會在今晚動手。

份人情。

「好，那就麻煩左二哥了。」顧清婉知道欠人情最難還，但是為了弟弟，她只好欠下這份人情。

「我也要去。」左明軒突然站起身，跟著左明浩走。左明浩微微皺了一下眉頭，沒有說什麼，讓他跟上。

等兄弟倆離開，左月上前挽著顧清婉的手。「小婉，今晚妳和我一起睡。」

「左小姐，夏家在這悵縣裡有店鋪，不用左小姐費心。」海伯覺得顧清婉住在左家不方便，特別是左明浩看少夫人的眼神太曖昧，讓他這個下人都看不下去。

如果不是有這事，他都不願意少夫人見到左家人。

「那好吧，明兒我去找妳。」左月也知道海伯的心思，沒多說什麼。

顧清婉有事，在左家不會停留太久，只說了一會兒話，便從左家離開。

「少夫人，現在是不是回店鋪？」海伯問道。

「先去吃些東西再說。」人是鐵，飯是鋼，不管前面有什麼大事，都得先填飽肚子。

主僕二人找了家小酒樓，隨便吃了一些，便回到夏家米鋪。縣城裡的夏家米鋪要比鎮上的大上好多，但顧清婉現在沒那心思查看，逕自和海伯去了後院。

「海伯，去給我找套夜行衣。」顧清婉想去摸摸曹先良的底，她才好出招。

「少夫人，您這是？」海伯以為顧清婉要去劫獄，嚇得一身冷汗。

「不是去劫獄，放心。」顧清婉看到海伯被她嚇綠的臉，有些無語。

海伯暗自抹了把汗，引著顧清婉進入一間裝潢大氣不失豪華的屋子。「少夫人，這是公子的專用房間。」

「好。」顧清婉點點頭。

「老奴這就去準備，少夫人稍候。」海伯說著，退出屋子。

顧清婉坐在椅子上，都能想像夏祁軒在這屋裡的樣子，不是看書就是算帳。那邊的案桌上，還放了一把古琴，沒想到他還會彈琴。

在顧清婉的心裡，夏祁軒就是個什麼都會的男人。

顧清婉來到古琴前，摸著琴弦，想著夏祁軒彈琴時的神情，十指纖長靈動，一定很好看。

「誰在屋子裡？」

這時，一道清脆的女聲突然響起，使得顧清婉按到琴弦，發出琤琤琴音。

門「吱呀」一聲被推開，走進來一個身穿紅色衣裙的女子，女子眉如柳葉，一雙銳利的杏眼，鼻翼小巧，嘴唇紅潤，雖然沒有傾國之姿，倒是有副美人相。

女子先發制人。「妳是何人？為何擅自進入這屋子？」

顧清婉很不喜歡這女人的語氣，微微蹙起秀眉。「這是我夫君的屋子，我為何不能進來？」

第五十五章

「妳就是公子的媳婦？也不怎麼樣嘛，我還以為是什麼天仙，把公子的魂給勾走了，原來就這蒲柳之姿。」清淺嘲諷地睨了顧清婉一眼，雙手抱胸，走到椅子前坐下。

「妳對我的敵意從何而來？因為祁軒嗎？」顧清婉淡笑道。

「哼，妳以為我不知道，妳根本不愛公子，不過是看上他的銀子，妳這樣的貨色，本姑娘見多了。麻煩有多遠滾多遠，妳若是真為了銀子，本姑娘可以給妳，但是拿上銀子立馬消失！」夏祁軒不在，清淺也懶得偽裝自己，冷聲道。

「妳是祁軒的什麼人？管得還真寬。」顧清婉聽這女子的語氣，就像夏祁軒的女人一樣，令她很不舒服。

「我是公子什麼人不需要妳管，妳還沒那資格過問。」清淺冷笑一聲，睨了顧清婉一眼。

雖然夏祁軒對她始終沒有非分之想，但過去她一直是他身邊唯一的女人，還幫著打理縣城的米鋪，因此清淺一向覺得自己是特別的。

「我沒那閒心去管妳那些破事，就算是個賣的也不關我的事。但是妳在我夫君的屋子裡，我就有權管，馬上、立刻給我出去！」顧清婉可不是個好脾氣的，這女人像吃了火藥一樣，對著她就亂放炮，以為她是軟弱可欺的人嗎？

「妳嘴巴給我放乾淨點！」清淺氣得一拍桌子，大聲吼道。這就是她的痛處，她一直認為是因為她不乾淨，公子才看不上她。

「想要別人尊重妳，就得學會尊重別人。我不知道妳在這裡算什麼，但在我面前，妳什麼都不是，所以不要對我指手畫腳，祁軒的事也輪不到妳來管，否則如妳所說，有多遠給我滾多遠。」顧清婉徹底火了，竟敢當面給她臉色看。

「妳……妳個土雞，妳以為嫁給公子就飛上枝頭了嗎？作夢，妳根本配不上公子！」清淺在夏祁軒面前一直都裝得很淑女，一旦背著他，她就是個潑婦。

顧清婉冷笑道：「可是祁軒的枕邊人是我，不是妳。若我是土雞，那妳豈不是連土雞都不如？」

「我跟妳拚了！」清淺為了幫夏祁軒看好這店鋪，找了師傅學武功，還是有些底子的，她以為顧清婉就是隻弱雞，掄起拳頭就朝她砸去。

顧清婉冷冷地看著清淺的拳頭砸來。「如果妳不想廢掉手，就給我住手，否則就算祁軒在這兒，我也能給妳斷了。」

「妳就會仗著公子，我也是這句話，當著公子的面，我也要廢了妳！」清淺從來都沒有這麼憤怒過，自從被公子贖身回來，她就一直保持良好形象。但今日不知道為何，被這眼前的土雞給激得忍不下去。

「那就看誰廢了誰。」顧清婉本來就因為顧清言的事心情不好，這女人竟然想要教訓她，這不是提著燈籠糞坑找屎？

看著砸來的拳頭，顧清婉不疾不徐地避開，清淺一個踉蹌，險些來個狗啃屎，她氣得大吼一聲，飛起一腳，朝顧清婉踢去。

「來得好。」顧清婉要的就是這個，精準地抓住清淺的腿。正準備廢掉這女子的腿時，海伯突然跑出來。

「少夫人，手下留情。」

「海伯，我根本不需要她手下留情！」清淺覺得讓顧清婉放過自己，很沒面子。

「清淺，妳怎能對少夫人動手！」海伯不怒自威，他就是專門管各米鋪分號的人。

「海伯，這裡的事交給你處理，衣服給我。」顧清婉心裡最重要的還是弟弟，這個女人她一點都不放在眼裡。她看向海伯手中的夜行衣。

「少夫人，張鶱回來了，要不讓他陪您一起去？」海伯道。

「你讓他吃些東西，我自己就行。」顧清婉接過衣裳，淡淡地看向清淺。「你們先出去，我換衣裳。」

「是，老奴告退。」海伯恭敬地說完，拉著清淺出了房間，把房門關上。

「海伯您怎麼阻止我？我就該教訓這隻土雞！」清淺心裡很不服氣。

「剛才要不是我，妳現在腿已經廢了。妳給我記住，擺正妳的身分，再看到妳對少夫人不敬，就離開夏家米鋪。」海伯冷聲道。

「她就是為了銀子才和公子在一起，這種人您怎麼不說？」清淺氣不過。

「少夫人不是這樣的人。我告訴妳，就算少夫人是這樣的人，妳也沒資格管，妳在夏家什麼都不是。」海伯沈聲道，真想一巴掌搧飛這不知天高地厚的女人。

清淺低垂的眼睛裡，閃動著濃濃的恨意。

顧清婉動作很快，換好夜行衣出來，便見海伯和清淺在說話，她淡淡地睨了清淺一眼，開口對海伯道：「海伯，讓馬車掩護我。」

「是，少夫人。」顧清婉此刻一身黑衣，周身說不出的凌厲之氣，竟把清淺嚇得退後兩步。

顧清婉上了馬車，讓海伯駕著馬車往縣衙趕去，當走到無人的胡同時，海伯輕咳一聲，顧清婉挑簾從馬車出去，閃身進入黑夜裡。

縣太爺住的房子自然是最大的主樓，顧清婉不費吹灰之力便找到了。

「縣太爺，這是我們孫家孝敬您的，請過目。」只聽見房內孫爺爺之子孫正林諂媚地打開盒子道。

曹先良看到盒裡整整一千兩白銀，眼睛亮了亮，旋即又沈下臉來。「你應該知道，這顧清言可是我家鄰居，我這樣對付他不太好吧？」

死貪官！

孫正林在心裡咒罵一句，臉上仍然帶著諂笑，討好道：「縣太爺，這只是首付，等事情了了，草民會再奉上千兩孝敬您。」

「這很難辦啊！你說那顧清言是我鄰居，我不能做得太過，要是照你的意思判決，不就徹底得罪人家？以後我村子裡的大妹可怎麼活啊？」曹先良搖頭晃腦一臉為難。

「縣太爺，那草民退一步，只讓那顧清言交出地契行不行？」孫正林心裡也知道到底怎麼回事，不敢把事情做太絕。

「也行，但是……」曹先良看向孫正林手裡的銀子。

「縣太爺放心，這銀子仍然是孝敬您的，事後那一千兩一樣會送上。」孫正林呵呵笑著。

「那我就收下了。」曹先良接過銀子，趕忙蓋上蓋子。

「這麼晚了，就不打擾縣太爺休息，草民先告退。」孫正林說道。

「也好，明兒一定會給你滿意的答案。」曹先良說著，便要送孫正林出門。孫正林哪敢接受這待遇，點頭哈腰地拒絕一番才離去。

等孫正林一走，曹先良打開盒子，拿出一錠銀子咬了咬，隨後「呵呵」笑起來。

「咚咚咚」——敲門聲伴隨著喊聲響起。「先良。」

聽見聲音，曹先良將銀子趕緊藏好，這才去開門。「娘，您怎麼來了？」

「先良，你是不是抓到顧清言了？」羅雪容一臉喜色，走進屋裡問道。

「是的。」曹先良回道。

「哈哈！」羅雪容頓時樂得哈哈大笑。「顧家人終於落到我手裡了，我一定要報仇，我要弄死這個小雜種！」

「娘，雖然抓到了顧清言，但他沒有犯死罪，不能弄死他。」曹先良無奈地嘆氣道。

「哼，沒犯死罪，你就不能給他安一條？」

「娘啊，您何必非得弄死人家呢？又沒有什麼深仇大恨。」曹先良也知道村子裡發生的事，但他覺得都是些雞毛蒜皮的事，況且全是大妹曹心娥自己咎由自取。

顧愷之不肯娶曹心娥，那是理所當然的，換作誰也不願意，這些他都理解。

「哼，你這個不肖子，我以為你做了官，做娘的就能享福，但老娘不但沒福可享，反而要看你臉色。你這個逆子，翅膀硬了是不是？」羅雪容什麼話也聽不進去。

「娘，兒子新官上任，這縣令的位置還是買的，若是落下把柄讓人抓到，這烏紗帽根本保不住。我們得小心一些，等兒子做出點政績來，再慢慢收拾顧家行不？」他可是知道夏祁軒的身分不簡單，若是一個處理不好，他都不知道自己是怎麼死的。

「不行，這麼好的機會不弄死顧清言，我吞不下這口氣。」羅雪容氣得別過臉去，一想到曹心娥現在的境況，還有被人指指點點的日子，她心裡那口怨氣怎麼也落不了。

「娘，您這是想逼死兒子啊。我說過多少次了，那夏家不簡單，我們不能隨意招惹。這顧清言沒有犯罪，就算真的犯罪，我們都不能把他置於死地。」曹先良已經無話可說了。

「哼，你不弄，我來弄。」羅雪容說著，站起身朝外走去，她要去吩咐那些衙役，今晚弄死顧清言。

躲在樑上的顧清婉忍住怒火，恨不得把羅雪容一刀砍了。

「娘，您要是再這樣，明日就回村子裡去。」曹先良已經忍無可忍，有他娘在，自己會死得很快。

「你個忤逆子，你趕老娘走？」羅雪容氣得都快喘不上氣來，她捂住胸口，滿臉痛苦。

「娘，您能不能講點理？是您那些雞毛蒜皮的事情重要，還是兒子的性命和烏紗帽重要？」曹先良也氣得要死，就因為羅雪容不講理，這些年他就算遊歷在外，也不願意回家。

「好吧，娘知道了。」兒子不給自己面子，羅雪容氣得心肝疼，她知道說不動，只能暗中動手，應了一句，便轉身離開。

曹先良看著他娘離開的背影，嘆了口氣。

此時窗外的風突然大了一陣，把窗門颳得搖晃兩下。曹先良微微凝眉，他剛才沒有關窗嗎？

羅雪容並沒有聽進兒子的話，直接去了縣衙牢房，找到牢頭，嘀咕了一會兒才離開。

「這可咋辦呢？老夫人交代的話，我們要不要聽？」牢頭恭敬地送走羅雪容，才問兩名手下。

「頭兒，我看還是別動手，人家已經給過銀子了，不能對那孩子動手。一旦動手，我們就是不講信譽，都沒臉見夏家人了。」張林家境不好，受過夏家米鋪不少恩惠，他自然不支持動手。

「對，再說了，老夫人是個什麼樣的，我們都知道，她總想插手衙門的事，縣太爺是竭力反對的。我敢說，這件事一定是她自己的主意，若是縣太爺的意思，縣太爺就會派左捕頭過來。」韓三附和道。

「你們兩個小兔崽子，以為我不知道這些？但是老夫人太難纏了，一旦不按照她的吩咐做，我們會被她罵上好幾天的，你們又不是沒看到左捕頭的下場。」牢頭一臉苦澀，怎麼就攤到這樣一個老夫人？

「我有辦法。」韓三眼珠一轉，悄悄附在兩人耳邊低語。

「這樣成嗎？」兩人異口同聲問道。

「成，怎麼不成。」韓三笑呵呵地道。

「那行，去把那小傢伙帶來。」牢頭吩咐兩人。

兩人隨後朝陰暗的牢房走去，打開關押著顧清言的牢門。「跟我們來一趟。」

顧清言內心一片冰涼，他知道一定有人暗中要對付他，一頓刑是免不了了。

「走快點，別磨蹭。」張林凶狠地道。

顧清言不是害怕，而是擔心，擔心姊姊知道他被打，一定難過得要死，他在心裡默默說道：姊姊，對不起，又要讓妳擔心了。

當顧清言走到牢頭面前，牢頭看了他一眼，便轉身去一旁找了套破爛衣褲出來。「換上，快點換上。」

顧清言完全不明白怎麼回事，他疑惑地接過衣裳，看向幾人。「官爺，這是怎麼回事？」

「小子，趕緊把衣裳換上，快些。」韓三催促道，等不及要去脫顧清言的衣裳。

顧清言退後兩步。「我自己來。」難道是想要打了以後，再讓他換上自己的衣裳，那樣姊姊明日就看不出來嗎？

換好衣裳，顧清言被綁到木樁上，他面如死灰，還真的是如此。

「頭兒，好了。」韓三把顧清言綁在木樁上，說了一聲，又去牢房裡拉了一個死刑犯出來，捆在木樁上。隨後對著死刑犯就一陣猛抽，不一會兒，死刑犯身上的血水便湧出來。

這殘忍的一幕嚇得顧清言汗流浹背。

張林拿過一點棉花，把死刑犯身上的血水吸走，隨後搽在顧清言身上，都是按著衣服破損處搽抹，做這一行久了，知道怎麼偽裝傷口最像。

這戲劇化的一幕讓顧清言目瞪口呆，他完全不知道發生了什麼事，想問又不敢問。

經過張林的巧手，顧清言不多時就變成一個受重刑的人一般，隨後又被送去牢房裡關著。

顧清婉一直在房頂看著這一幕，心裡把這三人的情都記下了。剛準備跳下房頂時，正巧衙門的總捕頭左楊來查看，聽到異動。「什麼人？」

顧清婉顧不得許多，當即跳下房頂，拔腿就跑，她可不想和衙門的人面對面相碰。

左楊哪肯甘休，拔出手中的刀。「給我站住！」緊追上去。

不一會兒，整個衙門都在追捕刺客，到處燈火通明。

顧清婉慌亂之際，自己都不知道要跑到哪裡去，提著氣一路東躲西藏。看到一處沒有燈光的屋子開著窗子，飛身跳了進去。

「誰？」一道清脆的女聲響起。

顧清婉藉著外面的燈光，閃身來到床前，捂住床上人的嘴巴。「妳要是敢喊，我就殺死妳。」

床上的人不住地點頭，睜著明亮的眼睛看著捂住自己嘴巴的人，透過外面的光線，她看到黑衣人的眼睛很熟悉，頓時腦中浮現出一個人的身影。

外面響起雜亂的腳步聲，隨後是敲門聲，左楊的聲音響起。「小姐，您可安好？外面有刺客闖進縣衙。」

顧清婉趕緊轉換手勢，掐住女子的脖子，怕她出聲喊救命，就算喊了，也能拿她做人質。

「我沒事。」女子故意大大打了一個哈欠，用慵懶的聲音說道。

「小姐，我不放心，屬下要查看一下房間。」左楊總感覺不對勁，刺客就是在這邊沒了影兒的。

顧清婉看向門口，想著對策，耳邊響起女子的聲音。「小婉，是我，妳別怕，妳先躲起來。」

聽見聲音，顧清婉沒想到竟然是曹心蕙。她來不及驚訝，趕緊藏在床帳後面，她現在唯有賭了。

曹心蕙開了門，揉了揉惺忪的睡眼。「檢查快些，我好瞌睡。」

「是。」左捕頭朝身後的衙役招手，屋子裡點起燈籠，頓時燈火通明。

第五十六章

左捕頭在所有地方都搜尋過，沒放過任何蛛絲馬跡。

顧清婉躲在床帳後面，模模糊糊看到外面的情況，她連呼吸都不敢大出。

「打擾小姐休息了，請見諒。」左楊沒搜到人，只能告退。

「沒事，你們也是為了縣衙好。」曹心蕙起身去送左楊幾人出門，隨後把門關上。聽著外面腳步聲遠去，她才把門閂上，走回床前。「小婉，他們走了。」

顧清婉從床帳後出來，看著燈光下的曹心蕙。她比半年前長高一些，已經成為一個亭亭玉立的姑娘，眼神和以前一樣，總是帶著淺笑。

「妳怎麼知道是我？」顧清婉想不明白，曹心蕙是怎麼認出她的。

「小婉，好久不見。」曹心蕙走過去挽著顧清婉的手臂，坐在床畔，兩人看起來就像多年不見的老友一般。

實際上，顧清婉和曹心蕙因為羅雪容、曹心娥這兩人，關係並不友好。

「妳還沒有回答我，怎麼知道是我？」顧清婉摸了摸自己的臉和頭，都蒙在黑布底下，她是怎麼認出來的？

「我認得小婉的眼睛。」曹心蕙沒有解釋太多，她偏頭靠在顧清婉的肩膀上。

這樣親密的動作，令顧清婉感覺很不舒服，她不著痕跡地推開她，站起身道：「謝謝妳剛才沒有喊人抓我，我該走了。」

「小婉，妳不能走，左楊一定在外面等著抓妳。」曹心蕙趕忙開口道，不是她嚇唬顧清婉，而是左楊就是個性子執拗的人，一旦認定的事，他便會死守到底。

「小姐這樣為一個刺客著想，真的好嗎？」左楊突然從窗外跳進來，舉刀對著顧清婉。

顧清婉其實一直都知道左楊等在外面，她明白今晚有場硬仗要打，她看向左楊。「左捕頭不愧是總捕頭，本領高強，令小婦人佩服。」

「左捕頭，你不覺得夜闖我閨房太不像話了嗎？」曹心蕙走到顧清婉身前，不著痕跡地把她護在身後。

「小姐，為了抓到刺客，左楊只能得罪了。」左楊冷聲道，做出要攻擊的姿勢。

「她不是刺客，她是專程來看我的。我們兩家是鄰居，我娘和她家關係不好，你也知道我娘的為人，她才特意半夜來看我，你不能把她當成刺客。」曹心蕙也不退讓。

顧清婉微微凝眉，弄不懂曹心蕙為什麼要幫助她？

左楊挑眉看向顧清婉。「小姐，妳這話一點說服力都沒有。就算如此，見到小姐後她為何還戴著面罩不肯以真面目示人？小姐要找藉口，也該找個有說服力的來。」

「左捕頭真是觀察入微，既然你認定我是刺客，那就來抓我，抓到我再說。」顧清婉說完，已經開門出去。

門口兩個衙役守著，顧清婉剛出去，便揮舞刀劍上來。顧清婉知道不能殺人，避開兩人的攻擊，提氣看準方向，朝外面跑去。

曹心蕙見到顧清婉離開，頓時眼神憤然，狠狠地怒瞪著左楊。「都怪你，我難得看到小婉，你竟然把她當成刺客對付，我跟你拚了！」

說著，曹心蕙抓起一旁的椅子就砸向左楊，左楊一陣頭大，接住丟過來的椅子。「小姐息怒，我這就去把她抓來，讓她陪著小姐。」

說完，左楊逃一般地跑掉了，趕忙去追顧清婉。

顧清婉一邊和衙役周旋，一邊往後退。「我不想殺人，給我走開！」她搶過一人的刀，用刀背抵擋周圍砍向她的刀劍。

顧清婉不想傷人，但這些衙役不這樣想，他們每個人招招狠戾，都想把顧清婉斬於劍下。

遠處曹先良帶了一群弓箭手過來，已經隨時準備放箭射殺蒙面的顧清婉。

曹心蕙跑出來，看得著急不已，危急時刻，她只擔心顧清婉的安危，根本沒想過她怎麼會有這麼高的武功，能抵擋這麼多人的攻擊。

眼見衙役越來越多，顧清婉身後正好有棵大樹，她陡然轉身把大樹連根拔起，向周圍的衙役掃去。

這一幕嚇得左楊目瞪口呆，他做捕頭多年，從未見過如此神力的人，太不可思議了！

圍殺顧清婉的衙役們同樣驚愣住，個個連連後退。

顧清婉的表現太過強大，曹先良以為是什麼十惡不赦的匪徒，便命弓箭手將顧清婉射殺。

曹心蕙見此，急得連連大叫。「大哥，住手，你不能射殺她！」

但箭已發出，幾十枝箭朝顧清婉射去，顧清婉雖有力量和一點輕功，但並沒有真正的武功和內力，看著箭矢射來，已經做好被射殺的心理準備。

在千鈞一髮之際，腰間一緊，耳邊聽見箭矢刺進血肉的聲音，還有男子的悶哼聲。藉著燈光，顧清婉才看清楚，竟然是左明浩！他眉頭緊皺，背脊上插著兩枝箭矢，顧清婉不明白他為什麼要擋住這箭。「左二哥！」

張騫也隨之趕來，將其餘箭矢抵擋住，頭也不回地對左明浩吼道：「帶少夫人走！」

顧清婉還處於震驚中沒有回神，便被左明浩抱著腰身騰空而起，朝遠處飛奔而去。

張騫見顧清婉兩人已經走遠，也不再糾纏，用內力將周圍衙役震飛，迅速躍走。

此刻，左楊呆滯在當場，剛才他如果沒看錯，那人應該是左二公子，他怎麼會出現？還救了那名女刺客，到底怎麼回事？若縣太爺知道是他的人傷了二公子，那縣太爺家的日子就不好過了。

若是平時，左楊早就命人追了，但今日卻很奇怪，沒有命人追殺。而曹心蕙也在阻止，這兩人奇怪的行為引起曹先良的疑惑，想必其中有隱情，便喊住二人。「心蕙，左捕頭，你們兩個跟我來。」

兩人相視一眼，默默地跟上去。

來到曹先良的書房裡，他看著二人。「說吧，今日怎麼回事？」

「這個要問小姐。」左楊不敢說自己是去追刺客，如果說那女子是刺客，那麼左二公子救了刺客，就是窩藏刺客，那可是大罪。

「大哥，她是小婉，她來找我，想讓我幫她照顧清言。左捕頭誤以為她是壞人，才會對她動手。」曹心蕙知道如果不這樣說，依兩家人的關係，也沒有更好的理由。

「左捕頭，是這樣的嗎？」曹先良挑眉看向左楊。

「是，小姐說的是真的。」左楊為了不拖左家下水，只能附和曹心蕙的話。

「小婉怎麼會有如此神力？」曹先良腦子裡還殘留著顧清婉輕鬆地將樹連根拔起的畫面。

「大哥，這有什麼奇怪的？小婉小時候就淨做些怪事，你又不是不知道。」曹心蕙臉上擠出一抹微笑，只要大哥不追究就好。

「也是，他們一家以前都是神神祕祕的，想必隱藏一些事也是有可能。只是苦了他們，有這麼強的力量，竟然要忍讓娘這麼些年。」

左楊站在一旁，看著兄妹倆完全沒想起左明浩的事，懸著的心總算放下，只是還沒鬆完這口氣呢，曹先良的聲音便響起。「左捕頭，剛才那人如果本官沒看錯，應該是左二公子吧？左家什麼時候和顧家有了關係？」

左楊腦子裡快速運轉著，突然想起一件事，如實稟報道：「稟老爺，左老爺子前段時間去船山鎮尋醫，後來聽說被一個顧姓少年醫治好，想必就是他們了。」

「你是說左老爺子那隻廢掉的手？」曹先良驚訝地問道。左老爺子的手沒想到竟然會被顧家人醫治好，這麼一說，那少年不就是顧清言？看來此事有些麻煩了。

這些日子，他也知道左家人不斷在找他的把柄，所以他一直小心翼翼的，沒想到會遇到這種事，這下該怎麼辦？

「是的。」左楊回道。

「你去吩咐一下那些兄弟，讓他們不要把這件事傳進老夫人耳裡。」曹先良想到他娘，太陽穴就發疼。

看來縣太爺是準備把此事壓下了，左楊頓時鬆了一口氣。

「大哥，如果沒什麼事，我回去睡覺了。」曹心蕙怕被曹先良罵，說了一句，準備轉身離開。

「等一下，我有話要問妳。」曹先良臉色不太好，有些陰沈。

「大哥，你問。」曹心蕙此刻看起來極乖巧，如同做錯事的孩子等著訓示一般。

「妳為什麼要幫顧清婉？」曹先良可是知道他娘和大妹都不喜歡顧家。

「大哥想知道？」曹心蕙突然冷靜下來，語氣也變得淡漠。

「大哥確實很好奇。」曹先良頷首。

「如果沒有小婉，我現在已經死了，世上就不會有我。」曹心蕙說著，腦子裡回憶起那年她八歲，每天一個人上山割豬草，某日卻被一個大漢掐著脖子，撕扯掉衣裳、褲子，想要玷污她。如果沒有顧清婉出現救了她，就沒有現在的曹心蕙。

顧清婉不記得那件事，是因為大漢追她的時候，把她推撞在石頭上，那人見顧清婉暈過去，以為殺了人，嚇得跑掉。雖然顧清婉醒來後就不記得那件事，而她卻一直記得。

「她救了妳？」曹先良只聽見這一句，並不知道曹心蕙已經陷入回憶中。

屋子裡安靜下來，半晌後，曹心蕙嘆了口氣，開口道：「大哥，求你不要對付顧家好不好？」

「再說。」曹先良只是避重就輕地回道。

剛逃出縣衙，左明浩便暈厥過去，顧清婉沒辦法，只得抱著他一路疾奔，朝縣城裡的夏家米鋪趕去。

到了夏家米鋪，顧清婉並沒有走正門，而是從後門翻牆進入。

「什麼人？」清淺突然出現，手中握著長劍，她每天睡前都會練習劍法，特別是今日受了顧清婉的氣，正在出氣呢。

顧清婉淡淡地睨了清淺一眼，直接抱著左明浩繞過，朝房間走去。

清淺看著顧清婉的背影，用劍對著她遠去的背影一刺，從她的角度看，正好刺進顧清婉的背心。

海伯一直提心吊膽等著，聽見動靜，出來觀看，正好看到顧清婉抱著左明浩。那房間可是公子專用的，怎能讓外人睡？特別還是對少夫人有心思的人。

「少夫人，請將左二公子抱到老奴屋裡來。」

「好。」顧清婉正犯愁呢，幸好海伯主動開口，若是以後夏祁軒知道左明浩睡過他的床，一定要鬧翻天。

其實左明浩根本沒暈過去，他是很疼，但是在顧清婉懷裡，他就感覺不到疼了。當感覺自己被放在床榻上，他的心就涼了一截。

「海伯，你立即派人去請大夫過來，左二公子的傷必須馬上處理。」顧清婉坐在床畔，看著左明浩汩汩流血的傷口，若是她來處理傷口，海伯他們不會答應，到時又得耽擱下來，因此只能這樣說。

「是，老奴這就去。」海伯也知道事情輕重，應聲離開。

顧清婉看著臉色蒼白，卻依舊俊朗的左明浩，深深嘆了口氣。「你這又是何必呢？」

左明浩想要開口，又怕剛剛裝暈的事情穿幫，只得閉著眼，靜靜地做一名美男子。

房門被推開，張騫走進來，他目光在顧清婉身上掃視兩圈，見她沒受傷，才放下心來。

「下次再做這種危險的事，我就不會去救您。」

說是這麼說，他受命於夏祁軒，不救都不行。

「隨你。」顧清婉覺得她和張騫上輩子一定是仇人，話說不到一塊兒去。

張騫走到床前，看著左明浩的傷。「少夫人，左明浩是男子，這裡沒您的事了，請回房休息。」

「我等大夫來再離開。」顧清婉從懷裡拿出小瓷瓶的水，遞給張騫。「給他服下。」

張騫也知道顧清婉煉製了一種藥水，能強身健體，奇效無比，他曾有幾次都想討要幾瓶，但不好意思開口。此刻見顧清婉竟然給左明浩服用，心裡不是滋味，拍著左明浩背上完好處。「別裝了，起來喝下，少夫人賞你的。」

顧清婉沒有內功，有的東西看不出來，但張騫知道左明浩是裝暈的。

左明浩要不是修養好，真想起來就給張騫兩巴掌。他睜開眼，裝作迷迷糊糊的樣子，隨後才茫然地接過張騫手裡的瓷瓶喝下。

張騫在心裡腹誹，不去做戲子真可惜，難怪公子說要多防備這人。

「左二哥，你醒了，感覺如何？」顧清婉見左明浩喝下水，頓時鬆了一口氣。

「小婉，我沒事，別擔心。」左明浩因為失血過多，臉色蒼白，再加上他的刻意，聲音聽起來有些虛弱。

「你受了這麼重的傷，怎能說沒事呢？」顧清婉知道，這些人不像她一樣，受傷後會很快癒合。

「少夫人別擔心，左二公子內功深厚，只要不傷及肺腑，不會有大礙。」張騫平時沈默寡言，為了幫助夏祁軒，也不得不多說幾句。

隨後又對顧清婉道：「少夫人，既然左二公子醒了，您早些去休息，明兒言少爺的事還有得忙呢。」

「好。」在顧清婉心裡，言哥兒的事始終是第一，她一個女子留下來確實不便。

「小婉，等等。」左明浩見顧清婉答應，心裡暗恨張騫，急忙開口。

張騫眼神陰鷙地掃過去，左明浩假裝看不見，迎向顧清婉的眼，用虛弱的聲音道：「小婉，孫家派人前去刺殺孫爺爺。」

「啊，那孫爺爺有沒有怎麼樣？」顧清婉嚇得心臟都險些跳出來。

「還好我們及時趕到，只有順伯和全伯受了點輕傷，孫爺爺無礙。在來的路上也遇到兩撥人，但都是不入流的小角色，被我們打發了。」左明浩為了多留顧清婉一會兒，把這事拿出來說了。

「可有抓到那些刺殺孫爺爺的人？」顧清婉想到一點，如果抓到那些人，說不定能派上用場。

「這點我早就想到，已經抓住兩人，一併帶回左家看守住，等到了需要的時候，就會讓他們出來。」左明浩畢竟是大家族的人，有些東西不用說，他也知道要怎麼安排。

「謝謝你，左二哥。」顧清婉現在已經不知道用什麼來表達她的謝意，只能用這三個字。

「小婉，妳說謝有些見外。」左明浩眼神很溫柔，看得顧清婉立即避開他的目光。

張騫看不下去，一巴掌拍在左明浩身上，左明浩不甘地暈過去。

「他……？」顧清婉沒想到張騫會這樣做。

「少夫人放心，他死不了，待會兒大夫來上了藥，我會把他送回左家，少夫人還是早些回去休息。」張騫不滿地道。

「好，那就麻煩你了。」顧清婉轉身走出屋子。

剛一出門口，清淺站在院子裡，一臉嘲諷的笑意。「還以為是什麼好女人，沒想到是個勾三搭四、不守婦道的。」

——未完，待續，請看文創風630《愛妻請賜罪》3

2018年4月出版

妞啊，給我飯

文創風 625～627

她愛吃、懂吃，做菜功夫更是一把罩，
只有別人喊不出來的食材名，沒有她做不出來的菜，
什麼松鼠魚、五彩麵條，那就是隨便做做即成的，
說句不客氣的，只要吃過她燒的飯菜後，就回不去啦！
唔……這樣一來，她會不會太受人喜愛與歡迎啊？

竹外桃花三兩枝　春江水暖鴨先知／負笈及學

杜三妞長得冰雪聰明、精緻可人，實在不像個農家女，
因此雖說她娘沒能給她爹生個兒子，但她爹可是打心裡疼她，
不論她想做什麼，便是她娘攔著，她爹卻是連眉頭都不皺一下的，
也之所以，她打小就是個很能折騰的人，
但她折騰的不是人，而是食物——各式各樣的美食佳餚，
就連對面剛從京城搬回來的衛家人自吃過她煮的飯菜後，便纏上她了，
照理說，他們兩家雖然是鄰居，但實在是沒有往來的可能性，
畢竟人家的背景擺在那兒，兩家那就是天與地、雲和泥的差別啊！
擱在別人心裡，衛家人是只可遠觀、不敢親近的高門大戶，
但在她眼中，衛家上下老小，那就是一家子餵不飽的吃貨啊！
然而這衛家小哥衛若懷竟是從第一眼看到她時就把她給惦記上了，
雖然他是姑娘們眼中的天菜，但她真沒啥特別的想法，
且她這個人很有自知之明的，也深深認同「門當戶對」這句話，
不料他心思藏得極深，為了娶她居然佈下天羅地網，徐徐圖之多年，
若不是他堂弟透露，她這個人妻恐怕還傻傻被他蒙在鼓裡呢！

2018年3月出版

將軍別鬧

文創風619～622

不過是答應和他一起「過日子」，
她說的願意不是那個願意好吧！
難道男人都是用下半身思考的生物嗎？

不離不棄 相伴一生／果九

才剛穿越來，麥穗就發現自己被「賣」了！
這賊頭賊腦的大伯，竟要她嫁給那惡名昭彰的土匪蕭景田，
而彩禮不過是白麵一袋……呵呵，她也忒廉價了吧。
沒想到在她穿來之前，原主居然還搞私奔，最慘的是沒奔成，
我嘞個乖乖，要是她不嫁，那土匪該不會提刀來逼吧？
為了活下去，她認慫，管他當過土匪還是強盜，嫁、都嫁！
她可不能連古代長啥樣子都沒看清，就這麼一命嗚呼去了。
後來才發現，原來他也是被親娘給算計了，壓根兒不想娶她，
既然這樁婚事你不情、我不願的，她至少不用擔心自身清白了。
但她似乎高估了他的定力，居然一個翻身就把她壓在身下……
嚶嚶嚶，古代的男人太兇狠，她好想回現代去啊！

文創風 629

愛妻請賜罪 2

國家圖書館出版品預行編目資料

愛妻請賜罪 / 沐顏著. --
初版. -- 臺北市 : 狗屋, 2018.04-
冊 ; 公分. --（文創風）
ISBN 978-986-328-854-1（第2冊：平裝）. --

857.7 107002736

著作者 沐顏
編輯 余一霞
校對 黃薇霓 林安祺
發行所 狗屋出版社有限公司
地址 台北市104中山區龍江路71巷15號1樓
電話 02-2776-5889～0
發行字號 局版台業字845號
法律顧問 蕭雄淋律師
總經銷 知遠文化事業有限公司
電話 02-2664-8800
初版 2018年4月
國際書碼 ISBN-13 978-986-328-854-1

本著作物由起點中文網（www.qidian.com）授權出版

定價250元
狗屋劃撥帳號：19001626
網址：love.doghouse.com.tw E-mail：love@doghouse.com.tw